ノーラ・ロバーツ/著
香山 栞/訳

姿なき蒐集《しゅうしゅう》家《か》(上)
The Collector

扶桑社ロマンス
1399

ありとあらゆるものを集めていた母と
そんな母のためにいつもスペースを作ってあげていた父に捧《ささ》ぐ

姿なき蒐集家《しゅうしゅうか》（上）

登場人物

ライラ・エマーソン――――ハウスシッター。小説家
ジュリー・ブライアント―――ライラの親友。アートギャラリーの支配人
アシュトン・アーチャー―――画家。愛称アッシュ
オリヴァー・アーチャー―――アッシュの義弟
セージ・ケンダル――――オリヴァーの恋人。モデル
ヴィンセント・タルテリ―――オリヴァーのおじ。骨董商。愛称ヴィニー
ルーク・タルボット――――アッシュの友人。ベーカリー店主
ウォーターストーン――――刑事
ファイン――――――刑事
ジャイ・マドック―――――アジア系女性

第一部

《エニー・プレイス・アイ・ハング・マイ・ハット・イズ・ホーム：住めば都》

――ジョニー・マーサー

1

あのまま永遠に旅立たないんじゃないかと思ったわ。特に新しいクライアントはささいなことでやきもきし、出発が遅れることが多い。留守中の指示や連絡先、注意事項を何度も繰り返したのち、ようやく家をあとにするのだ。まあ、無理もない。赤の他人に自分の所有物を——今回の場合は飼い猫も——たくして行くのだから。

キルダーブランド夫妻の留守を預かることになったライラ・エマーソンは、クライアントがリラックスして旅立てるようできる限りのことをした——有能なハウスシッターに任せたのだから安心だと思ってもらえるように。

ジェイソンとメイシー・キルダーブランド夫妻はこれから三週間、南フランスで友人や家族と楽しい休暇を過ごす。そのあいだ、ライラはこの豪華なアパートメントで暮らし、プランターに水をやったり、猫に餌や水を与えて遊んであげたり、郵便物を受けとって重要なものを転送したりすることになっている。

テラスにあるメイシーのプランターガーデンの世話もして、猫を甘やかし留守中にかかってきた電話のメッセージも受けとり、留守番をすることで防犯の役目も果たす。そのかたわら、ロンドン・テラスと呼ばれるこのおしゃれな歴史的建造物での暮らしも楽しむつもりだ。ローマのすてきなフラットでハウスシッターをしたときのように。あのときは、追加料金をもらってキッチンの壁塗りもした。ブルックリンの広大なお屋敷の留守を預かったときは、人なつっこいゴールデンレトリーバーや愛嬌《あいきょう》のある年老いたボストンテリアや色鮮やかな熱帯魚の世話もした。

六年前にプロのハウスシッターになって以来、ニューヨークにはかなり詳しくなり、この四年間に海外もあちこち行った。うまくできれば、これはなかなかいい職業だ――それに、ライラは優秀なハウスシッターだった。

「さあ行くわよ、トーマス」猫の頭を撫《な》でてから尻尾へと手を滑らせる。「荷ほどきをしなくちゃ」

いつだって新しい場所に腰を落ち着けるのは楽しい。ライラは広いアパートメントのゲストルームで、ふたつあるスーツケースのうちの片方を開き、鏡つきのチェストやきちんと整理されたウォークインクローゼットに服をしまった。トーマスがベッドにもぐりこもうとするはずだと警告されたけれど、まあなんとかなるだろう。きれいなフリージアがナイトスタンドに飾られているのを見て、その気遣いに感謝した。きっとメイシーが用意してくれたのね。

この手のさりげない気配りは、するのもされるのも大好きだ。バスルームは主寝室のほうを使うと決めていた。そちらには大きなスチームシャワールームとジャグジーつきの深いバスタブがあるのだ。「アメニティは決して浪費したり悪用したりしないこと」トーマスに向かって言いながら、洗面道具をキャビネットにしまった。

自分の所有物はふたつのスーツケースにほぼ全部つまっているため、何をどこに置くのが一番か、じっくり検討した。

しばらく考えたのち、ダイニングルームをオフィス代わりにすることにして、ニューヨークの景色を眺められる場所にノートパソコンを置いた。もっと狭い家なら寝室で仕事をしてもかまわないけど、これだけスペースがあるなら利用しない手はない。

キッチン家電やリモコンや防犯システムに関しては、すでに説明を受けている——ここには機械オタクのライラの好奇心をくすぐる目新しい器具や装置が山ほどあった。

キッチンに行くと、ワインのボトルときれいなボウルに入った新鮮なフルーツ、高級チーズの盛り合わせとともに、メイシーのモノグラム入りのカードに書かれたメッセージが残されていた。

わが家での滞在を楽しんでね！

ジェイソンとメイシーとトーマスより

なんてすてきな心遣いかしら。ここでの暮らしを大いに楽しまなくちゃ。

ボトルのコルクを抜いてグラスにワインを注《つ》ぎ、ひと口飲んだ。うん、おいしい。

双眼鏡をつかむと、ワイングラスを持ってテラスへ移動し、うっとりと眺めた。

広々としたテラスには、クッションの利いた二脚の椅子とごつごつした石のベンチ、ガラステーブルが置かれ、スペースが有効に活用されていた。プランターには花が咲き乱れ、愛らしいチェリートマトがなり、香りのいいハーブが茂っている。あれを収穫して料理に使うといいとすすめられたのよね。

ライラは椅子に座ってワインを飲みながら、膝の上に横たわるトーマスのなめらかな毛皮を撫でた。

「きっと、キルダーブランド夫妻もこのテラスに座って、よくお酒やコーヒーを飲むんでしょうね。ふたりとも幸せそうだし、この家はとても居心地がいいわ。そういうことってひと目でわかるものよ」トーマスの顎の下をくすぐってやると、明るいグリーンの目がとろんとした。「きっと最初の二日間は、メイシーからたびたび電話やメールがあると思うわ。だから、あなたの写真を撮って送ってあげましょうね。あなたが元気にしていると、彼女が確かめられるように」

ライラはワイングラスを脇に置き、双眼鏡をかかげてぐるりと見まわした。このロンドン・テラスは街路に囲まれた一区画全体を占めているため、他人の生活が垣間見える。

人々の暮らしには、つい興味をそそられてしまう。

そのとき双眼鏡に同年代の女性が映った。モデル並みに細いすらりとした体に、黒のミニドレスがぴったり張りついている。携帯電話で話しながら、彼女は部屋のなかを歩きまわり、いらだっているようだ。きっとデートをキャンセルされたのね。彼が残業しなければならなくなって——ライラはそう空想した。きっと相手の言い訳にうんざりしているに違いない。

その二階上では、ふた組のカップルが居間のソファに座り、笑いながらグラスを傾けていた。おそらくマティーニだろう——壁は絵画で覆われ、調度品はモダンなデザインで統一されている。

あの四人はライラやトーマスほど夏の暑さが好きではなさそうだ。そうでなければ、こぢんまりとしたテラスに座っているはずだもの。

たぶん昔からの友人で、しょっちゅう集まったり、ときには休暇を一緒に過ごしたりするのだろう。

別の窓に双眼鏡を向けると、白い子犬と床を転げまわる幼い男の子が見えた。そのあまりにもうれしそうな様子に、ライラは噴きだした。

「きっと、昔から子犬をほしがっていて、今日突然両親からプレゼントされたのね――あの年ごろだと、〝昔〟と言ってもせいぜい数カ月前でしょうけど。あの子は今日のことを決して忘れないはずよ。いつか自分の幼い息子や娘にも同じことをしてびっくりさせるんじゃないかしら」

男の子の願いがかなったことを喜びつつ、双眼鏡をおろした。「さてと、これから二、三時間仕事をするわよ、トーマス。はい、はい、わかっているわ」膝から猫をおろし、ワインが半分残ったグラスをつかむ。「ほとんどの人は今ごろ一日の仕事を終えて、ディナーに出かけたり友達と会ったりするのよね――もっとも、あの黒いドレスのブロンド美人は出かける予定がなくなって、文句をまくしたてているんだろうけど……」トーマスが先に屋内に入るのを待った。「わたしは自分自身で予定を組むの。それがこの仕事のいいところよ」

キッチンの戸棚から猫のおもちゃがつまったバスケットをとりだし、電動ボールを選んで床に転がした。

トーマスはとたんに飛びつき、叩《たた》いたり追いまわしたりし始めた。

「わたしが猫だったら、同じようにあのボールに夢中になるわね」

トーマスが楽しそうにボールとじゃれあうなか、ライラはリモコンをつかんでステレオの電源を入れた。まずどのラジオ局に合わせてあるかを確認した。そうすれば、キルダーブランド夫妻が帰ってくる前に、普段の局に戻せるからだ。ライラはジャズ専門チャンネルからコンテンポラリー・ポップスを流す局に切り替えた。

ハウスシッターの仕事は滞在場所や収入を与えてくれるだけでなく、ときには冒険も味わえる。ただ、基本的にライラの生活を支えているのは執筆業だった。ニューヨークに来て最初の二年間は、フリーのライターとウエイトレスを掛け持ちし、どうにか食いつないでいた。やがて友人や、友人の友人に頼まれてハウスシッターを始めると、ようやく腰を据えて小説の執筆に取り組む時間ができた。

さらに幸運な偶然に恵まれ、ライラの小説がハウスシッターのクライアントだった編集者の目にとまった。処女作『ムーン・ライズ』はまずまず売れた。大ベストセラーではないものの売れ行きは好調で、今度続編も出る。ライラとしては、十四巻から十八巻で完結するシリーズを書きあげるのが目標だ。十月には二作目が書店に並ぶ。どうか売れますように。

でも、今は三作目に集中しないと。

ライラはダークブラウンの長い髪をさっとねじりあげ、鼈甲《べっこう》のヘアクリップでとめた。トーマスがはしゃぎながらボールを追いかけるあいだ、飲みかけのワイングラスと冷水を注いだ背の高いグラスをテーブルに置き、小説の主人公のケイリーが聴きそうな音楽に耳を傾けた。

高校二年生のケイリーの生活は山あり谷ありだ――短くも濃厚な学生時代に、恋愛、宿題、意地悪な女の子、いじめ、人間関係の駆け引き、失恋、成功といったことがぎゅっとつまっている。

一作目もそうだったが、とりわけ転校生のケイリーには困難がつきものだ。そのうえ、彼女は人狼一族の一員でもある。

人狼の女の子が満月の晩に宿題を片づけたりプロムに出かけたりするのは、容易なことじゃない。

三作目では、ケイリーとその家族は人間を餌食にするライバル一族と戦うことになる。若い読者にはやや血なまぐさいシーンが多すぎるかもしれないけれど、物語の流れがそうなのだから、このまま書き進むしかない。

ライラは前回の続きから書き始めた。ケイリーが大好きな男の子の裏切りを乗り越え、提出が遅れていたナポレオン戦争の宿題を片づけたあと、宿敵のブロンド美人によって実験室に閉じこめられたシーンから。

二十分後には月がのぼり、科学部のメンバーも到着することになっている。

ケイリーは狼《おおかみ》に変身する前に実験室から脱出しなければならない。

ライラはわくわくしながら物語の世界に飛びこみ、ケイリーの気持ちに思いをめぐらせた。正体があばかれそうになる恐怖や、裏切られた悲しみ、元チアリーダーでプロムクイーンの卒業生サーシャ――文字どおり人食いの人狼――に対する激しい怒りに。

ケイリーは間一髪で脱出したものの、そのとき使った発煙弾のせいで別の天敵である副校長に見つかってしまう。さんざんお説教されて居残りの罰を命じられたあと、帰宅途中、彼女は狼に変身した。そこまで書き終えたときには、丸三時間が過ぎ去っていた。

ライラは仕事の進み具合に満足し、現実の世界に戻ってあたりを見まわした。遊び疲れたトーマスは隣の椅子で身を丸め、窓の向こうには街の明かりがきらめいていた。

ライラはクライアントの指示どおりにトーマスのディナーを用意した。猫がそれを食べるあいだに、多機能ツールナイフのレザーマンをとりだし、食料庫のゆるんだねじをスクリュードライバーで締めた。

ゆるんだねじは災難のもとだ。人間にとっても、ものにとっても。

ふと、細長いカーペットに置かれた未開封のワイヤーバスケットの箱が目にとまった。きっとジャガイモやタマネギを入れるためのものだろう。しゃがんで説明書きに目を通すと、簡単に設置できそうだとわかった。あとでメイシーにメールして、ワイヤーバスケットを設置してほしいかきいてみること、と頭のなかでメモをとった。

これならあっという間にできて、満足感も得られそうだ。

グラスに二杯目のワインを注ぎ、遅い夕食にフルーツとチーズとクラッカーを用意した。ダイニングルームに脚を組んで座り、トーマスを膝にのせながら食事をとった。そのかたわら、メールをチェックして送ったり、自分のブログに目を通して新しい記事を書くためにメモをとったりした。

「そろそろ寝る時間だわ、トーマス」

リモコンで音楽を消し、あくびをするトーマスを抱きあげてダイニングルームから連れだした。そうすれば皿洗いができるし、新しい場所で過ごす最初の晩の静けさも味わえる。

コットンのパンツとタンクトップに着替え、戸締まりを確認し、ふたたび双眼鏡で隣人たちを眺めた。

結局ブロンド美人は出かけたらしく、居間は薄暗かった。あのふた組のカップルの姿も見えない。ディナーかお芝居にでも行ったのだろう。

きっと、あの幼い男の子はもう寝てるわね。その隣には子犬が丸まっているんじゃないかしら。ライラはテレビ画面が明るく光っているのを見て、両親がくつろいでいる姿を思い描いた。

別の部屋ではパーティーが行われていた。カクテルパーティー向けにおしゃれをした人々がグラスや小皿を手に談笑している。

その光景をしばらくじっと眺めながら、彼らの会話を想像した。赤いミニドレスを着たブルネットとブロンズ色の肌にパールグレーのスーツをまとった魅力的な男性がささやきあっている。あのふたりはホットな情事を楽しんでいるに違いない。結婚生活に不満を抱く彼の妻と、鈍感な彼女の夫の目を盗んで。

ライラは向かいの棟をぐるりと見まわしたところで、ふと手をとめ、一瞬双眼鏡をおろして、またのぞきこんだ。

ううん、あの筋肉隆々の……十二階の男性は、全裸じゃないわ。彼はTバック姿で腰を突きだしてはぐるりとまわし、ターンして膝をつき、見事なダンスを踊っていた。同じ動きを何度も繰り返し、新たな動きをつけ加え、すっかり汗だくだわ。

輝かしいブロードウェイ・デビューを夢見ながら、ストリッパーをしている役者の卵かダンサーだろう。

ライラは彼のダンスをすっかり堪能した。

窓越しのショーを三十分ほど楽しんだあと寝支度をしていると、やっぱりトーマスがやってきた。テレビをつけて、『NCISネイビー犯罪捜査班』の再放送にチャンネルを合わせた。役者が口にする前に台詞《せりふ》を言えるくらいお気に入りのドラマだ。ライラはくつろぎながらiPadを手にとり、ローマからの帰国便で読み始めたスリラーの電子書籍を開き、ベッドに寝そべった。

それから一週間で、一日のスケジュールがほぼ定まった。朝は目覚まし時計よりも正確なトーマスに七時に起こされ、朝食をせがまれる。

猫に餌を与えたあと、コーヒーをいれ、屋内や屋外の鉢植えに水やりをし、軽い朝食を食べながら隣人たちを双眼鏡で眺める。

ブロンド美人と同棲《どうせい》相手は――あのふたりには夫婦のオーラは感じない――しょっちゅう口げんかをしていた。ミスター・口達者はハンサムで、このうえなく魅力的なうえに、投げられたものをよけるのがうまかった。ふたりは毎日のようにけんかを繰り広げ、最後は相手を誘惑するか激しく情熱的に燃えあがって仲直りしていた。

まさにお似合いのカップルだ。とりあえず、今のところは。彼女がお皿や服を投げつけ、彼がにこにこしながらそれをよけ、誘惑している様子からして、ふたりとも恋人と長続きするタイプには見えない。

むしろ恋のゲームを楽しむタイプだろう――情熱的でセクシーなゲームを。彼が二股をかけていなかったら逆に驚きだわ。

あの幼い男の子と子犬は今もお互いに夢中だった。子犬がちょっと粗相をしても、ママかパパか子守が忍耐強く掃除しているのだろう。毎朝一緒に出勤するときの装いからして、ママもパパもバリバリ働くキャリア組のようだ。

マティーニを飲んでいた夫婦は、こぢんまりとしたテラスをめったに使わなかった。妻のほうは毎日昼前にランチを食べに出かけ、たいていショッピングバッグを手に帰宅する。

パーティーが行われていた部屋の住民は、夜自宅にいることはめったになく、派手な生活を楽しんでいるようだ。

例のミスター・ナイス・バディはしょっちゅうセクシーなダンスを練習していた――それを赤面もせずに眺めるライラにとっては喜ばしいことだ。

ライラは彼のショーを堪能し、毎朝小説の執筆にいそしんだ。そのまま午後まで書き続け、休憩をとって猫の相手をしたあと、着替えて夕食を買いに行き、ついでに近所を散策する。

そのほかには、楽しそうなトーマスの写真をクライアントに送ったり、トマトを収穫したり、郵便物を整理したり、凶暴な人狼の戦いを描いたり、ブログを更新したりした。さらに、食料庫にはワイヤーバスケットをふたつ設置した。

八日目、ライラはイタリア産のおいしい辛口の赤ワインを買い、高級チーズの盛り合わせと、近所にある大人気のベーカリーのミニカップケーキを用意した。

午後七時をまわった直後、玄関のドアを開け、大親友を招き入れた。

「久しぶり」ジュリーがワインボトルとヒメユリの花束を左右の手に持ちながら、器用にライラを抱きしめた。

百八十センチを上まわる長身でグラマーな赤毛のジュリー・ブライアントは、ストレートのダークブラウンの髪に平均的な背丈で細身のライラとは正反対だった。

「ローマで日焼けしたのね。わたしだったらSPF500の日焼け止めを塗っても、イタリアの日ざしでロブスターみたいに真っ赤になっちゃうはずよ。でも、あなたの肌はすてきな小麦色だわ」

「ローマで二週間過ごせば、誰だってすてきに見えるわよ。あのパスタを食べるだけでも最高だもの。もう、ワインはわたしが用意するって言ったのに」ジュリーにボトルを押しつけられて、ライラは言った。

「これで二本になったわ。お帰りなさい」

「ありがとう」ライラはジュリーから花束を受けとった。

「わあっ、豪華ね。ものすごく広いし、眺めも最高だわ。ここのご夫婦は、何をしている人なの？」

「もともと資産家みたい」

「うらやましいわ」

「まず花を活《い》けたいからキッチンに行きましょう。そのあと家のなかを案内するわ。ご主人の職業は金融業らしいけど、わたしにはちんぷんかんぷんよ。彼は仕事中毒で、ゴルフよりテニスが好きみたい。奥さんはインテリアデザインに関することをしているわ。この家を見れば、優秀なのは一目瞭然でしょう。プロのインテリアデザイナーになることを考えてるけど、そろそろ子供を持とうかとご主人と相談してるから、今起業するべきか迷ってるみたい」

「ここの夫婦は新しいクライアントなんでしょう？　それなのに、もうそんな個人的なことまであなたに話しているの？」

「まあ、なんて言えばいいか……わたしって〝何もかも話して〟って顔をしてるのよ。それはそうと、トーマスに挨拶してちょうだい」

　ジュリーはしゃがんで猫に挨拶した。「なかなかのハンサムね」

「すごくかわいいのよ」ジュリーとトーマスが打ち解けるのを見て、ライラは濃いブラウンの目に笑みを浮かべた。「ハウスシッターでペットを預かるのは必ずしも楽しいとは限らないけど、トーマスは当たりだったわ」

　ライラは猫のおもちゃが入ったバスケットから電動ネズミをとりだした。トーマスがとたんに飛びつくと、ジュリーが噴きだした。

「もうなんてかわいいの！」ジュリーは身を起こしてグレーのカウンターにもたれ、

ライラはガラスの花瓶にユリを活けた。

「ローマは最高だった？」

「すばらしいのひと言よ」

「で、ゴージャスなイタリア人を見つけて情熱的なセックスをしたの？」

「残念ながら答えはノーよ。でも、地元の市場の店主は、わたしにメロメロだったわ。そうね、年齢は八十ぐらいかしら。彼ったらわたしのことを〝美人のお嬢さん〟って呼んで、とびきりおいしい桃をくれたの」

「まあセックスには負けるけど、よかったわね。あなたが帰国したときは、すれ違いになって残念だったわ」

「いつもハウスシッターの仕事の合間に泊めてもらって感謝しているわ」

「わかっていると思うけど、いつでも大歓迎よ。ああ、わたしもローマに行けたらよかったのに」

「結婚式はどうだった？」

「いとこのメリーがハンプトンズで挙げたあの地獄の結婚式の話をするなら、まずワインを飲まないと。わたしがどうしてブライズメイドを正式に辞退したかも話してあげる」

「あなたのメールにはさんざん楽しませてもらったわ。特にあのメール……〝いかれた花嫁が、バラの花びらの色が指定したピンクじゃないと言いだしたの。ヒステリーの発作は永遠におさまりそうにないわ。世の女性たちのためにも、あの面倒な女を始末しないと〟っていう」

「もう少しで、実際にそうするところだったんだから。メリーったら大げさに騒ぎ立てて、身を震わせてすすり泣くわ、自暴自棄になるわで大変だったの。〝あの花びらの色はピンクピンクよ！　ローズピンクじゃないとだめなのに。ジュリー！　どうにかしてちょうだい、ジュリー！〟本気で彼女自身をどうにかしてやろうかと思ったわ」

「彼女、本当にトラック一台分の五百キロの花びらを用意したの？」

「ええ、ほぼそれに近い量よ」

「その花びらのなかに埋めちゃえばよかったのに。〝バラの花びらで窒息死した花嫁〟なんて、きっとみんな悲劇的だけど皮肉な事故だと思ったはずよ」

「ああ、なんでその手を思いつかなかったのかしら。あなたがいなくて本当に寂しかった。ライラがニューヨークで働いているほうが、やっぱりいいわ。こうしてあなたの仕事先を訪ねて一緒に過ごせるもの」

　ライラはワインのボトルを開けるジュリーをしげしげと眺めた。「たまには一緒に来ればいいのに――どこかすてきな場所のときは」

「そうね、よくそうやって誘ってもらうけど」ジュリーはうろうろしながら答えた。「実際に他人の家に泊まることになったら、落ち着かなそう——。まあ、この陶磁器を見て！　きっと骨董品《こっとうひん》よ、なんてすばらしいの」

「もともとは奥さんの曾祖父《そうそふ》のものだったそうよ。ジュリーはこんなふうにわたしの仕事先に来て、一緒に過ごすのは違和感がないんでしょう。それなら泊まったって平気よ。だって、ホテルには泊まるじゃない」

「でも、ホテルで暮らす人なんていないわ」

「いるわよ。エロイーズとばあやがそうじゃない」

ジュリーはライラの長いポニーテールを引っ張った。「エロイーズとばあやは児童小説の登場人物よ」

「架空の人物だって人間には変わりないわ。そうでなければ、あのふたりがどうなろうと読者は気にしないはずだもの。さあ、テラスに移動しましょう。メイシーのプランターガーデンは見てのお楽しみよ。彼女の祖父母はフランス人で、ワイナリーの経営者なの」

元ウエイトレスのライラは、慣れた手つきでトレイを持ちあげた。「キルダーブランド夫妻は今フランスで休暇を楽しんでいるわ。五年前、メイシーはフランスの祖父母を訪ねたとき、ちょうどそのワイナリーに休暇で来ていたご主人と出会ったの。ふたりともひと目惚《めぼ》れだったと言い張っているわ」

「ひと目惚れって最高よね」

「きっと作り話よ。でも、わたしはついさっき架空のお話だって実話に劣らないと断言したところだったわね」ライラは先に立ってテラスへ向かった。「お互いニューヨークに住んでいるとわかって、彼がメイシーに電話をかけたのをきっかけにデートしたそうよ。そして、その十八カ月後には結婚の誓いを交わしたんですって」

「まるでおとぎ話ね」

「それも作り話だと思うわ。でも、わたしはおとぎ話が大好きなの。ふたりはとても幸せそうよ。それに、メイシーは草花を育てるのが本当に上手なの。あなたもその目で確かめることになるけど」

ジュリーはテラスに足を踏みだしながら、双眼鏡を見つけて軽く叩いた。「いまだにスパイのまねごとをしているの?」

ライラは口をとがらせた。「スパイじゃないわ。人間観察よ。人にのぞかれたくないなら、カーテンを閉めるかブラインドをおろせばいいでしょう」

「はい、はい、そうね。わあっ」ジュリーは両手を腰に当て、テラスを見まわした。

「たしかに、メイシーは園芸上手だわ」

シンプルなテラコッタのプランターには緑が青々と茂り、色鮮やかな花が咲き乱れ、都会のまんなかなのにまるでオアシスのようだ。「メイシーはトマトも育てるの？」

「とってもおいしいのよ。それにハーブも育てているわ。しかも種から」

「そんなことが可能なの？」

「メイシーなら可能よ。わたしも少し収穫させてもらったわ――あなたにもできるから、ぜひ試してみたほうがいいとすすめられたの。ゆうべは山盛りのおいしいサラダを作って、ここで食べながらワインを飲んで、窓ガラス越しのショーを眺めたわ」

「あなたの生活って本当に変わってるわね。ねえ、あなたが眺めていた人たちのことを教えて」

ライラはワインをグラスに注いでから屋内に手をのばして双眼鏡をつかんだ。

「十階には一家が暮らしているわ――つい最近、そこの両親が幼い息子さんに子犬をプレゼントしたの。その子も子犬もとてもかわいいのよ。まさに相思相愛で、見ていて楽しいわ。十四階のセクシーなブロンド女性には、すごく魅力的な同棲相手がいるの――ふたりともモデルかも。彼のほうはふらっとやってきては出ていく感じ。かなり派手なけんかもして、激しく言い争ったり皿を投げつけたりしているわ。最後は情熱的なセックスで締めくくっているけど」

「ふたりのセックスまで眺めているの？　ライラ、その双眼鏡をちょっと貸してちょうだい」

「そんなわけないでしょう!」ライラは笑って首を横に振った。「実際の行為は見ていないけど、だいたい何が起きてるかは想像がつくわ。話している最中にけんかになって、腕を振りまわしながら歩きまわり、互いにつかみかかったかと思うと、服を脱ぎ始めるのよ。寝室や居間で。あの部屋にはこんなテラスはないけれど、寝室の外に小さなバルコニーがあるの。一度なんか、寝室へ引っこむ前にほとんど全裸になっていたわ。全裸といえば、十二階の男性ね。ちょっと待って。もしかしたら今日もいるかもしれない」

ライラは双眼鏡をつかんでのぞきこんだ。「ああ、最高よ、ベイビー。ほら、あなたも見てみて。十二階の左から三つ目の窓よ」

ジュリーは興味津々で双眼鏡を受けとると、しばらくしてその窓を見つけた。「まあ! たしかにいい動きをしているわ。ねえ、彼に電話して、ここに招待したほうがいいんじゃない」

「わたしたち、彼のタイプじゃないと思うわ」

「どの男性の好みも、わたしたちのどちらかに当てはまるはずよ」

「ジュリー、あの人はゲイよ」

「ここからじゃ、そんなことまでわからないわ」ジュリーは双眼鏡をおろして眉をひそめ、もう一度かかげてのぞきこんだ。「スーパーマンじゃあるまいし、向かいの棟の人を見て、ゲイかどうか見分けられるはずがないじゃない」

「だって、Tバックをはいているのよ。証拠はそれだけで充分じゃない」

「ダンスの邪魔にならないからでしょう」

「でも、Tバックよ」ライラは食いさがった。

「ねえ、あの人毎晩踊ってるの？」

「ええ、ほぼ毎晩よ。きっと華々しいデビューを夢見て、ストリップクラブでアルバイトをする役者の卵だと思うの」

「それにしても、うっとりするような体ね。デイヴィッドもいい体つきだったけど」

「だった？」

ジュリーはグラスを置くと、小枝を真っ二つに折るしぐさをした。

「いつ？」

「あのハンプトンズの地獄の結婚式の直後よ。どうしても別れざるをえなかったんだけど、結婚式が終わるまではそうしたくなかったの。そうでなくても、あのときは最悪だったし」

「彼とうまくいかなくて残念だったわね」

「ありがとう。でも、ライラはもともとデイヴィッドが好きじゃなかったでしょう」

「好きじゃなかったわけじゃないわ」

「同じことよ。それに、見た目は最高だけど、やけに束縛してくるようになっていたの。〝これからどこに行くんだ？〟とか〝その用事はどのくらいかかるんだ？〟とか。しょっちゅう携帯メールを送ってきたり、留守電にメッセージを残したり……。わたしが仕事の予定を入れたり、あなたやほかの友達と計画を立てたりすると、怒ったりすねたりして。まるで奥さんがいるみたいな気分だった——それも最悪の妻が。別に世間の妻たちを見下しているわけじゃないわ、わたしだって以前は結婚してたもの。そのうえ、つきあいだして二カ月足らずなのに、一緒に暮らしたいとせがまれていたの。でも、わたしは同棲なんかしたくなかった」

「あなたは間違った相手と同棲したくなかったのよ」ライラが正した。

「まだ正しい相手とも一緒に暮らす気はないわ。マキシムと別れてそんなに経《た》っていないし」

「もうあれから五年よ」

ジュリーはかぶりを振って、ライラの手をぽんと叩いた。「まだ早すぎるわ。浮気した元夫には、いまだに腹が立つもの。だから、デイヴィッドとは深入りできなかったんだと思う。恋人と別れるのって最悪ね。捨てられたときは悲しいし、こっちからふると罪悪感に駆られるし」

「わたしは誰かをふったことなんて一度もないけど、あなたの言うことを信じるわ」

「それは、あなたが相手に別れたいと思わせるからでしょう——そもそも、〝ふる〟なんて言葉が当てはまるほど深入りしないじゃない」

ライラは微笑《ほほえ》んだ。「まだ早すぎるわ、マキシムと別れたばかりだもの」そう言ってジュリーを笑わせた。「夕食はデリバリーを注文しない？　クライアントからすすめられたギリシャレストランをまだ試していないの」

「食後のデザートにバクラバを注文できるならいいわ」

「カップケーキも買ってきたわよ」

「ますますいいわ。すべてそろったわね。豪華なアパートメントにおいしいワイン、大好物のギリシャ料理。おまけに、セクシーで……汗まみれの——」ジュリーはふたたび双眼鏡をのぞいた。「ダンスを踊るセクシーで汗まみれの男性——ゲイかストレートかは不明だけど」

「ゲイよ」ライラは立ちあがってデリバリーのメニューをとりに行った。

ラムのケバブを食べながら、ふたりは二本のワインをほぼ飲み干し——午前零時ごろカップケーキに手をつけた。ベストの食べ合わせとは言えなかったかもしれない。その証拠に、ライラは少し胃がむかむかした。でも、恋人と別れたことに本人が認める以上に傷ついている友人には、ぴったりのメニューだ。

ライラはいつものように戸締まりの確認をしてまわりながら思った。ジュリーが動揺しているのはデイヴィッドのせいじゃなく、恋人と別れたという行為自体が原因だろう。そして、別れたあと、しつこく頭に浮かぶ疑問のせいだ。

〝わたしがいけなかったの？　どうしてうまくいかなかったの？　これから誰とディナーを食べればいいの？〟

カップルが基本の文化では、単独行動をすると引け目を感じがちだ。

「わたしは平気よ」ライラはトーマスに向かって言った。ふたりがケバブを食べ終えて、ひとつ目のカップケーキを手にとるころには、トーマスは小さなベッドで身を丸めていた。「わたしはシングルでもかまわない。思い立ったらいつでも行きたいところに行けるし、自分さえよければどんな仕事も引き受けられる。世界じゅうだって見てまわれる。こんなふうに猫に話しかけたりしているけれど、そんなこと気にしないわ」

とはいえ、今夜は泊まるようジュリーを説得できればよかった。単に人恋しいからではなく、明朝二日酔いになった親友を介抱するために。

ライラは寝支度にとりかかった。あのミニカップケーキは、まるで悪魔だわ。小さくてとってもかわいいから、ついうっかり食べてもたいしたことはないと自分を納得させ、気がついたら五、六個食べてしまう。

アルコールと糖分のとりすぎで神経が高ぶって、しばらく眠れそうにないわ。

ライラは双眼鏡をつかんだ。まだ明かりのついている部屋がある。夜更かししているのは、わたしだけじゃないのね……。いやだ、もう午前一時四十分だわ。

ミスター・ナイス・バディは今も起きていて、彼に負けないくらいセクシーな男性と一緒だった。ライラは得意げな笑みを浮かべ、頭のなかでメモをとった。わたしのゲイを見分ける能力はスーパーマン並みにずば抜けていると、今度ジュリーに伝えなくちゃ。

パーティー好きのカップルもまだベッドに入っていなかった。それどころか、ついさっき帰宅したばかりのようだ。あの格好からして、また豪華なパーティーに出かけていたのだろう。ライラは女性のきらきらしたオレンジ色のドレスをうっとりと眺めた。靴も見えればいいのに。そう思ったとたん、彼女が男性の肩につかまってバランスをとりながら手をのばし、金色のピンヒールのストラップを外した。赤い靴底だわ。

クリスチャン・ルブタンのハイヒールね。

ライラは下の階に双眼鏡を向けた。

ブロンド美人もまだ眠っていなかった。今日もタイトな黒のミニドレスだ――結いあげた髪はほつれてたれさがっていた。せっかく出かけたのに、楽しい夜を過ごせなかったようね。

そのとき、彼女が話しながらてのひらで顔を拭った。泣いているんだわ。早口で何かしゃべっている。切羽つまった様子だ。きっと恋人と大げんかしているのね。

でも、彼はどこ?

双眼鏡の向きを変えても、同棲相手の姿は見当たらない。

あんな男、ふっちゃいなさい。誰だろうと、あなたをそんなに悲しませていいはずがないわ。あなたはとびきりの美人で、きっと頭も切れるでしょうから、そんな男にはもったいない——。

次の瞬間、彼女の頭がくるっとまわり、ライラはびくっとした。

「信じられない。彼に殴られたのね。あのろくでなし。やめて——」

顔を覆った女性がまた殴られて身を縮めるのを見て、ライラは叫んだ。

女性は懇願しながらすすり泣いていた。

ライラはナイトスタンドに駆け寄り、携帯をつかんでもとの場所に戻った。

依然として彼の姿は見えない。あんな薄明かりでは無理だわ。今や彼女の背中は窓ガラスに押しつけられている。

「もうやめて、もうやめてったら」ライラは警察に通報しようとした。

次の瞬間、世界が凍りついた。

窓ガラスが砕け散り、彼女が飛びだしてきた。左右に大きく広げられた腕、ばたつく脚、金色の翼のように広がったブロンドの髪。そのまま十四階から歩道に落下した。

「ああ、なんてこと」震えながら、携帯で電話をかけた。

「こちらは緊急通報司令室です。状況を説明してもらえますか？」

「彼が彼女を突き飛ばしたんです。突き飛ばされた女性は窓から落下しました」

「あの――」

「待って、ちょっと待ってください」一瞬目を閉じて、三回呼吸を繰り返した。はっきりと詳細を伝えないと。

「わたしはライラ・エマーソンです。たった今殺人事件を目撃しました。女性が十四階の窓から突き落とされたんです。わたしが今いるのは……」キルダーブランド夫妻の住所を思いだすのに、しばらく手間どった。「事件現場は向かいの棟です。その、わたしがいる場所の西側です。たぶん、そうだと思います。すみません、頭がちゃんと働かなくて。彼女は死亡しました。きっと亡くなったと思います」

「今から警察と救急車を現場に向かわせます。このまま電話を切らずにいてもらえますか？」

「はい、このままここにいます」

ぶるりと身を震わせ、ふたたび外を見ると、窓ガラスが割れた部屋は暗闇に包まれていた。

2

ライラは着替えながら、ジーンズにするかカプリパンツにするか迷っている自分に気づいた。きっとショックのせいね。まだショックの余韻を少し引きずっているのだ。でも大丈夫。わたしは大丈夫よ。

だって生きているもの。

ジーンズとTシャツに着替えると、混乱しながらもいそいそと身を預けてきたトーマスを抱き、アパートメントのなかをうろうろと歩きまわった。

現場には警察が到着し、午前二時だというのに小さな人だかりができている。でも、ライラは目を向けられなかった。

これは『CSI科学捜査班』や『LAW&ORDER性犯罪特捜班』や『NCIS ネイビー犯罪捜査班』といったテレビドラマとは違う。現実に起きた事件だ。黒いミニドレスが大好きな美しいブロンド女性が、血まみれになって息絶えた姿で歩道に横たわっている。彼女を突き落として殺したのは、ウェーブがかったブラウンの髪の男。

彼女とセックスしたりおしゃべりしたり笑いあったりけんかしたりしていた同棲相手だ。

ライラは落ち着くよう自分に言い聞かせた。警察に目撃したことをありのまま理路整然と伝えるには、平静でなければならない。本当は思いだしたくなどないけれど、あえてあのときの記憶をよみがえらせた。涙に濡《ぬ》れた頰、ほつれた髪、殴られた顔。次に、これまで窓ガラス越しに眺めてきた男の姿を思い浮かべた——笑ったり、投げつけられたものをよけたり、言い争ったりしている姿を。こうして脳裏に焼きつけておけば、警察に説明できるだろう。

もうすぐ来るはずだわ。次の瞬間、玄関のブザーが鳴り、ライラはびくっとした。

「大丈夫よ」トーマスにつぶやく。「何も心配することはないわ」

インターホンのモニターを確認すると、ふたりの制服警官が映っていた。ライラは用心深く彼らの名札を読みあげた。

フィッツヒューとモレリね。そう頭のなかで繰り返し、ドアを開けた。

「ミズ・エマーソンですか？」

「はい。どうぞお入りください」自分が何をして、何を話すべきか考えながら、ライラは後ずさりした。「彼女は……て、転落した女性はやっぱり助からなかったんですね」

「はい」フィッツヒューが答えた――彼のほうが年上でベテランのようだ。「あなたが目撃したことを聞かせてもらえますか？」

「はい、わたしは……。あっ、椅子に座りましょうか。腰をおろしてもかまいませんか？　コーヒーをいれたほうがいいかしら。すぐに用意できますけど」

「どうぞお気遣いなく。すてきなアパートメントですね」フィッツヒューが何気ない口調で言った。「あなたはキルダーブランド夫妻と同居しているんですか？」

「いいえ、違います。ご夫妻は今フランスで、ここにはいらっしゃいません。わたしはその留守を預かるハウスシッターです。ここに住んでいるわけではありません。ご夫妻にお電話したほうがいいですか？　今は……」ぼうっとしながら腕時計を見つめた。「向こうは何時かしら。頭が働かないわ」

「気にしないでください」フィッツヒューはライラを椅子へと導いた。

「すみません。なんて恐ろしい事件かしら。きっと彼は彼女を殴ったあと、突き飛ばしたに違いありません。だから窓ガラスが割れて、女性が……外に飛びだしてきたんだわ」

「誰かが被害者を殴るところを見たんですか？」

「はい。わたしは……」一瞬トーマスを抱きしめてから、床におろした。とたんに猫は若いほうの警官に駆け寄り、膝に飛びのった。

「すみません。猫を別の部屋に連れていきましょうか？」

「大丈夫ですよ。かわいい猫ですね」

「ええ。とてもいい子なんです。クライアントの飼い猫のなかには、つんけんした子や意地悪な子もいますけど……ああ、すみません」はっとわれに返り、震えながら息を吸った。「最初からもう一度お話しします。あのとき、わたしは寝る支度をしていました」

ライラは自分が目撃したことを話したあと、ふたりを寝室に案内して、そこからの眺めを見せた。フィッツヒューが席を外すと、コーヒーをいれ、トーマスに早めの朝食をやりながらモレリとおしゃべりをした。

その世間話から、モレリが一年半前に結婚し、来年の一月には奥さんが第一子を出産する予定だとわかった。彼はイタリア系アメリカ人の大家族の出身で、猫も好きだけれど、どちらかというと愛犬家だった。休日はバスケットボールを楽しみ、兄はリトル・イタリーでピザ屋を営んでいるらしい。

「あなたは優秀な警官になれそうだ」モレリが言った。

「そうですか？」

「こうして情報を聞きだしたじゃないですか。ぼくはもう自分の人生について半分近く語りましたよ」

「それは、わたしが質問したからでしょう。つい、あれこれきかずにはいられないんです。人に興味があって。だから、窓の外を眺めていたんです。あの女性にも家族が、両親やきょうだいや、彼女を愛する人がいたはずです。本当にきれいな女性で、背が高くて——モデルだったかもしれませんね」

「背が高い？」

「彼女が立っていたのは、あの窓です」ライラはてのひらで女性の背丈を示した。「きっと、身長は百七十五センチから百八十センチ弱あったと思います」

「やはり優秀な警官になれそうだ。あっ、ぼくが出ます」ふたたび玄関のブザーが鳴ると、モレリが言った。

ほどなく、彼は四十代ぐらいのくたびれた男性と、頭が切れそうな三十代の女性を連れて戻ってきた。「ウォーターストーン刑事とファイン刑事です。これからは彼らが事情聴取を行います。では、ミズ・エマーソン、お元気で」

「もうお帰りですか？　ありがとうございました。そのうちに、お兄さんのレストランにピザを食べに行きますね」

「ぜひ、そうしてください。ウォーターストーン刑事、ファイン刑事、失礼します」

モレリが立ち去って、ふたりの刑事と取り残されると、彼のおかげでほぐれていた緊張がふたたび高まった。

「コーヒーをいれましょうか?」

「ありがとうございます」ファインがしゃがんでトーマスを撫でた。「かわいい猫ですね」

「ええ。あの、お砂糖やミルクはいりますか?」

「いいえ、ふたりともブラックでけっこうです。キルダーブランド夫妻がフランスに行っているあいだ、ここに滞在しているそうですね」

「はい」ライラはコーヒーをいれた。こうして手を動かしているほうが、気分が落ち着く。「わたしはハウスシッターをしています」

「他人の家の留守を預かって生計を立てているんですか?」ウォーターストーンが尋ねた。

「生計を立てるというより、冒険を味わうためです。生活費は執筆業でまかなっています。生活するにはその収入だけで充分です」

「ここにはどのくらい滞在しているんですか?」ウォーターストーンが尋ねた。

「一週間です。いえ、正確には、もう日付が変わったので九日目ですね。キルダーブランド夫妻がフランスの友人や親族を訪ねるあいだ、合計三週間ここに滞在する予定です」

「以前ここでハウスシッターをしたことは?」

「ありません。今回が初めてです」

「あなたの住所は？」

「決まった住所はありません。ハウスシッターをしていないときは、友人宅に泊めてもらっていますが、そういうことはまれですね。たいていは次々と依頼が入るので」

「定住場所がないんですか？」ファインがきいた。

「はい。そのほうが安上がりなので。ただ、郵便物の届け先は、友人のジュリー・ブライアントの自宅にしています」ライラはチェルシーに住む友人宅の住所を刑事たちに伝えた。「ハウスシッターの仕事の合間は、そこに寝泊まりしています」

「そうですか。ところで、事件を目撃した場所を見せてもらえますか？」

「どうぞこちらへ。あのときは寝る支度をしていましたが、ちょっと神経が高ぶっていました。実はその前に友人を――ジュリーを招いて、ワインを飲んだんです。かなりの量のワインを。それでなかなか寝つけなくて、双眼鏡で向かい側の棟を眺めたんです」

「双眼鏡」ウォーターストーンが言った。

「これです」ライラは寝室の窓辺に歩み寄り、双眼鏡をつかんだ。「わたしはどこに行くときも、これを持参します。今までニューヨークのさまざまな地区でハウスシッターをしました――行っていない場所がないくらいに。ときには海外に行くこともあります。実は、つい最近ローマから戻ったばかりです」

「ローマに住む人が、あなたに家の留守番を頼んだんですか?」

「はい。厳密には、あれは家ではなくフラットでしたけど」ライラはファインに答えた。「ハウスシッターの依頼は口コミやクライアントの推薦によるものが大半を占めます。なかには、わたしのブログを見て連絡してくる人もいます。わたしはいろんな人を眺めて、その人たちの物語を空想するのが好きなんです。まるでスパイみたいですよね」率直に認めた。「わたし自身はそんなふうに思っていませんし、本当に詮索する気はないんです。とはいえ、のぞき見には変わりありません。でも……わたしには、どの窓も小さな世界を映しだす鏡のように見えるんです」

ウォーターストーンが双眼鏡を手にとって向かいの棟をじっと眺めた。「たしかに、ここからだとよく見えますね」

「あのふたりは、しょっちゅうけんかしたり激しく言い争ったりしては、仲直りしていました」

「あのふたり?」ファインがきき返した。

「〝ブロンド美人〟と〝ミスター・口達者〟です。わたしはふたりのことをそう呼んでいました。あの部屋は彼女のものだと思います。女性らしい雰囲気が漂っていたので。でも、彼は毎晩泊まっていました——少なくとも、わたしがここに来てからはずっと」

「その男の外見を説明してもらえるかな？」

ライラはウォータースト―ンに向かってうなずいた。「彼女より少し背が高くて、身長は百八十五センチぐらい。体はがっちりしていて、筋肉質でした。体重はおそらく八十キロ台。ブラウンの髪はウェーブがかっていました。微笑むと、えくぼが浮かび、年齢は二十代後半だと思います。とても魅力的な男性でした」

「今夜目撃したことをそのとおりに話してもらえますか？」

「まず彼女の姿が見えました。とてもすてきな黒のミニドレス姿で、結いあげた髪がほつれてたれさがってました。彼女は泣いていました。泣きながら涙を拭い、早口で何かしゃべっていました。まるで懇願するように。わたしにはそう見えました。そうしたら、彼が彼女を殴ったんです」

「その男が彼女を殴るところを見たんですか？」

「いいえ。わたしが見たのは、誰かが彼女を殴ったところです。彼は窓の左側にいました。わたしに見えたのは、彼女が殴られたところだけです――それも、ほんの一瞬。黒っぽい袖と、くるっとまわった彼女の頭だけです。彼女は顔を覆い隠そうとして、また殴られました。わたしはすぐさま携帯をつかみました。ちょうどナイトスタンドで充電していたんです。警察に通報しようとして、ふたたび窓の外を見ると、彼女が窓際に立って窓ガラスに背中を押しつけられていました。そのせいで、彼女以外何も見えませんでした。次の瞬間、窓ガラスが割れ、彼女は落下しました――ものすごい速さで。あの短い時間に目にしたのは彼女だけです。警察に通報したあと、ふたたびあの窓を見ると、明かりが消えていて、もう何も見えませんでした」

「つまり、彼女を襲った人物は一度も見ていないんですね」

「はい、彼女だけです。わたしは彼女しか見ていません。でも、あの棟に住む誰かが、彼を知っているはずです。あるいは、彼女の友人か家族が。きっと誰かが彼を知っているはずです。あの男は彼女を突き飛ばしました。故意ではなかったのかもしれないけれど、窓ガラスが割れて彼女が落下するぐらい強くもう一度殴りつけたんです。故意であろうとなかろうと、関係ありません。あの男が彼女を殺し、誰かが彼を知っているはずです」

「今夜彼女を最初に目にしたのは何時ですか？」ウォーターストーンは双眼鏡を脇に置いた。

「午前一時四十分ごろです。窓に歩み寄りながら時間を確認し、ずいぶん遅くまで夜更かししているなと思ったので、午前一時四十分で間違いありません。彼女を見たのは、それから約一分後です」

「警察に通報したあと」ファインが口を開いた。「誰かが向かいの棟から立ち去るのを目撃しましたか？」

「いいえ、でも、目を向けなかったからかもしれません。彼女が落下してしばらくは呆然《ぼうぜん》としていたので」

「あなたから通報があったのは、午前一時四十四分です。双眼鏡で眺め始めて何分後に彼女は殴られたんですか？」

「一分以内だと思います。あの二階上に住むカップルが――豪華なパーティーに出かけたような格好で帰宅したのを見たあと……」だめよ、〝セクシーな裸のゲイ〟なんて言ったら。「十二階の男性が友人を招いて一緒に過ごしているのを眺め、それから彼女の部屋に双眼鏡を向けました。彼女を見たのは、一時四十二分か三分ごろだと思います。わたしの時計が間違っていなければ」

ファインは携帯をとりだし、しばらくいじってから画面をこちらに向けた。「この男に見覚えは？」

ライラはその運転免許証の顔写真をじっと見つめた。「この人です！　この人が彼女の恋人です。間違いありません。九十九――いえ、九十六パーセントの確率でたしかです。もうつかまえたんですか？　わたしが法廷で証言します」

亡くなった女性があまりにも気の毒で、思わず涙がこみあげた。「わたしに協力できることがあれば、なんでもおっしゃってください。彼にはあんなふうに彼女を傷つける権利なんかありません。わたしは全面的に協力します」

「ありがとうございます、ミズ・エマーソン。ですが、この男に関して証言していただく必要はありません」

「でも、彼は……。もう自供したんですか?」

「いえ、そういうわけではありません」ファインは携帯をしまった。「彼は今、遺体安置所に向かっている最中です」

「どういうことですか?」

「あなたがよく被害者と一緒にいるところを目にしていた男は、彼女を窓から突き落としたあと、ソファに座って三二口径の拳銃をくわえ、引き金を引いたようです」

「嘘《うそ》でしょう」ライラはよろめいてベッドの足元にすとんと座った。「彼は彼女を殺したあと自殺したんですか?」

「どうやらそのようです」

「どうして? なぜそんなことを?」

「それが謎なんです」ファインが言った。「もう一度最初から話してもらえますか?」

警察が引きあげたころには、ライラは二十四時間近く一睡もしていない状態だった。ジュリーに電話をかけたかったけれど、思いとどまった。こんなひどいニュースで、親友の一日の始まりを台無しにしたくない。

次に、どんな緊急事態にも動じない母に電話しようかと考え、母とのやりとりを想像してみた。

母は親身になって耳を傾け、励ましてくれたあと、きっとこう言うだろう。

〝ライラ・ルー、どうしてニューヨークなんかで暮らしているの？　そんな危険な街なのに。ジュノーに戻ってらっしゃい。わたしやあなたのお父さんと一緒に暮らしましょう。このアラスカのジュノーで〟

「どっちみち、もう事件のことなんか話したくない。また最初から説明するなんていやよ」

ライラは服を着たままベッドに倒れこみ、トーマスがもぐりこんでくると抱きしめた。

そして、自分でも驚いたことに、またたく間に眠りに落ちた。

ライラは落下する感覚に襲われて心臓が乱れ打ち、ベッドにしがみつきながら目を覚ました。

これは反動だわ。殺人事件を目撃した反動よ。起きあがると、もう正午になっていた。

いい加減にしなさい。シャワーを浴びて着替えたら、外の空気を吸いに出かけるのよ。自分にできることはすべてやったし、目撃したことは何もかも警察に話した。ミスター・口達者はブロンド美人を殺して自らも命を絶ち、この世からふたりの命を奪った。何があろうと、その事実は変わらない——言うまでもなく、事件のことばかり考えたって無駄だ。

ライラは考えこむ代わりにiPadをつかみ、この殺人に関する記事を探した。

「〝ファッションショーのモデル、転落死〟やっぱりね。いかにもモデルっていう体型だったもの」

やめておくべきだと承知しつつ、最後のカップケーキを手にとった。それを食べながら、ふたりの死に関する大ざっぱな記事に目を通す。セージ・ケンダル。彼女にはモデル用の芸名まであったらしい。「オリヴァー・アーチャー。ミスター・口達者にもちゃんと名前があったのね。セージはまだ二十四歳だったのよ、トーマス。わたしより四つ下だわ。何本かテレビコマーシャルにも出たんですって。わたしも見たことがあるかしら。でも、それがわかったからって、どうしてますます悲しくなるの？」

もうこんなふうに考えるのはやめて、さっきやろうと思ったことをしよう。体を洗ってさっぱりしたら、外の空気を吸いに出かけるのよ。

シャワーを浴びて、薄地のサマードレスを着てサンダルをはいたら、いくらか気分がよくなった。それに、いまだに顔色が悪く目の下にくまができているから、お化粧にはもっと助けられた。

今日は少し足をのばして歩いてみよう――そうやって事件のことを頭から締めだし、どこかでちゃんとしたランチを食べるのもいいわね。そのあとジュリーに電話して、また来てほしいと頼み、批判せずに同情的に耳を傾けてくれる親友に洗いざらいぶちまけよう。

「二、三時間したら戻るわね、トーマス」

歩きだしてからまた引き返し、ファインからもらった名刺をつかんだ。やっぱりきちんと片をつけない限り、頭から離れそうにない。それに、殺人事件の目撃者が、担当刑事に事件が解決したかどうか尋ねても、なんの支障もないはずだ。

いずれにしろ、ちょっとしたいい散歩になる。帰ってきたらプールで泳ごうかしら。ここの住民じゃないわたしは、ロンドン・テラス内のプールやジムの使用を原則的に認められていない。けれど、人一倍気が利くメイシーの計らいで、利用できることになったのだ。

プールで泳いで疲労やストレスやショックを解消し、一日の終わりには親友にたっぷり話を聞いてもらおう。

明日になったら、仕事再開だ。何があっても人生は続いていく。人の死に直面すると、誰もがそのことに改めて気づく。そう、何があっても人生は続いていくのだ。

アッシュことアシュトン・アーチャーは袋の中身を空けた。いわゆる〝遺留品〟と呼ばれるものだ。オリヴァーが遺《のこ》した所持品には、腕時計、指輪、財布があった。財布のなかには多額の現金が入っていた。カードケースにもクレジットカードがぎっしりつまっている。銀のキーホルダーはティファニーで、おそらく腕時計や指輪もティファニーかカルティエ、あるいはオリヴァーが一流と見なすブランドのものだろう。そして、銀製の細いライターも。

ここにあるきらびやかな小物はすべて弟のオリヴァーが最期の日に所持していたものだ。

弟は常に次の大きな山や大成功を狙っていた。チャーミングな半面、軽率だったオリヴァー。

そんな弟が死んだ。

「弟さんのiPhoneは今も解析中です」

「えっ?」アッシュはぱっと顔をあげて刑事を見た。たしか、ファインと名乗っていた。その穏やかな水色の目には数多《あまた》の秘密が秘められているようだ。「すみません、なんでしょうか?」

「弟さんの携帯はまだ解析中です。現場の立ち入り許可がおりしだい、一緒にアパートメントを見てもらって、彼の所持品を確認していただきます。さっきお話ししたとおり、弟さんの免許証にはウェスト・ヴィレッジの住所が記載されていましたが、われわれがつかんだ情報によれば三カ月前にそこは引き払われています」

「ええ、そうおっしゃっていましたね。わたしは知りませんでしたが」

「弟さんとはいつから会っていないんですか？」

もうその質問には答えたし、何もかも話した。ファイン刑事と彼女の強面《こわもて》のパートナーがアッシュのロフトを訪ねてきたときに。警察はそれを〝死亡告知〟と呼ぶ。遺留品に死亡告知。小説や犯罪捜査ドラマにはよく出てくるものの、自分とは無縁だった言葉だ。

「二カ月前、いや、三、四カ月前だと思います」

「でも、数日前に話していますね」

「オリヴァーから電話がかかってきて、久しぶりに飲もうと誘われたんです。そのときは忙しかったので、来週なら大丈夫だと答えました。あのとき、断らなければ……」アッシュは目元を指で押さえた。

「つらいお気持ちはよくわかります。あなたは弟さんがこの三カ月、いや四カ月近く一緒に暮らしていた女性とは面識がないそうですね」

「ええ。オリヴァーから電話がかかってきたときに、彼女の話は聞きましたが。あいつは自慢していました――セクシーなモデルだと。わたしはほとんど聞き流していました。オリヴァーは根っからの自慢屋なので」

「弟さんの口から、そのセクシーなモデルともめていたという話は聞いていませんか？」

「いいえ、その反対です。彼女はすばらしい女性で、相性はぴったりだし、何もかもうまくいっていると聞きました」両手を見下ろしたアッシュは、親指の脇にセルリアンブルーの染みがついていることに気づいた。

刑事がロフトにやってきたとき、アッシュは絵を描いていた。最初は邪魔されたことにいらだったが、ほどなく世界が一変した。

短い死亡告知によって、すべてが変わってしまった。

「ミスター・アーチャー？」

「ええ、何もかも絶好調だと言っていました。オリヴァーはいつだってそうなんです。何もかも絶好調か、さもなければ……」

「さもなければ？」

アッシュは両手で黒髪をかきあげた。「オリヴァーはわたしの家族で、しかももう亡くなっています。わたしはその事実を受けとめようとしている最中です。死者に鞭《むち》打《う》つようなまねはできません」

「それは死者に鞭打つことには当たりません、ミスター・アーチャー。彼についてより深く理解すれば、それだけ事件を解決できる可能性が高まります」

たしかにそうかもしれない。素人の自分が断言することではないのだろう。

「わかりました。オリヴァーは派手なことが好きでした。大きな取引、セクシーな女性、人気のクラブ。そして、浮かれて騒ぐのも」

「豪勢な暮らしをしていたんですね」

「ええ、そう言えるでしょう。オリヴァーは自分自身を名賭博師だと思いたがっていました。実際はまるで違いましたが。常に一《いち》か八《ばち》かの大勝負で、ギャンブルであろうと仕事の取引であろうと女性であろうと、最初は勝っても次は大敗しました。ですから、何もかも絶好調だった状況が途中で一変すると、誰かに救出してもらわなければなりませんでした。オリヴァーはチャーミングで抜け目ないやつです――いえ、やつでした」

　自ら言い直しながらも、心が切り裂かれた。もうチャーミングで抜け目ないオリヴァーを目にすることは二度とないのだ。

「オリヴァーは彼の母親にとって末っ子でひとり息子です。つまり、かなり甘やかされて育ちました」

「彼は暴力的ではなかったとおっしゃっていましたね」

「はい」悲嘆に暮れていたアッシュは、はっとわれに返り、憤りを覚えた。オリヴァーの死を悼むのはあとにしよう。「わたしはオリヴァーが暴力的ではなかったとは言っていません。暴力とは真逆の人間だったと言ったんです」弟に殺人容疑をかけられ、みぞおちを突き刺されたように感じた。「オリヴァーは状況が悪化すると、うまく相手を言いくるめるか、逃げだすタイプです。もしも相手を言いくるめられず――そんなことはまれですが――逃げだすこともかなわなければ、身をひそめようとするでしょう」

「ですが、目撃者の証言によれば、弟さんはガールフレンドを何度も殴りつけたのち、十四階の窓から突き落としたそうですよ」

「その目撃者は間違ってます」アッシュは一蹴した。「オリヴァーはしょっちゅう戯《たわ》言《ごと》を口にしたり妄想を抱いたりしていましたが、決して女性を殴ったりしません。無論、殺したりもしません。ましてや自殺するなんてありえない」

「現場のアパートメントからは大量のアルコールと、オキシコドン、コカイン、マリファナ、バイコディンといった麻薬が見つかりました」

刑事特有の冷静さで語る女性刑事を見つめながら、アッシュは感情に流されない北欧神話の女神ワルキューレを連想した。背中の翼を畳んで馬にまたがる女神の姿を頭のキャンバスに描く。石に刻まれたような顔で戦場を見据え、生存者と戦死者を決定する姿を。

「まだ薬物中毒の検査結果は出ていませんが、弟さんの遺体のかたわらにあったテーブルには、錠剤や、半分空になったバーボンウィスキーのボトル、飲み残しのお酒が入ったグラスが置かれていました」

麻薬に酒、殺人、自殺。きっと家族は苦しむことになるだろう。オリヴァーに殺人容疑をかけられたショックから立ち直り、それが誤解だと警察にわからせなければ。

「麻薬やバーボンならわかります。オリヴァーは決して生まじめなタイプじゃなかったので。しかし、それ以外のことは信じられません。目撃者は嘘をついているか、誤解しているんじゃないですか？」

「目撃者には嘘をつく理由がありません」そう答えたファインの目が、ライラの姿をとらえた。サマードレスの肩紐《かたひも》に訪問者用バッジをつけたライラが、警官用控え室に入ってくる。

ファインは彼女を追い払うべく立ちあがった。「ミズ・エマーソン。何かほかに思いだしたんですか？」

「いいえ、そうじゃないんです。事件のことが頭から離れなくて。何度も頭に浮かんでくるんです。転落する彼女の姿や、その前に懇願していた光景が――。すみません。

どうしても外出したくなって、そのついでにもう捜査が終了したか……事件が解決したかどうかきいてみようと立ち寄ったんです。実際に何があったか判明したんですか?」

「まだ捜査は続いています。現在は事情聴取を行いながら、さまざまな報告を待っているところです。事件解決にはまだしばらくかかるでしょう」

「そうですよね。本当にすみません。あの、解決したら知らせていただけますか?」

「はい、そうします。ご協力いただき、ありがとうございました」

「すみません、お邪魔してしまって。わたしはこれで失礼します。あなたはお忙しそうですから」ライラは室内を見まわした。ずらりと並ぶ机に電話やコンピューター、山積みのファイル、そのなかで働くひと握りの男女。黒のTシャツにジーンズ姿の男性が慎重な手つきで腕時計をクッション封筒に入れていた。

「みんな忙しそうですね」

「ご協力に感謝します」ファインはライラが出ていってから、アッシュが待つ自分の机に引き返した。

「ファイン刑事、わたしは思いつく限りのことはすべてお話ししました」彼は立ちあがった。「同じ話を二、三度繰り返しましたし、わたしはオリヴァーの母親や家族に連絡しなければなりません。このことに対処する時間が必要です」

「わかりました。またお話をうかがうことがあるかもしれません。それから、あなたが現場に立ち入れるようになったらご連絡します。本当にお悔やみ申しあげます、ミスター・アーチャー」

アッシュは黙ってうなずき、控え室をあとにした。

廊下に出たとたん、薄地のサマードレスを着たブルネットを探した。すると、階段をおりる彼女の姿がちらっと目に入った。若草色のスカート、モカコーヒーを彷彿《ほうふつ》させるダークブラウンの髪、長いストレートのポニーテール。

彼女とファイン刑事の会話はほとんど聞きとれなかったが、その断片から彼女がオリヴァーの死に関する何かを目撃した人物だと確信した。

廊下や警官用控え室同様、階段は混みあっていたが、なんとか追いつき、彼女の腕に触れた。

「ちょっとよろしいですか、ミス……。すみません、さっきはお名前をはっきり聞きとれなくて」

「ライラです。ライラ・エマーソンです」

「そうでしたね。よろしければ、ちょっとお話ししたいのですが」

「ええ、いいですよ。あなたはファイン刑事やウォーターストーン刑事と一緒に捜査をされている方ですか?」

「まあ、そんなところです」

一階では警官が行き交い、訪問者がセキュリティー・チェックを受けるために列をなしていた。ライラは訪問者用バッジを外して巡査部長のカウンターに置いた。ややためらったのち、アッシュもポケットからバッジをとりだして置いた。

「ぼくはオリヴァーの兄なんだ」

「オリヴァー?」ライラが一拍遅れて目をみはったことから、オリヴァーと直接面識がないことは明らかだった。「そ、そうだったんですか、それは本当にご愁傷さまです」

「ありがとう。今回の件に関して少し話を聞かせてもらえないだろうか」

「そんなことをしてもいいのかしら?」ライラは周囲を見まわし、自分が置かれた状況について考えた。彼の顔に目を戻すと、そこには深い悲しみが浮かんでいた。「わたしには判断できないわ」

「コーヒー一杯でいい。コーヒーを一杯、公共の場でおごらせてくれ。きっとこの近くにコーヒーショップがあるはずだ。警官が大勢いるような店が。どうか頼む」

ライラは彼の目を見つめた。トーマスに似た鋭いグリーンの瞳。でも、その奥には悲しみが垣間見える。鋭利な刃で形作られたような彫りの深い顔。無精ひげのせいで魅力的なほど危険そうに見えるけれど、その瞳は……。

彼は弟を亡くしたばかりで、その弟は自分自身も含めふたりの命を奪っている。身内が死んだだけでもつらいのに、殺人と自殺だなんて、残された遺族にはつらすぎるわ。

「わかりました。ちょうどこの向かいにコーヒーショップがあります」

「ありがとう。ぼくはアッシュ、アッシュ・アーチャーだ」彼はそう言って手をさしだした。

彼の名前が頭に引っかかったが、ライラも手をさしだして握手した。「わたしはライラよ」

先に立って外に出たアッシュは、ライラが向かいのコーヒーショップを指すとうなずいた。

「心からお悔やみ申しあげます」携帯電話で口げんかしている女性の隣に立って信号が変わるのを待ちながら、ライラは言った。「弟さんを失うのがどういうことか、わたしには想像もつかないわ。わたしはひとりっ子だけど、たとえ弟がいたとしても、そんなことは想像できないでしょうね。ほかにもご家族がいらっしゃるの？」

「ほかのきょうだいってこと？」

「ええ」

混雑する横断歩道を渡り始めながら、アッシュがライラを見下ろした。「きょうだいは十四人、いや、十三人だ。もう十三人になってしまった。不吉な数だな」彼は半ば独り言のようにつぶやいた。

さっきから携帯で口げんかしている女性の声が、ライラの隣で甲高く響いた。目の前を飛び跳ねるように歩くティーンエージャーの女の子ふたりは、ブラッドという男の子の話で盛りあがり、くすくす笑っている。信号が変わったとたん、クラクションが二、三回鳴った。

まさか、聞き間違いよね。「あの、今なんて？」

「十三は不吉な数だと」

「いえ、そうじゃなくて……。きょうだいが十三人いるとか」

「きょうだいは十二人で、ぼくを入れて十三人だ」コーヒーショップのドアを開けると、コーヒーや焼き菓子のにおいが漂ってきて、にぎやかなざわめきに包まれた。

「あなたのお母さまは……」〝頭がどうかしてる〟という言葉が真っ先に頭に浮かんだ。「驚くべき女性だわ」

「ぼくもそう思うよ。もっとも、その十二人は両親が再婚してできた義きょうだいや半分だけ血のつながったきょうだいだが」アッシュはふたり用の背の高いブース席を見つけた。「父はこれまでに五回結婚し、母は現在三人目の夫と暮らしている」

「それって――すごいわね」

「現代版のアメリカ人家族だよ」

「クリスマスはてんやわんやでしょうね。みなさんニューヨークにお住まいなの？」

「いや、そういうわけじゃない。コーヒーにするかい？」ウエイトレスがやってくると、アッシュがきいた。

「えーと、レモネードでもいいかしら。ちょっとコーヒーを飲みすぎてしまって」

「ぼくはコーヒーをブラックで」

アッシュは椅子の背にもたれ、しばしライラを観察した。魅力的な顔立ちに目を引かれる。それに若々しくてオープンだ。もっとも、目元にはストレスや疲労がにじんでいる。深いダークブラウンの髪や瞳。虹彩《こうさい》を囲む細い金色の輪。ロマを彷彿させる瞳。ライラにはエキゾティックなところなどまるでないのに、色とりどりの縁飾りがあしらわれた赤いロングドレス姿の彼女がぱっと脳裏に浮かんだ。燃えさかるかがり火の前で、踊りながら髪を波打たせ、笑っている姿が。

「大丈夫？　ああ、ばかなことをきいてごめんなさい」彼女はとたんに謝った。「大丈夫なわけがないわよね」

「ああ、すまない」だめだ、こんなときに、こんな場所で、ライラについて空想をめぐらせるなんて。アッシュはふたたび身を乗りだした。「きみはオリヴァーと面識がなかったんだね?」

「ええ」

「じゃあ、あの女性の知り合いだったのかな? ローズマリーだっけ?」

「セージよ。ハーブはハーブでも種類が違うわ。いいえ、ふたりとも知らないの。わたしは同じロンドン・テラスに滞在していて、ふと窓の外を眺めたら、見えたの……」

「何が見えたんだい?」アッシュはライラの手に手を重ね、彼女がびくっとすると、ぱっと手を離した。「きみが目撃したことを教えてもらえないか?」

「セージの姿が見えたの。取り乱した様子で泣いていたわ。そうしたら、誰かが彼女を殴ったのよ」

「誰か?」

「姿は見えなかったわ。でも、以前あなたの弟さんを目にしたことがあって。あのアパートメントでふたりが一緒にいるところも何度も見かけてたの。言い争ったり、しゃべったり、仲直りしたりするところを。わかるでしょう」

「いや、わからない。きみのアパートメントから彼女の、いや、ふたりの部屋はよく見えるのかい? 警察によると、オリヴァーはそこで暮らしていたようだが」

「実は、ロンドン・テラスのアパートメントはわたしのものじゃないの。わたしはただあそこに滞在しているだけ」ウエイトレスがレモネードとコーヒーを運んでくると、ライラはいったん口をつぐんだ。「ありがとう」ウエイトレスにさっと微笑んでから続ける。「休暇に出かけたクライアントのために、数週間ハウスシッターをしているの。それと……こんなことを言うと、他人のプライバシーを侵害する詮索好きと思われるかもしれないけど、わたし人間観察が趣味なの。いろんなおもしろい場所に滞在するから、いつも双眼鏡を持参して……」

「ジミー・スチュアート（映画『裏窓』で隣人たちの人間模様を観察する俳優）のまねごとをするわけだ」

「そうなの！」思わずほっとして、笑いまじりに言った。「そう、まさに『裏窓』よ。あの映画では悪役のレイモンド・バーがばらばらにした奥さんの遺体を大きなチェストにつめて運びだしていたけど、もちろんそんなことを目撃するとは思ってないわ。それとも、あれはチェストじゃなくてスーツケースだったかしら。とにかく、わたし自身は監視しているつもりはないの――というか、今回の事件が起きるまでそう思ったことはなかったわ。わたしにとっては、どの窓も劇場なの。実際、世界じゅうが劇場よ。わたしは観客としてそれを眺めるのが好きなの」

アッシュは話が脱線しても流されることなく、重要な事実を口にした。「しかし、きみはあの晩オリヴァーを目にしなかった。あいつが彼女を殴るところも、突き飛ばすところも」

「ええ。警察にもそのことは伝えたわ。誰かがセージを殴ったのは見えたけど、角度のせいで相手の姿は見えなかったって。彼女は怯《おび》えて泣きじゃくり、懇願していたわ。表情からそれが見てとれた。警察に通報しようと携帯をつかんだ直後……セージが窓ガラスを突き破って飛びだしてきたの。窓ガラスは粉々に砕け散って、彼女はそのまま落下したわ」

アッシュはふたたびライラの手に手を重ね、今度はそのまま離さなかった。彼女の手が震えていたからだ。「落ち着いて」

「何度もあの場面が頭によみがえるの。窓ガラスが割れてセージが飛びだしてくる場面が。腕を大きく広げ、脚をばたつかせてた。悲鳴も聞こえた気がしたけど、それは想像の産物ね。実際に耳にしたわけじゃないから。弟さんのことは本当にお気の毒だと思うわ、でも――」

「犯人はオリヴァーじゃない」

一瞬ライラは押し黙り、グラスを持ちあげて静かにレモネードを飲んだ。

「あいつにはそんなまねはできない」

ライラが視線をあげ、アッシュの目を見つめた。そのまなざしには同情と深い思いやりがあふれていた。

彼女はワルキューレじゃない。あまりにも感情が豊かすぎる。

「こんなことになってさぞつらいでしょうね」

「きみはぼくが事実を受け入れられないだけだと思っているんだろう――オリヴァーが人を殺して自殺したという事実を。だが、それは誤解だ。ぼくは弟にあんなまねができないことを知っている。ぼくたちきょうだいはそんなに仲がよくなかった。この数カ月は会っていなかったし、会ったとしてもほんの短い時間だ。あいつは歳が近いジゼルとのほうが親しかった。だが、ジゼルは……」

ふたたびアッシュの胸に悲しみが重くのしかかった。「どこにいるのかわからない。たぶんパリだろう。調べないといけないな。まったく、オリヴァーときたら世話の焼けるやつだ。あいつは要領がいいが、殺人本能はない。愛想を振りまき、戯言を並べ立て、スケールの大きなアイデアをいくつも思いつくが、それを実現する能力はない。だが、あいつは女性を殴ったりしないよ」

そういえば、ライラはオリヴァーとセージが一緒のところを何度も見かけたと言っていたな。「きみの話だと、あのふたりはしょっちゅう言い争っていたそうだね。これまでオリヴァーが彼女を殴ったり突き飛ばしたりしたところを見たかい？」

「いいえ、でも……」

「オリヴァーは麻薬をやってようが酔っ払ってようが、その両方をやってようが、女性を殴ったりしない。もちろん女性を殺したりしないし、自殺するなんてありえない。

あいつはどんな窮地に陥っても、誰かがまた助けだしてくれると信じてるんだ。究極の楽観主義者、それがオリヴァーだよ」

ライラは相手を刺激しないよう注意しつつ、優しくふるまおうとした。「思っているほど相手を知らないってこともあるわ」

「そのとおりだ。オリヴァーは恋をしていた。あいつはいつだって恋をしているか、恋の相手を探しているかのどちらかだった。今回は恋をしていたんだろう。だが、恋人と別れたくなると、あいつは決まってするりと逃げだし、しばらく姿をくらましたのち、謝罪の手紙をそえた高価な贈り物を相手に送る。〝きみのせいじゃない、悪いのはぼくだ〟というたぐいの手紙を。泥沼の離婚劇をさんざん目の当たりにしてきたせいで、淡々ときれいに別れようとするんだ。それに、あんな虚栄心の強いやつが銃をくわえて引き金を引くはずがない。もし自殺するとすれば――オリヴァーがそこまで絶望することなどありえないが――睡眠薬を選ぶはずだ」

「あれは……セージが転落したのは事故だったと思うわ。激情に駆られて一瞬、魔がさしたのよ。その後、彼は放心状態に陥ったんじゃないかしら」

アッシュは首を横に振った。「オリヴァーはぼくに連絡をよこすか、さもなければ逃げだしたはずだ。オリヴァーはあいつの母親にとって末っ子でひとり息子だったから、甘やかされて育ってきた。何か問題が起こるたび、あいつは誰かに電話して助けてもらっていた。それがお決まりのパターンだった。〝アッシュ、ちょっと困ったことになってさ、どうにかしてくれよ〟って」

「彼はいつもあなたに電話をかけてきたのね」

「ああ、深刻な問題のときは。それに、オリヴァーは絶対にバーボンに麻薬を混ぜたりしない。元恋人がそれで亡くなったから、恐怖心があるんだ。いつも酒か麻薬のどちらかで――どちらにも深入りはせず――両方一緒に口にすることはなかった。だから、今回の件は辻褄《つじつま》が合わないし、どうしても納得いかない」アッシュはそう言い張った。

「きみはふたりが一緒のところを眺めていたと言ったね」

その事実に気まずくなり、ライラは身じろぎした。「ええ、たちの悪い習慣よね。やめるべきだわ」

「きみはふたりのけんかを目撃したが、オリヴァーが彼女に暴力をふるったことは一度もなかった」

「ええ……なかったわ。むしろセージのほうが暴力的だった。彼女はものを投げていた。そのほとんどが割れ物だったわ。一度なんか靴を投げつけて」

「オリヴァーはそのときどうした？」

「ひょいとかがんでよけていたわ」ライラがふっと微笑んだ。右側の口元にかすかに浮かんだえくぼをアッシュはめざとく見逃さなかった。「いい反射神経よね。わたしが見た限り、彼女のほうが怒鳴っていたわ――彼を突き飛ばしたことも一回あった。彼は手ぶりを交えながら早口でしゃべり、要領がよさそうだった。だから、ミスター・口達者って呼んでたの」

ライラは気まずそうにダークブラウンの大きな目をぱっと見開いた。「あっ、ごめんなさい」

「いや、きみの言うとおりだよ。オリヴァーは口上手だった。あいつは怒ったり脅したり暴力をふるったりしなかったんだろう？　彼女に突き飛ばされたとき、オリヴァーはやり返したか？」

「いいえ。何か言ってセージを笑わせていたわ。彼女はそれが不本意だったみたいで、ぱっと背を向けて髪を振り払った。すると、彼が近づいてきて……ふたりはいちゃいちゃし始める。そういう場面を見られたくないなら、みんなカーテンを閉めるべきよ」

「セージがオリヴァーにものを投げつけたり怒鳴ったり、あいつを突き飛ばしたりした。すると、オリヴァーは彼女をうまく言いくるめ、セックスへと持ちこんだ。いかにもあいつがやりそうなことだ」

たしかに、彼は一度も手をあげてやり返さなかったと、ライラは思った。毎日何かしら言い争ったりけんかしたり、意見が食い違ったりしていたけれど、一度もセージを殴らなかったわ。セックス以外の目的で彼女に触れたことはなかった。

でも……。「でも、セージが突き飛ばされて窓から転落し、彼が拳銃自殺したのは事実でしょう」

「セージは窓を突き破って落下したが、彼女を突き飛ばしたのはオリヴァーじゃない。それに、あいつは拳銃自殺なんかしていない。つまり、別の誰かがあのアパートメントにいたんだ。誰か別の人間が。その犯人がふたりの命を奪った。問題はそれが誰で、動機は何かということだ」

そう言われると、アッシュの仮説はもっともらしく聞こえた。たしかに……筋が通っている。そう思うと同時に、疑問が芽生えた。「だけど、もうひとつ疑問が生じるわ。どうやったのかという疑問が」

「きみの言うとおり、疑問は三つだ。そのうちのひとつでも答えがわかれば、すべての謎が解けるかもしれない」

アッシュはライラの目をじっと見つめた。今やその瞳に浮かんでいるのは同情だけではなかった。どうやら興味をそそられているようだ。「そのアパートメントを見せてもらえないか？」

「えっ？」

「まだ事件現場に立ち入らせてもらえないんだ。あの晩、きみが目撃した場所から現場を見てみたい。ただ、きみにとってぼくは赤の他人だ」ライラが口を開く前に、アッシュは言った。「だから、ぼくとふたりきりにならないよう、誰かに立ち会ってもらうといいよ」

「そうね。手配してみるわ」

「ありがとう。ぼくの携帯の番号を教えるよ。どうにか誰かに立ち会ってもらえるよう手配して、連絡してくれ。ぼくはどうしても……現場が見たいんだ」

ライラは携帯をとりだし、アッシュの電話番号を登録した。「もう帰らないと。予定より長引いてしまったから」

「いろいろ話してくれて、ぼくの話も聞いてくれてありがとう」

「こんなことになって――」ライラはブース席から抜けだすと、アッシュの肩に触れた。「あなたも、彼のお母さまも、あなたのご家族も本当にお気の毒だわ。真実がどうあれ、それを突きとめられるように祈っているわ。誰か立ち会ってくれる人が見つかったら連絡するわね」

「ありがとう」

ライラは小さなブース席に座ったまま一度も口をつけていないコーヒーカップを見つめているアッシュを残して立ち去った。

3

ジュリーに電話をかけたライラは、プランターの水やりをしたりトマトを収穫したり猫の遊び相手をしたりしながら、事件について心ゆくまでしゃべった。

ジュリーはびっくりして息をのみ、同情してくれた。それだけでもう充分だったが、彼女の口から意外な事実が飛びだした。

「その事件なら今朝出勤の支度をしていたとき聞いたわ。それに、ギャラリーでもその話題でもちきりだった。わたしたちは彼女のことをちょっと知ってるのよ」

「えっ、あのブロンド美人を？」思わず口走ってから、ライラはたじろいだ。今となっては、不謹慎なニックネームに聞こえる。「つまり、セージ・ケンダルを？」

「ええ、ちょっとだけ。セージは何度かギャラリーに来たことがあって、すばらしい作品を二、三枚購入しているの。わたしが売ったわけじゃないけど――わたし自身は直接応対したことがなくて、紹介されたことがあるだけ。だから、ニュースでウェスト・チェルシーの地名が出たときも、被害者が彼女だと気づかなかった。事件がどのアパートメントで起きたかまでは聞いた覚えがないけど、もう公表されたのかしら」

「わからないわ。でも、報じられたんじゃないかしら。彼女の転落現場を写真に撮っている人たちが見えるから。それに、TVレポーターが建物の前でしゃべってるわ」

「本当に恐ろしいわ。なんてひどい事件かしら。あなたも怖かったでしょう。今朝の時点では、セージを突き落として自殺した犯人の名前は公表されていなかったわ。あれ以来ニュースはチェックしてないけど」

「オリヴァー・アーチャーよ。わたしはミスター・口達者と呼んでいたけど。実は、警察署で彼のお兄さんと鉢合わせしたの」

「それは……気まずかったわね」

「そう思って当然なのに、実はそうじゃなかったの」ライラはバスルームの床に座ると、洗面台の引き出しのレールが光っている部分に注意深くやすりをかけた。しょっちゅうここが引っかかるけど、直してみせるわ。

「その人にレモネードをご馳走《ちそう》してもらって、目撃したことを話したわ」

「えっ……その人と一緒に飲み物を飲んだの？　もう、ライラったら、ひょっとするとオリヴァー・アーチャーとその兄は殺人狂かマフィアか、あるいは連続殺人の共犯者かもしれないのに。さもなければ――」

「わたしたちが入ったコーヒーショップは警察署の向かいにあって、少なくとも警官が五人いたわ。ジュリー、彼は本当につらそうだった。必死に残酷な現実を受けとめ、不可解な事件を理解しようとしていた。彼は弟がセージを殺したことも自殺したことも信じてないの。それどころか、かなり説得力のある反論を繰り広げたわ」

「ライラ、誰だって自分のきょうだいがこんなことをしでかすとは信じたくないものよ」

「ええ、わかってる」やすりをかけたところにそっと息を吹きかけ、削りかすを吹き飛ばした。「わたしだって最初はそう思ったわ。でも、さっきも言ったとおり、彼の主張はかなり説得力があるのよ」

ライラはいったん引き出しを閉めてから、もう一度開け閉めし、満足してうなずいた。何もかもこんなふうにあっさり解決すればいいのに。

「彼はここに来て、わたしが目撃したのと同じ場所から弟さんのアパートメントを見たがっているの」

「あなた正気なの？」

「ちょっと聞いて。彼はほかの人も呼んで一緒に立ち会ってもらうようすすめてくれたわ。そうでなければ、わたしだってそんな頼みを聞き入れようとは思わない。でも、どうするか決める前に、彼についてグーグルで調べてみるつもりよ。これまでに極悪非道なことをしていないか、妻たちが謎の死を遂げていないか確かめないと。それから、ほかのきょうだいのことも。なんでもきょうだいが十二人いるそうよ、両親が再婚してできた義きょうだいや半分だけ血のつながったきょうだいが」

「嘘でしょう」

「びっくりよね。わたしには想像もできないわ。そのきょうだいたちにも後ろ暗い過去がないか確かめないと」

「まさか今の滞在先を彼に教えなかったでしょうね？」

「ええ、住所も電話番号も教えていないわ」ライラは眉間にしわを寄せ、さっきの引き出しに自分の化粧品を戻した。「わたしはまぬけじゃないのよ、ジュリー」

「ええ。でも、あまりにも人を信じやすいわ。で、その人はなんていう名前なの？それが本名だと仮定してだけど。わたしも彼についてグーグルで調べてみるわ」

「もちろん彼は本名を教えてくれたわ。アシュトン・アーチャーですって。たしかに、ちょっと偽名みたいに聞こえるわね。でも――」

「ちょっと待って。アシュトン・アーチャーって言った？　すらりと背が高くて、ものすごいハンサムだった？　グリーンの目で、ウェーブがかった黒髪じゃない？」

「そうよ。どうしてわかったの？」

「彼を知っているからよ。アシュトンは画家なの、それも才能ある画家よ、ライラ。わたしは一流のアートギャラリーの支配人で――彼の作品をニューヨークで主に扱っているのはうちのギャラリーなの。だから、彼とは何度も会ったことがあるわ」

「どうりで名前に聞き覚えがあったはずね。てっきり弟さんの名前を知ってるからだと思っていたわ。アシュトン・アーチャーって草原で女性がバイオリンを奏でている絵を描いた人よね……背景は朽ち果てた城跡で、満月が浮かんでいたわ。絵を飾れる壁があったら絶対に買うと、わたしが言った作品ね」

「そうよ」

「彼には不審死を遂げた奥さんたちがいる?」

「わたしの知る限り、答えはノーよ。アシュトンは独身で、たしか一時期ケルシー・ナンと――アメリカン・バレエ・シアターのプリマドンナと、つきあっていたわ。もしかしたら今でも続いているかもしれない。調べてみるわね。画家としての評価は揺るぎないし、多くの画家と違って、すごく神経質そうには見えないわ。仕事を楽しんでいるのは明らかね。それから、両親とも資産家の出身よ。欠けている情報はグーグルで埋められると思うわ。父方の親族は不動産開発を手がけ、母方は海運業にたずさわっているとか。ほかに知りたいことは?」

アッシュ・アーチャーは資産家には見えなかった。オリヴァーのほうは裕福そうだったけれど。でも、コーヒーショップで向かいに座っていた男性は、お金持ちの雰囲気を漂わせていなかった。彼から見てとれたのは、悲しみと怒りだ。

「あとは自分で調べられるわ。つまり、あなたは彼がわたしを窓から突き落とすような人物ではないと言いたいのよね」

「ええ、その可能性は低いわね。わたしはアッシュ・アーチャーに個人としても画家としても好感を抱いてる。だから彼の弟さんのことはお気の毒だと思うわ。たとえ、その人がわたしたちのクライアントを殺したのだとしても」

「じゃあ、アッシュをここに招くことにするわ。なにしろ、彼はジュリー・ブライアントのお眼鏡にかなったんだもの」

「そんなに急いで決断しないで、ライラ」

「ええ、明日にするわ。今回の事件で今夜はもうへとへとだから。あなたにまた来てほしいとお願いするつもりだったけど、その気力もないわ」

「あのすてきなバスタブにゆっくりつかってから、キャンドルに火を灯《とも》して本でも読んだら？　それから、パジャマを着て、ピザのデリバリーを注文し、テレビでロマンティックコメディを観《み》て、猫と丸まって眠るのよ」

「完璧なデートプランね」

「いいから、わたしの言うとおりにしなさい。もしも気が変わって人恋しくなったら、電話して。わたしはもう少しアシュトン・アーチャーについて調べてみるわ。情報通の知り合いがいるから。調査結果に満足したら、アシュトンにはジュリー・ブライアントのお墨つきを与えるわ。じゃあ、また明日話しましょう」

「ええ、そうしましょう」

ライラはのんびりバスタブにつかる前に、ふたたびテラスに出た。午後の遅い日ざしを浴びながら、あの部屋の窓を眺めた。かつて私的な空間を映しだしていた窓は、今や目張りをされていた。


ジャイ・マドックはライラがロンドン・テラスに入るのを見届けた——あの瘦せっぽちのブルネットはその前に一瞬立ちどまり、ドアマンと二、三言葉を交わしていた。

自分の直感を信じて、ブルネットを尾行したのは正解だった。あのまぬけ男の兄はイヴァンに監視させてある。

ブルネットとあの兄が警察署から一緒に出てきて、長いこと話しこんでいたのは、単なる偶然じゃないだろう。あのブルネットがまぬけ男やあばずれ女と同じ高級なアパートメントで暮らしているとあっては。

今回の事件には目撃者がいる——それがジャイのつかんだ情報だ。おそらく、あのブルネットが目撃者に違いない。

だが、いったい何を目撃したんだろう?

これまでに得た情報によれば、警察は殺人と自殺という線で捜査を進めているらしい。ジャイ自身は警察など意に介さないが、目撃者がいようといまいと、いつまでもその線で警察をだましとおせるとは思えない。あのときは、イヴァンがあばずれ女を締めあげるのに夢中になりすぎたせいで、急遽《きゆうきよ》ジャイがその場をとりつくろう羽目になった。

ジャイの雇い主はまぬけ男が口を割る前に始末されたことを快く思っていない。雇い主が機嫌を損ねると、とても恐ろしい事態になる。たいていジャイがその実行役を務めているが、自分が被害者になるのはごめんだ。

だから、なんとしても問題を解決しなければならない。これはパズルのようなものだ。そしてジャイはパズルが大好きだった。あのまぬけ男とあばずれ女、痩せっぽちのブルネット、オリヴァーの兄は、いわばパズルのピースだ。

あの四人をどのようにパズルにはめこみ、どう利用すれば、雇い主のために宝を手に入れられるんだろう?

これからそれをじっくり考え、様子をうかがい、問題を解決しないと。

ジャイはぶらぶら歩きながら考えた。彼女はこの蒸し暑さも人々でごったがえす街も気に入っていた。男たちはジャイをちらりと見ては、しばらく目が離せなくなる。無理もないわ、あたしは思わず二度見したくなるような女だもの。それでも、人々でごったがえす暑いこの街では、彼女でさえまたたく間に忘れ去られてしまう。ジャイの雇い主は愛情深い気分になると、彼女のことを〝わたしのかわいいアジア娘〟と呼ぶけれど、あの男は……変わり者だ。

その雇い主からは自分の手先と見なされ、ときにはペットや甘やかされた子供のように扱われた。幸い愛人扱いされて、ベッドをともにするよう強要されたことはない。彼女は決して神経が細いタイプではないが、そんなことは想像するだけで身の毛がよだった。

ジャイはふと足をとめ、ショーウィンドーに飾られた靴をうっとりと眺めた。ヒョウ柄の細いストラップがついた、きらめく金色のハイヒール。かつては靴が一足あるだけで恵まれていると感じたときもあった。今はほしければいくらでも手に入る。マメだらけのほてった足や、死を連想するほど強烈な飢えの記憶が、長い年月を越えて頭によみがえった。

今は、中国に出張すれば最高級のホテルに滞在する。それでも泥や飢え、過酷な寒さや暑さの記憶が頭に染みついて離れない。

けれど、金や血や力やすてきな靴が、いまわしい思い出をまた追い払ってくれる。

あのハイヒールが、今すぐほしい。ジャイはその店に足を踏み入れた。

十分もしないうちに、ジャイは新品の靴をはいて出てきた——引き締まったふくらはぎの美しさを際立たせるそのハイヒールをすっかり気に入りながら。ショッピングバッグを無頓着に揺らす、全身黒ずくめのアジア系の美女――ぴったりした短いクロップドパンツに、胸元にぴったり張りついたシャツ、エキゾティックな靴。長い黒髪を高い位置でまとめたポニーテール、正体とは裏腹に柔らかい曲線を描く顔立ち、ふっくらした赤い唇、アイラインを引いていないアーモンド形の大きな瞳。

そうよ、男も女もあたしに目を奪われる。男はジャイと寝ることを、女はジャイのようになることを願い、そして女のなかにはその両方を望む者もいる。

だが、連中があたしの正体を知ることは決してない。ジャイは暗闇に放たれる銃弾であり、音もなく喉を切り裂くナイフだ。

あたしが人を殺すのは、それが可能で、ものすごい大金がもらえるからだけじゃない。人殺しが好きでたまらないからだ。この新品のすてきな靴よりも、セックスよりも、食べ物や飲み物や息をすることよりも。

痩せっぽちのブルネットとまぬけ男の兄も殺すことになるのだろうか？　あのふたりがパズルにどうはめこまれるかによるけれど、どちらも始末しなければならなくなったら楽しそうだ。

そのとき携帯が鳴り、バッグからとりだすと、ジャイは満足そうにうなずいた。さっき写真に撮ったブルネットの女の氏名と住所が判明した。

ライラ・エマーソン。しかし、住所はさっき彼女が入っていった建物とは違う。

変ね。ジャイはいぶかしんだ。けれど、ライラがロンドン・テラスのなかに姿を消したのは、偶然じゃないはずだ。彼女は今もそこにいる、つまり携帯に表示された場所にはいない。

このライラ・エマーソンの住所に行ってみれば、何か興味深い役立つものが見つかるかもしれない。

午後九時をちょうどまわったころ、ジュリーはアパートメントの玄関の鍵を開けた。すぐさま長時間はき続けていた靴を脱いだ。同僚たちにそそのかされて、サルサ・クラブになんか行くんじゃなかった。たしかに楽しかったけれど、一時間以上前から両足が激しい腹痛に襲われた赤ん坊のように痛みを訴えていた。

寝る前に、あたたかいアロマウォーターに両足を浸し、飲みすぎたマルガリータを薄めるために水を飲みたい。

もう若くないってことかしら。戸締まりをしながら、ジュリーは思った。干からびて、つまんない女になったってこと？

もちろんそんなことはないわ。疲れているだけよ――ライラのことがちょっと心配だし、デイヴィッドと別れたばかりでまだ落ちこんでいるし、それに仕事のあとでクラブに行って十四時間ずっと立ちっぱなしだったから。

わたしが三十二歳の独身で、子供もなく、ひとりで寝ていることとは、なんの関係もない。

わたしにはすばらしいキャリアがあるもの。ジュリーはキッチンに直行し、ミネラルウォーターの大きなボトルをつかんだ。それに、仕事も同僚も、そこで出会う人々も好きだわ。画家も、芸術愛好家も、展覧会も、ときどき入る出張も。

たしかに、わたしには離婚歴がある。しかも二度も。だけど、一度目のときは恋にのぼせあがった十八歳で、結婚生活は一年ともたなかった。だから、あれは数に入らないわ。

光り輝く最新式のキッチンは、主にミネラルウォーターとワインとひと握りの基本的な食料の保管場所として利用している。ジュリーはそのキッチンに立って直接ボトルから水を飲みながら、どうしてこんなに落ち着かない気分なんだろうと思った。

仕事は大好きだし、すばらしい友人にも恵まれていて、この自宅は自分の――自分だけの――好みを反映しているし、ワードローブも充実している。たいていは自分の容姿にも満足している。特に、去年サド侯爵並みに厳しいパーソナル・トレーナーを雇ってからは。

わたしは強くて魅力的で興味をそそる、自立した女性だ。ただ、男性との交際が三カ月以上もたない。途中で楽しくなくなるのだ。相手はともかく、わたしのほうが。

わたしは幸せになれない女なのかもしれない。ジュリーは肩をすくめてそんな考えを振り払うと、ミネラルウォーターを持ったまま、大胆な色彩のモダンアートが飾られたあたたかい中間色の居間を横切り、寝室に移動した。

猫でも飼おうかしら。猫は独立心旺盛でおもしろいし、トーマスみたいなかわいい猫が見つかれば……。

明かりのスイッチに手をかけたまま、ジュリーは急に立ちどまった。香水の残り香がする。わたしの香水だ。でも、これは出勤前につけるわたしの昼の香りのリッチ・リッチじゃない。デートのとき、それも気が向いたときにしかつけない、もっと濃厚でセクシーなブドワールだわ。

サルサのせいで、今のわたしはかすかな汗のにおいしかしないけど、この残り香がなんなのかはわかる。

本来なら漂っていないはずの香りだ。

だが、しゃれた金色のボトルキャップがついたピンク色の香水の瓶はあるべき場所になかった。

困惑しつつ、ジュリーはドレッサーに近づいた。アンティークの小物入れは定位置にあった。仕事用の香水も、赤いユリを一輪活けた銀色の細い花瓶も。

けれど、ブドワールの瓶だけ見当たらない。

自分でも意識せずに別の場所へ移したのかしら？　いいえ、そんなことをするはずがないわ。今朝はちょっと二日酔いで、少し動きが緩慢でぼうっとしていたけれど、いつもの場所にあったのを見た覚えがある。ピアスのキャッチを落としたときのことが脳裏によみがえった。ピアスをつけようとしていたら、キャッチがドレッサーの上に――ピンクの香水瓶の真横に――落ちて悪態をついたのだ。

ジュリーはぶつぶつつぶやきながら、バスルームを確かめに行き、旅行用の化粧ポーチをのぞいた。やっぱりない。それに、ないといえば、イヴ・サンローランのレッド・タブーの口紅とボビイ・ブラウンのリキッドアイライナーもないわ。先週セフォラに行ったあと、ポーチに入れたばかりなのに。

今度は寝室に引き返し、イヴニングバッグを確かめた――念のため、いつでも使えるように用意して、ハンプトンズの地獄の結婚式でも使用した旅行用化粧ポーチも。

ジュリーはクローゼットのなかに立って両手を腰に当てた。そして、はっと息をのんだ。まだ一度もはいていない新品のマノロ・ブラニクのサンダルが――珊瑚《さんご》色で十センチヒールのプラットフォームサンダルが――見当たらないのだ。

心臓が激しく打ちだすにつれ、いらだちが薄れた。一目散にキッチンへ駆け戻り、バッグから携帯をとりだすと、警察に通報した。

午前零時をまわった直後、ライラは玄関のドアを開けた。

「ごめんなさい」ジュリーがとたんに言った。「ゆうべあんなことがあったのに」

「何をばかなことを言ってるの。あなた大丈夫？」

「正直、自分でもわからない。警察には頭がどうかしていると思われたわ。たぶんそうなのかも」

「そんなはずがないわ。さあ、それを寝室に運びましょう」

ライラはジュリーのキャリーバッグの取っ手をつかむと、ゲストルームに運びこんだ。

「そうよ、わたしの頭はおかしくなんかないわ。自宅からいくつかなくなったものがあるの。それも妙なものばかり。わたしの家に忍びこんだ犯人は、化粧品と香水、靴、ヒョウ柄のトートバッグを盗んだの。明らかに、トートバッグは奪ったものを持ち去るためよね？　そういうものを盗みながら、美術品や宝石、ボーム&メルシエの高級時計、祖母の形見の真珠のネックレスには手をつけないなんて、いったい誰の仕業かしら」

「犯人はティーンエージャーの女の子かもしれない」

「わたしはどこかにものを置き忘れたりしないわ。警察はそう決めつけたけど、今回盗まれたようなものをわたしがどこかに置き忘れるなんてありえない」

「ジュリー、あなたは絶対にそんなことしないわ。ねえ、ハウスクリーニングの業者が犯人の可能性はないの？」

ジュリーはベッドの端に座りこんだ。「警察からも同じことをきかれたわ。わたしはこの六年間、同じ業者を利用しているの。ふたりの女性がずっと隔週で来てくれているわ。あの人たちがたかが化粧品のために職を失うようなまねをするとは思えない。あのアパートメントの鍵を持っていて暗証番号を知っているのは、わたし以外にはあなたしかいないわ」

ライラは胸の前で十字を切った。「神に誓って、わたしは無実よ」

「あなたは靴のサイズが違うし、真っ赤な口紅を塗らないわ――もっとも、あの口紅は試してみるべきだと思うけど。あなたは無実よ。今夜は泊めてくれてありがとう。とてもあそこにひとりではいられなくて。明日鍵を替えてもらうわ。アラームの暗証番号はもう変更済みよ。ティーンエージャーの女の子ねえ」ジュリーは考えこむように言った。「あの建物にも何人かいるはずだわ。そうね、ただのばかげたいたずらなのかも。万引きのような」

「ばかげているけど、すごくたちが悪いわ。あなたのものを勝手に見てまわって盗んだんだもの。警察には犯人をつかまえてもらいたいわ」

「マノロのサンダルをはいてブドワールの香りを漂わせてる、レッド・タブーの口紅を塗ったティーンエージャーの女の子がいないか、目を光らせるってわけね」ジュリーが鼻を鳴らした。「犯人が見つかる可能性は低そう」

「わからないわよ」身をかがめて、ライラはジュリーをハグした。「都合が合いしだい、盗まれたものを全部買いそろえに行きましょう。今、何か、ほしいものはある？」

「熟睡することだけよ。わたしはソファで寝てもいいわ」

「広いベッドだから、あなたとわたしとトーマスが寝るスペースは充分あるわ」

「ありがとう。ちょっとシャワーを浴びてきてもいい？　仕事明けにサルサ・クラブで踊ったから」

「楽しそうね。もちろん、いいわよ、行ってらっしゃい。あなたの側のライトをつけておくわね」

「そうそう、もう少しで忘れるところだったわ」ジュリーは立ちあがって、寝間着をとりだした。「アッシュはわたしの審査に合格したわ。数人に、さりげなくきいてみたの。結論から言うと、彼はかなり仕事に没頭するタイプで、タイミングを間違えて変なことを言うと、かっとなることもあるし、彼のエージェントが——そして一部の女性が——望むほど社交家でもないけど、欠点はそれだけみたい。不祥事や暴力沙汰に関する報道はいっさいなかったわ。展覧会で酔っ払いを殴ったことを除けば」

「酔っ払いを殴ったの？」

「そうみたい。聞いた話によると、その酔っ払いは彼の絵のモデルにベタベタ触っていたそうよ。彼女のほうはいやがっていたのに。わたしの情報筋は、その男は殴られて当然で、それが起きたのはロンドンのギャラリーだと言ってたわ。だから、あなたがアッシュを招いてあの窓から向かいの棟を見せてあげることにしたなら、わたしは承認してあげる」

「だったら、彼を招くことにするわ」

ライラはベッドに横たわって、盗まれた口紅やブランド物の靴、殺人や自殺や酔っ払いを殴ったハンサムな画家のことを考えた。

やがて、そのすべてが混ざりあい、奇妙な短い夢を次々に見た。ライラはジュリーがベッドにもぐりこんできたのも、トーマスがふたりのあいだで身を丸めてうれしそうに鳴いたのも気づかなかった。

翌朝ライラはコーヒーの香りで目が覚めた——いつかいでもいいにおいだ。寝室を出て探しに行くと、ジュリーはベーグルをトーストし、トーマスは朝食を食べている最中だった。

「猫に餌をあげて、コーヒーをいれてくれたのね。ねえ、わたしと結婚してくれない？」

「猫を飼おうかと思っていたけど、その代わりにあなたと結婚しようかしら」

「その両方だっていいわよ」

「まあ、考えておくわ」ジュリーはベリーを入れた美しいガラスのボウルをふたつとりだした。

「ベリーも用意してくれたの？」

「ちょうどベリーがあったから、このとってもきれいな器に移しただけよ。ここにはすばらしいものがいくつもあるわ。どうしてあなたが引き出しやクローゼットをのぞかずにいられるのかわからない。ティーンエージャーの不良娘に空き巣に入られたばかりのわたしでさえそう思うのに」

復讐心《ふくしゅうしん》に燃える目で、ジュリーは真っ赤な髪を振り払った。「彼女ににきびがありますように」

「彼女ってメイシーのこと？」

「違うわよ、ティーンエージャーの不良娘よ」

「そうよね。コーヒーを飲んでないから、まだ頭が働かなくて。その不良娘はにきびがあって、歯に矯正器具をつけていて、花形クォーターバックに夢中なんだけど、相手には存在すら知られていないの」

「花形クォーターバックに夢中っていうのが一番気に入ったわ。朝食はテラスで食べましょう。とても趣味のいいここのご夫婦はきっとそうしているはずよ。食事がすんだら、わたしは身支度をして現実の世界に戻らないと」

「あなたのアパートメントだってとてもすてきじゃない」

「ここはわたしの自宅の二倍の広さがあるし、なんといってもテラスが魅力よね。それに、建物内にプールもスポーツジムもある。やっぱり気が変わったわ」ジュリーは朝食をトレイにのせながら言った。「やっぱりあなたを捨てて、今度はお金持ちとつきあうことにする。そして彼と結婚して、このロンドン・テラスに移り住むの」

「玉《たま》の輿《こし》狙いね」

「わたしの次なる野望よ。にきび面のティーンエージャーの不良娘じゃ、セキュリティーが厳重なロンドン・テラスには忍びこめないわ」

「そうかもね」テラスに出ると、ライラは目張りをされた例の窓を眺めた。「ここのセキュリティーを破るのはそう簡単なことじゃないと思うわ。でも、犯人がロンドン・テラスの住民に招かれた人物や、ほかの住民や、経験豊富な強盗だったら……。そういえば、警察はものが盗まれていたとは言っていなかったわね」

「彼は窓から彼女を突き落としたあと、拳銃自殺を図ったの。アシュトンには気の毒だけど、それがあそこで起こったことよ」

「でも、アッシュはそんなはずはないと心から信じているわ。もう事件について考えるのはやめましょう」ライラは両手で拭うようなしぐさをした。「わたしはあなたと朝食を楽しむことにするわ。たとえ、あなたがわたしを捨てて、金持ちのろくでなしに乗り換えたとしても」

「彼はお金持ちなうえにハンサムなの。それに、きっとラテン系よ」

「あら、変ね、わたしの頭に浮かぶのは太ったはげ男だけど」ライラはベリーを口に放りこんだ。「ええ、きっとそうよ。とにかく、もう事件のことは考えないわ。今日は仕事をしないと。小説の続きをしっかり書き進めてから、ハンサムなお金持ちのアシュトン・アーチャーに電話をかけるわ。彼がここから事件現場を眺めたいなら、そうさせてあげる。わたしにできることはほかにないものね」

「そうよ。警察は全力をつくすだろうし、アシュトンは起こった事実を受け入れるしかないわ。つらいと思うけど。わたしも大学時代、友人を自殺で失ったわ」

「それは初耳だわ」

「彼女とはそれほど親しくなかったけれど、会えば仲良く話したたし、お互い好感を持っていた。でも、深いつきあいじゃなかったから、彼女がどれほど苦しんでいたかわからなかった。彼女、恋人に捨てられたの――それだけが理由じゃないにしても、引き金にはなったと思うわ。彼女は睡眠薬を大量にのんだの。まだ十九歳だったのに」

「なんてこと」一瞬、ライラは深い絶望を感じた。「その話を聞いて、にきび面の不良娘には失恋してほしくなくなったわ。にきびだけで充分よ」

「そうね。愛情は――たとえ本物じゃなくても――凶器になりうるわ。お互い気をつけましょうね。ねえ、アシュトンが訪ねてくるとき、わたしもいてほしい？」

「いいえ、わざわざ来てくれなくても大丈夫よ。でも、まだ家に帰る気になれないなら、必要なだけここにいてちょうだい」

「わたしはもう大丈夫。ティーンエージャーなら対処できるもの。それに、犯人はもうほしいものを手に入れて、女泥棒のまねごとをするにしても別の家に忍びこむはずよ」そう言いながらも、ジュリーは重いため息をついた。「あのサンダル、本当に気に入っていたの。ああ、悔しい。犯人が転んで足首を折ればいいのに」

「手厳しいわね」

「だって、マノロのサンダルを盗まれたのよ」

たしかに、それには反論できない。ライラは黙ってコーヒーを飲んだ。

4

　仕事に戻って小説の続きを書き始めると、ライラは気分が落ち着いた。人狼の戦いやチアリーダーの策略に関しては、じっくりプロットを練らなければならなかった。それにかかりきりになっているうちに時間が過ぎ去り、午後の半ばになるとトーマスから遊ぼうとせっつかれた。

　ケイリーの愛するいとこが待ち伏せ攻撃に遭って生死をさまよう場面で、仕事を中断した。いい区切りだわ。このあとどうなるのか確かめたくて、続きを書きたくなるもの。

　紐つきのボールでトーマスとたっぷり遊んでやったあと、電動おもちゃで猫の気をまぎらしているあいだに、テラスのプランターガーデンの水やりをして、トマトを収穫し、小さな花瓶に活けるために百日草を摘んだ。

　もう充分先のばしにしたわね。そう胸のうちでつぶやきながら、携帯の画面をスクロールしてアッシュの番号を探した。すると、事件の記憶がふたたび生々しくよみがえってきた。許してほしいと懇願する美しいブロンド女性。落下しながらもばたつく脚、突然眼下のコンクリートに激しく叩きつけられた肌や骨。

なんて生々しい記憶だろう。これからも思いだすたびに、そう感じるはずだ。その記憶を頭の隅に押しやったところで、何も変わらない。だったら真正面から向きあうべきだ。

アッシュは大音量で音楽を流しながら仕事をしていた。最初は自分の気分にぴったりなチャイコフスキーをかけたものの、上昇する旋律のせいでかえって筆が進まなかった。次は、頭を激しく揺らすようなハードロックに切り替えた。それが功を奏し、ハードロックのエネルギーが体内に注ぎこまれ、絵の色調が変化した。

当初は荒れ狂う海に面した岩棚に座る人魚を思い浮かべて官能的だと思ったが、今はその官能的な雰囲気に獲物を狙うような凶暴性が加わった。

そこで、新たな疑問が芽生えた。果たして彼女は岩礁に激突した船から荒れ狂う海に転落した船乗りを救うのだろうか？　それとも海底に引きずりこもうとするのだろうか？

月明かりはもはやロマンティックに見えなかった。月に照らされた険しい岩や、海霧のような人魚の瞳に浮かぶ思わせぶりな表情が、新たな脅威を示唆している。

最初にスケッチしたときは、こんな危険な雰囲気になるとは予想していなかったし、制作の初期段階に漆黒の髪を肩にたらしたモデルを雇ったときは、人魚に凶暴な一面があるかもしれないとは思いもしなかった。

だが、こうしてひとりハードロックを聴きながら、激しく荒れ狂う海の絵を前にして、強い怒りを抱えていると、当初の予定より少し不穏な雰囲気の作品へと変化した。

タイトルは《人魚は待つ》だな。

そのとき携帯が鳴り、アッシュはとっさにいらだった。仕事中は電源を切っておくのが常だ。彼ほど家族が多いと、自分で時間帯を区切らない限り、一日じゅうどころか夜中まで、しょっちゅう電話がかかってきて携帯メールやPCメールが届く羽目になる。

だが、今日はあえて電源を切らずにいた。呼び出し音を二回無視したあと、その理由を思いだした。

絵筆を置き、口に挟んでいた二本目の筆を脇に放って、携帯に手をのばした。

「アーチャーです」

「もしもし、ライラです。ライラ・エマーソンよ。あの……そこはパーティー会場なの?」

「いや。なぜだい?」

「騒々しいから。音楽が大きくて」

アッシュはリモコンを探して広口瓶を押しやり、やっと音楽を消した。「すまない」

「いいえ、かまわないわ。アイアン・メイデンの曲は大音量で流さないと聴く意味がないもの。それに仕事中だったんでしょう？　こちらこそごめんなさい。今もまだこのアパートメントに来たいなら……あの晩わたしが見た場所から現場を眺めたいなら、かまわないと伝えたくて電話しただけなの」

アッシュはライラが大昔に発表された《撃墜王の孤独》をアイアン・メイデンの曲だと知っていたことにまず驚き、次に耳をつんざくような大音量でそれを流しながら仕事をしていたことを言い当てられてびっくりした。

だが、そのことを考えるのはあとにしよう。

「今から行ってもいいかな？」

「えっ……」

プレッシャーをかけてはいけない。まずいやり方だ。「日時を指定してくれ、きみの都合のいいときを」

「今からでかまわないわ。あなたがそう言うと思っていなかったから、ちょっととまどってしまっただけなの。今からで大丈夫。こちらの住所を教えるわね」

アッシュはスケッチ用の鉛筆をつかんで書きとめた。「じゃあ、三十分後にうかがうよ。本当にありがとう」

「き……」〝気にしないで〟と言いそうになって、ライラは口をつぐんだ。「わたしがあなたと同じ立場だったら同じことをしたいと願うはずよ。じゃあ、三十分後に」

これでよしと。

「こういうときのエチケットを知ってる、トーマス？　ゴーダチーズとセサミクラッカーを盛りつけたきれいなお皿を用意したほうがいいかしら。そんな必要はない？　あなたの言うとおりね。そんなのばかげているもの。お化粧は？　あなたって若いのに賢いわね。お化粧は絶対にすべきね。難民みたいな顔をさらしても意味がないもの」

ライラは部屋着のショートパンツとすりきれた古いTシャツ――昔のアニメキャラクターのワンダーツインズがプリントされたピンクのバブルガム色のTシャツ――を着替えることにした。

別の服に着替えれば、大人らしく見えるはずだ。

水出し紅茶を作っておけばよかった。そうすれば頼もしい大人だと思ってもらえただろう。でも、今からじゃ遅すぎるし、アッシュが何か飲みたがったら、コーヒーをいれることにしよう。

そうやってうろたえているうちに、玄関のブザーが鳴った。

気まずいわね。何もかも気まずいったらないわ。のぞき穴を確かめると、今日の彼は青いTシャツを着て、昨日よりも少し無精ひげが濃かった。くしゃくしゃになった濃い色の豊かな髪、賢そうな猫を彷彿させるグリーンの目。ちょっといらだっているようだわ。

もしアッシュがずんぐりして、はげ頭で、二十歳年上だったら、こんなに気まずく感じることはないのかしら。あるいは、彼がこんなにも魅力的でなければ。

こんなときに、相手にうっとりしちゃだめよ。そう自分に言い聞かせながら、ライラは玄関のドアを開けた。

「こんにちは。どうぞ入って」握手をしようかと思ったが、堅苦しい気がして、あげた手をそのままおろした。「こういうときはどうすればいいのかしら。すごく変な気分だわ」

「きみが電話をくれて、ぼくが訪ねてきた。そこから始めたらどうだろう」

そんな気まずさに無頓着なトーマスが、アッシュに挨拶しようと近づいた。「きみの猫かい？　それともクライアントの猫？」

「クライアントの猫よ。でも、トーマスは最高の相棒なの。ここでの仕事が終わったら、きっとこの子が恋しくなると思うわ」

アッシュはライラがよくするように猫の頭から尻尾までゆっくり撫でた。「朝、日が覚めて、混乱することはないのかい？　今どこにいるんだろうって」

「昔はともかく、今はないわ。時差があると混乱することもあるけど、たいていはニューヨークかその周辺で働いているから」

「ここはすてきな家だね」アッシュは体をまっすぐにしながら言った。「日がよくさしこむ」

「そうなの。あなたはわたしに気まずい思いをさせないように、世間話をしてくれているのね。事件を目撃した場所に案内するわ。まず、つらいことをすませてしまいましょう」

「そうだね」

「わたしはゲストルームに泊まっているの」ライラは部屋を指した。「ここには西向きの窓が一枚あるわ。あの晩、ジュリーが帰ったあと、わたしはくつろいでいて……。そういえば、彼女があなたを知っていたの。〈チェルシー・アート〉の支配人、ジュリー・ブライアントよ」

背が高くて、とてもすてきな瞳をした、陽気な声で笑う、魅力的な赤毛の女性だ。

「きみはジュリーを知っているのか？」

「ジュリーは昔からの友人よ。あの晩も午前零時ちょっと過ぎまで、ここにいたわ。ふたりでワインを何杯も飲んでカップケーキを食べたから、わたしはなかなか寝つけなくて双眼鏡を手にしたの」

　彼女は彼に双眼鏡を手渡した。

「わたしはそれをのぞきながら、物語を考えるの。向かいの棟のいろんな人についてあれこれ空想していたから、次のシーンを考えようとして窓を眺めたのよ。ばかみたいでしょう」

「そんなことはないよ。ぼくもいろんな光景を頭に描く。それだって物語の一種だ」

「よかった。ばかみたいだと思われなくて、ほっとしたわ。とにかくあの晩、双眼鏡をのぞいたら彼女が見えたの。セージ・ケンダルが」

「今は覆われている窓だね」

「ええ。その左側の小さなバルコニーがついた部屋が寝室よ」

「たしかにこれがあれば、よく見えるね」アッシュが双眼鏡をのぞきながらつぶやいた。

「わたしにとっては一種のゲームだった――幼いころから。テレビや映画を観たり本を読んだりするのと同じね。一度は泥棒を食いとめたことがあるわ――二年前にパリで。ある晩、住民が出かけている隙に、滞在先の向かいのフラットに誰かが忍びこむのを目撃したの」

「旅行に冒険、犯罪の解決。それがハウスシッターの生活か」

「犯罪を解決することはほとんどないけど……」

「きみはオリヴァーを――ぼくの弟を見なかったんだね」

「ええ、セージだけよ。寝室の明かりはついていなかったの。居間のほうの明かりがついていたけど、薄暗かった。彼女は窓の前にいたわ。こんなふうに」

ライラは歩みでて、セージの立ち位置を示した。「そして、左側に立っていた人と話しているようだった。窓と窓のあいだの壁際に立っていた人と。彼が彼女を殴るのが見えたわ。一瞬の出来事だったけど、きっと彼の手が見えたのね。覚えているのは、セージの頭がくるっとまわって、彼女がこんなふうに手で顔を押さえたことよ」

ライラは頬から顎をてのひらで覆ってみせた。

「彼はまた彼女を殴ったわ。握り拳に、黒っぽい袖。あっという間で、それ以上は見えなかった。わたしはベッド脇のテーブルに置いてあった携帯をつかんで、あの窓に視線を戻した。すると、セージは窓ガラスに背を押しつけていた。彼女の背中と結いあげた髪がほつれてたれさがっているのが見えたわ」

「どんなだったか、実際にやってみせてくれないか?」

「こんなふうに……」ライラは窓ガラスに背を向け、窓枠に身を乗りだし窓ガラスにもたれた。

「きみには彼女しか見えなかったんだね。それはたしかかい?」

「ええ。間違いないわ」

「ぼくが調べた情報によると、セージは長身で百七十八センチあった」アッシュは双眼鏡を置いた。「オリヴァーはぼくと同じくらいの背丈で、百八十五センチだ。つまり、セージより数センチ高い。弟が彼女を窓ガラスに押しつけたら……」

アッシュは窓際に近づいた。「ぼくはきみに危害を加えるつもりはない。ただ、きみに証明したいだけだ」そう言ってライラの肩に手をのせると、慎重に押した。まるで直接肌が触れあっているかのように、ライラはてのひらのぬくもりをシャツ越しに感じた。「オリヴァーがこんなふうにセージを押さえつけたら、彼女は今のきみのように後ろに傾いたはずだ」

ライラの鼓動が少し激しくなった。アッシュはわたしを窓の外に突き飛ばしたりしない。そんなことは起こるはずがないし、彼のことは怖くない。でも、なぜこんな恐ろしいことが――殺人のまねごとが――不思議なほど親密に感じるんだろう。

「どうしてきみにはオリヴァーが見えなかったんだ?」アッシュが問いただした。

「もし誰かがこの部屋を外から眺めたら、きみの頭上にぼくの顔が見えるはずだ」

「わたしは身長が百六十五センチしかないわ。セージはわたしより十三センチも高かったのよ」

「だとしても、オリヴァーのほうが彼女より頭の位置が高かったのは間違いない。だから、きみにはあいつの顔が見えたはずだ」

「わたしには見えなかったわ。でもセージはハイヒールをはいていたのかもしれない。すてきな靴を持っていたし……あっ、でもあのとき彼女は……」

彼女は両脚をばたつかせながら落下した。あれは素足だった。

「セージはハイヒールも靴もはいていなかった」

「だったら、オリヴァーの顔が見えたはずだ。少なくとも顔の一部が」

「わたしは彼を目にしていないわ」

「たぶん、セージを突き落とした犯人がオリヴァーほど背が高くなかったからだ。彼女より背が低かったんだろう」

アッシュはふたたび双眼鏡を手にとって外を眺めた。「きみは握り拳と黒っぽい袖を見たんだね」

「ええ、それはたしかよ。あのときのことを思い返したら、真っ先に頭に浮かんだから」

「セージぐらいの背丈で、黒い服を着た人物。あの晩オリヴァーがどんな服を着ていたか、警察にきいてみる必要があるな」

「あの、でも、あれはネイビーブルーかダークグレーだったかもしれないわ。薄暗くてよく見えなかったから」

「だったら、黒っぽい服だな」

「わたしはほかにも誰かがあそこにいたと思わないようにしていたわ。でも、別の人間がいたはずだと、あなたに説得された」ライラがそう言うと、アッシュは彼女に視線を戻した。「その後、やっぱりあのふたりしかいなかったと思おうとした。それなのに、またあなたに説得されそうになってる。もうどっちのほうが悪いのかわからない」

「どっちが悪いなんてことはない」ふたたび双眼鏡をおろしたアッシュの目つきは、険しかった。彼の全身から怒りがにじみでていた。「だが、真実はひとつだ」

「あなたが真実を突きとめられるよう祈っているわ。テラスに出れば、別の角度から眺められるの。わたしも外の空気を吸いたい気分」

ライラは相手の返事を待たずにテラスへ出た。彼は一瞬ためらったのち、双眼鏡を持ってあとに続いた。

「水を飲みたいわ。あなたは？」

「もらえるとありがたいな」それに飲み物を出してもらえば、もう少し長居できる。彼女に続いて屋内に入り、ダイニングルームを通り過ぎた。「ここがきみのオフィスかい？」

「ノートパソコンはどこにでも移動できるわ。わたしはあまりものを広げないようにしているの。広げすぎると、忘れっぽくなるし、クライアントをいらだたせることになるから」

「じゃあ、ここでティーンエージャーの人狼の小説を書いているんだね」

「ええ……どうして知っているの？」そうきいてから、ライラは手をあげた。「グーグルね。あれで検索されたら、逃れられないわ。それに、わたしもあなたのことを調べたから、文句は言えないわね」

「きみは職業軍人の子供なんだね」

「本当にわたしのプロフィールを読んだみたいね。正確には、今は退役軍人の子供よ。高校を卒業するまでに七回転校したわ。だからケイリーには――わたしの小説の主人公には――共感するの。転校したくないって思う彼女には」

「ぼくもその気持ちはわかるよ。軍の転勤命令同様、両親が離婚すると引っ越さないといけないこともあるから」

「そうでしょうね。ご両親が離婚したとき、あなたは何歳だったの？」

「六歳だった――両親の離婚が正式に成立したときは」ライラとともに外へ出ると、アッシュは夏の暑さに包まれた。照りつける日ざしであたたまったトマトのおいしそうなにおいやスパイシーな花のにおいがした。

「そんなに幼いころに？　でも、いくつになっても離婚はつらいものよね。お子さんはあなただけだったの？」

「いや、二歳年下の妹クロエがいた。父が再婚すると、コーラとポーシャという義理のきょうだいができた。父と二番目の母はオリヴァーをもうけたあと、あいつがまだ赤ん坊だったときに離婚した。ぼくの実の母も再婚し、相手にはヴァレンティーナっていう連れ子がいて、その後エステバンが生まれた。そんな感じで、きょうだいが大勢いる。十五歳のライリーはきみの本を読んだことがあるかもしれない。ちなみに、きょうだいの末っ子はマディソンで、まだ四歳だ」

「あなたには四歳の妹がいるの？」

「父の今の奥さんはぼくより若い。世の中には切手を蒐集《しゅうしゅう》する人もいるけど、うちの父は切手より女性のほうが好みなんだ」アッシュは肩をすくめた。

「そんな大家族でよく混乱しないわね」

「実は家族の一覧表《スプレッドシート》があるんだよ」ライラが笑うと、アッシュは微笑んだ——ふたたび、たき火の前でくるくるまわっている赤いドレス姿のライラが頭に浮かぶ。「いや、本当なんだ。大学の卒業式や誰かの結婚式に招待されたとき、その人と縁続きかどうか知っておくに越したことはないからね。ここの庭師は誰だい？」

「わたしの憧れのメイシーよ。理想的な女性なの。わたしも彼女みたいになりたいわ。そういえば、彼女はあなたの絵を一枚持っているわよ」

「彼女って、ここの住民かい？」

「いいえ、ごめんなさい、間違えたわ。わたしってときどき思考があさっての方向に飛躍してしまうの。セージ・ケンダルよ。ジュリーが彼女のことをちょっとだけ知っていることに気づいたの。セージはジュリーのギャラリーのクライアントで、あなたの絵を購入したことがあるそうよ。草原で女性がバイオリンを弾いている絵を。わたしもその作品を知ってるの。その絵を飾れる壁があったら、絶対に買うってジュリーに話したから。きっと、わたしには手が出ない値段でしょうけど、あの絵をかける壁と購入資金があったら、買っていたわ。すばらしい作品だもの。でも、セージもそう思ったはずだと思うと、悲しいわ。やっぱり水じゃだめね」ライラはミネラルウォーターのボトルを脇に置いた。「ワインを一杯飲まない？」

「いいね」

「じゃあ、注いでくるわ」ライラは立ちあがって、屋内に消えた。

アッシュはふたたび双眼鏡をかかげた。オリヴァーは新しいガールフレンドにその絵を買うようすすめたのかもしれない。これはすばらしい作品だと、また太鼓判を押して。あるいは、セージがオリヴァーを喜ばせたくて買ったのかもしれないな。今となっては誰にもわからない。

「あの部屋でほかの誰かを目にしたことは？　訪問者とか修理工とか」ライラが赤ワ

インを注いだグラスをふたつ持って戻ってくると、アッシュはきいた。

「いいえ。どうしてだろうと思ったことを覚えているわ。わたしが眺めていたほかの部屋には、誰かしら人が来ていたから。ちょっとしたパーティーを開いたり、友人を呼んだり、デリバリーを注文したり。誰かしらいずれかの時点で来ていた。でも、あのふたりは違ったの。しょっちゅう、ほぼ毎晩のように出かけていたわ。それに、ふたりとも昼間もほとんど外出していた、たいてい別々に。働いてるんだろうと思ったわ。でも、わたしが見ていないときに、誰かを招いたことがあったのかもしれない。わたしはただここに座って向かいの棟を双眼鏡でずっと監視していたように思われてるかもしれないけれど、実は朝と夜にちょっと眺めていただけなの。それと、寝つけなかった深夜に」

「ロンドン・テラスのようなアパートメントは、人をもてなす場所だ。オリヴァーはパーティーを開いたり人を招いたりするのが好きだったし、あんな部屋ならそうしたいと思ったはずだ。それなのに、どうしてあのふたりはそうしなかったんだろう？」

「ニューヨークの人々の多くが夏場は休暇に出かけるわ。だから、わたしはこの時期が本当に忙しいの」

「ああ、なのになぜあのふたりは休暇に出かけなかったんだ？」

「彼は働いていなかったの？」

「オリヴァーは母方のおじの店で働いていた。アンティークショップで買いつけと販売を行っていたんだ——まだあの店で働いていたとすれば。それでなんとかなるときは、たいていは信託財産で暮らしていたよ。でも、ヴィニーのもとで——母方のおじのもとで働きだしてから、もうすぐ一年になるはずだ。今度はうまくいってるようだった。少なくとも身内ではそう噂《うわさ》されていた。オリヴァーはようやく自分の居場所を見つけたと。それなのに……。ぼくはヴィニーと話さないと」

「大変ね。そんなに大家族だと。大勢の人に連絡して、このことを伝えないといけないんでしょう。でも、大家族は慰めにもなるはずだわ。わたしはずっときょうだいがほしかったの」

　アッシュが目張りされた窓をふたたびじっと眺めていたので、ライラは一瞬口をつぐんだ。

「お父さまとは話したの？」

「ああ」そのせいで気が滅入《めい》っていたアッシュは、腰をおろしてワインをじっと見つめた。「父たちは数週間スコットランドにいる。ぼくが葬儀について詳しいことを知らせたら、コネティカットに戻ってくるらしい」

「じゃあ、葬儀の手配はあなたがするの？」

「そのようだ。オリヴァーの母親は今ロンドンにいるし、今回の件で打ちひしがれている。子供を失えば、誰だって悲しみに押しつぶされて当然だ。だが……オリンピアは娘たちも愛しているが、オリヴァーが世界の中心だった」

「今は誰かが彼女につき添っているの？」

「ポーシャがロンドンに住んでるし、オリンピアはまた再婚した。リック――いや、彼は一番目の夫だ。ちなみにぼくの父は二番目の夫だよ」アッシュは眉間をこすった。「現在の夫はナイジェルだ。ぼくが知る限り、いい人だよ。オリンピアには彼がついているけど、彼女はすっかり打ちひしがれているから、ぼくが密葬の手配を整えることになった。おそらく、葬儀はコンパウンドで行われることになるだろう」

「あなたは塀で囲まれた豪邸《コンパウンド》を所有しているの？」

「家主は父だ。すでにマスコミがひどく騒ぎ立てているから、葬儀直前まで家族は別の場所にいたほうがいい」

あなたは渦中にいるのに？「あなたはレポーターに追いかけまわされているの？」

アッシュはワインを飲み、あえて肩の力を抜いた。「オリヴァーは異母弟で、義きょうだいや半分血のつながったきょうだいのひとりだ。だから、それほどひどくない。それに、ぼくは極力目立たないようにしているからね」

「バレリーナとデートしていたときは、そうでもなかったんじゃない？」ライラはアッシュにのしかかる重圧を少しでも軽くしたくて、小さく微笑んだ。「グーグルとジユリーから仕入れた情報よ」

「マスコミにとりあげられたのは、ほとんど彼女のほうだ」

「本当にそう思うの？」ライラは椅子の背にもたれた。「あなたは資産家の御曹司で、画家としても成功し、向こう見ずな雰囲気を漂わせてるのに」

「向こう見ず？」

アッシュを愉快がらせたことをうれしく思いつつ、ライラは肩をすくめた。「わたしはそういう印象を持ったわ。マスコミは彼女だけじゃなく、あなたのことも大きくとりあげていたわよ。でも、今回はあなたを放っておいてあげてほしいけど。誰か手伝ってくれる人はいるの？」

「手伝い？」

「葬儀の手配のことよ。そんな大家族で世界じゅうに散らばっていたら、やることが山ほどあるでしょう。ただでさえ普通の状況じゃないのに、彼の両親がふたりとも国外にいるなんて。わたしの出る幕ではないかもしれないけれど、人手が必要なら手伝うわ。わたしは電話をかけたり指示に従ったりするのが得意なの」

アッシュはライラに視線を戻し、大きなダークブラウンの瞳をじっと見つめた。そこには深い同情の念しか浮かんでいなかった。「なぜそんなことを言ってくれるんだ？」

「ごめんなさい。わたしなんかがしゃしゃりでる場合じゃないわね」

「ぼくはそんなつもりできいたんじゃない。ただ、なんて親切なんだろうと思っただけだ」

「よその窓を眺めたり小説を書いたりしているからかもしれないけど、わたしは他人の立場になって想像する癖があるの。もしかすると、そういう癖があるから、窓を眺めたり小説を書いたりするのかも。もしわたしがあなただったら、今ごろ打ちのめされているはずよ。だから、何か手伝えることがあれば教えてちょうだい」

アッシュが返事をする間も、どうこたえるか考える間もなく、携帯が鳴った。「すまない」腰を浮かせてバックポケットからとりだした。「警察だ。いや、席は外さなくていい」彼女が立ちあがろうとするのを見て言った。「どうかここにいてくれ。ファイン刑事からだ」アッシュはしばし電話に耳を傾けた。「いいえ、実は今、外出先で……そちらにうかがってもかまいません。それか……ちょっと待ってください。刑事が何かつかんだらしい」ライラに向かって言った。「またぼくと話したいそうだ。ぼくは警察署に出向いてもいいし、刑事をここに呼んでもいい。あのふたりは、ぼくに会おうと自宅を訪ねたようだ」

ライラはさっき自分から協力を申しでたことを思い返した。本気で言ったのだから、今こそ協力しよう。「ここへ来るように伝えてちょうだい。わたしはかまわないから」

アッシュはライラの目を見つめたまま、ふたたび携帯を持ちあげた。「わたしは今ライラ・エマーソンと一緒にいます。彼女の滞在先で。ここの住所はご存じですね。ええ、あなたがたが到着したら説明します」

アッシュはポケットに携帯をしまった。「刑事はぼくがここに来たことや、きみと面識があることが気に入らない様子だった。それがひしひしと伝わってきたよ」

ライラは物思いにふけりながらワインをひと口飲んだ。「刑事はわたしたちが以前からの知り合いなのかもしれないと考えるでしょうね。わたしたちが今回の件を画策し、あなたが弟さんを殺して、わたしがあなたをかばっているかもしれないと。でも、さまざまな点で辻褄が合わないと気づくはずよ」

「辻褄が合わないのか？」

「そうでしょう。だってわたしたちが犯人なら、刑事をここに招いて自分たちが疑われるようなまねをするはずがないもの。でも、それより重要なのは、セージが転落した直後に、わたしが警察に通報したことよ。そんなことをして、あなたをかばえると思う？　そもそも通報する理由がないし、ほかの目撃者に任せればいいことでしょう。それに、なぜ通報したときに、あなたの弟さんがセージを突き落としたのを見たと言わなかったの？　そのほうがすっきりして簡単なのに。だから、刑事はあれこれ勘ぐった挙げ句、どうしてわたしたちがキルダーブランド夫妻のテラスでワインを飲んでいるのか、ただ知りたがるだけだと思うわ。理由を知りたがるのは当然だし、それにはきちんと答えられるはずよ」

「論理的で明快だな」

「小説を書くときは、どうすれば筋が通るか考える必要があるの」

思いやり深いうえに、論理的で、きっと想像力が研ぎ澄まされているんだろう。

「高校生の人狼は筋が通るのか？」

「自分が生みだした世界のなかでなら、もっともらしければ、現実にありえなくてもかまわないのよ。わたしの世界では、人狼は完璧に筋が通っているわ。わたしはどうしてこんなに緊張しているのかしら。警察と顔を合わせてばかりいるせいね」ライラは立ちあがると、もう水やりをしたのに、じょうろをつかんだ。「これまでは直接かかわったことなど一度もなかったのに、今やしょっちゅうよ。わたしもあなたもそれぞれ警察と話し、わたしは今あなたと話してる。見知らぬ者同士が、いつの間にかみんなつながっている。それに、ジュリーも警察の事情聴取を受けたから――」

「絵画の販売を仲介しているせいで？」

「そうじゃないわ。ゆうべジュリーの自宅に空き巣が入ったの。犯人はただの子供だと思うわ。だって、盗まれたのはマノロのサンダルや香水瓶や口紅だけだから。でも不法侵入には違いないし、警察も調書を作成したわ。そして、今度はまたここに警察がやってくる。いけない、プランターに水をやりすぎちゃったわ」

「この暑さだし、大丈夫だよ」だが、アッシュはライラに歩み寄ってじょうろを奪いとり、テラスにおろした。「ぼくは警察と階下《した》で落ちあってもかまわないよ」

「いいえ、そういうつもりで言ったんじゃないの。それに、オリヴァーがセージを突き落とした犯人じゃないと、またあなたに説得されたから、わたしも警察と話してみたいわ。コーヒーをいれるべきかしら。ゴールドフィッシュを——金魚の形をした小さなクラッカーを買い置きしてあるから、それを出してもいいわ。こういうときってどうしたらいいかわからないの。ああ、どうして水出し紅茶を作っておかなかったのかしら」

「また思考があちこちに飛んでいるよ。肩の力を抜いたほうがいい」アッシュはライラが脇に置いたワイングラスをつかんでさしだした。「さあ、なかに入って警察と話をしよう」

「そうね。あなたがここにいてくれてよかった」ライラは彼とともになかに入った。

「もっとも、あなたがいなければ警察がここに来ることもなかったのよね。でも、あなたがいてくれてよかった。あっ、来たみたい」玄関のブザーが鳴った。

もう考えるのはやめなさい。そう自分に言い聞かせ、ライラは玄関に直行した。

「こんにちは」ライラは一歩さがって刑事たちを招き入れた。

「あなたがお知り合いだったとは知りませんでした」ファインがいきなり切りだした。

「いいえ、以前は知りませんでした」

「昨日、警察署で耳にした会話から、ライラが警察に通報した人だとわかったんです」アッシュは居間の椅子に座り、ほかの三人が腰をおろすのを待った。「それで、帰ろうとしていた彼女をつかまえて、話をさせてもらえないかと頼みました」

ファインは探るような目でじっとライラを見つめた。「あなたが彼をここに招いたんですか？」

「いいえ。まず昨日、警察署の向かいのコーヒーショップで話をしました。そのとき、事件を目撃した場所から現場を見てみたいとアッシュに頼まれたんです。その後、彼の頼みを聞き入れても問題ないと判断しました。ジュリーがアッシュと知り合いだったので」

ウォーターストーンが眉をあげた。「ジュリー？」

「友人のジュリー・ブライアントです。〈チェルシー・アート〉の支配人で、彼女のギャラリーでアッシュの作品を取り扱っているそうです。ジュリーのことは前にお話ししましたよね、彼女の住所を郵便物の届け先にしていると」

「世間は狭いですね」

「そうみたいです」

「狭い世間だからこそ――」ファインが口を挟んだ。「被害者はあなたの絵をアパートメントに飾っていたんですね、ミスター・アーチャー。〈チェルシー・アート〉で購入した絵画を」

「そう聞きました。わたし自身はセージのことを知りませんでした。自分の作品の購入者と会って知りあうことは、めったにないので。わたしは捜査に首を突っこむつもりはありません。ただ、オリヴァーはわたしの弟です。だから、真実が知りたいんです。いったい何があったのか。事件当日、弟はどんな服装でしたか？　発見されたとき、何を着ていたんですか？」

「ミスター・アーチャー、質問するのはわれわれのほうですよ」

「きみは目撃したことを話したんだろう？」アッシュはライラにきいた。

「ええ、もちろん。握り拳や黒っぽい袖のことでしょう？　話したわよ」ライラは一瞬口をつぐんだ。「オリヴァーは黒っぽい服を着ていなかったんですね」

「あなたが目にしたのは一瞬の動きです」ウォーターストーンが思いださせるように言った。「部屋は薄暗く、双眼鏡越しだった」

「たしかにそうですが、黒っぽい袖が一瞬見えました。もしオリヴァーが黒っぽい服を着ていなかったのなら、セージを突き飛ばしたのは彼じゃありません。それに、本当ならわたしはオリヴァーの顔を目にしているはずなんです。アッシュによれば、オリヴァーは身長が百八十五センチあったそうです。だったら、なぜオリヴァーがセージを窓に押しつけたとき、彼女の頭上に彼の顔が見えなかったんでしょう?」

「ご自分の供述を思いだしてください」ファインが忍耐強い口調で言った。「あれは一瞬の出来事で、彼女のほうに注目していたんですよね」

「そのとおりですが、オリヴァーの顔の一部が見えたはずです。それに、彼がセージを突き落としたなら、黒っぽい袖が見えるはずがありません」

「ですが、ほかには誰も目にしなかったんですよね?」

「ええ」

ファインはアッシュのほうを向いた。「弟さんは何か問題を抱えていましたか?彼に危害を加えたいと思っていた人物を誰かご存じですか?」

「いえ、心当たりはありません。オリヴァーは長いことトラブルを抱えているタイプじゃないので」

「あなたは弟さんの同棲相手のセージ・ケンダルとは一度も会ったことがないんですよね。彼女は五桁の——五桁でも上のほうの値がついた——あなたの作品を購入していますが」

「やっぱりわたしには手が出ない代物だったのね」ライラがつぶやいた。

「ええ、一度も会ったことはありませんし、つい最近オリヴァーから話を聞いただけです。昨日、事情聴取でもお話ししたとおりです。オリヴァーは彼女を突き飛ばしていません。自ら命を絶ってもいません。わたしにはそう確信するだけの理由がありますが、あなたがたはどうしてそう考えるようになったんですか?」

「あなたは弟さんともめたことがありますね」ウォーターストーンが指摘した。「異母弟である彼と」

「オリヴァーは本当に手の焼けるやつでした」

「あなたは癇癪《かんしゃく》を起こして、人を殴ったことがあるとか」

「ええ、それは否定できません。でもオリヴァーを殴ったことは一度もありません——子犬を殴るようなものなので。それに、女性を殴ったこともありません、これからも決して手をあげることはないでしょう。どうぞご自由に洗いざらい調べてください。ですが、どうして事件現場の状況を鵜呑《うの》みにできなくなったのか、理由を教えてもらえませんか?」

「わたしの前では話したくないということでしたら、わたしは外出するか別の部屋に移ります」

ファインはライラを一瞥《いちべつ》しただけで、アッシュのほうに向き直った。「どうせわたしたちから聞いた話の内容をあとで彼女に伝えるのでしょう」

「ライラは目撃者として正しいことをしました。赤の他人のわたしにも本物の同情を示し、放っておいてほしいとはねのけてもおかしくないのに、もう充分協力してくれました。そんな彼女に話さないわけがないでしょう。それに、ライラは席を外す必要などありません」

ライラはその言葉に無言で目をみはった。誰かがわたしをかばってくれたことなんて——かばわないといけないと思ってくれたことなんて——あっただろうか。

「弟さんの体内からはアルコールと薬物が検出されました」ファインが言った。

「前にもお話ししたとおり、オリヴァーは決してアルコールに薬物を混ぜたりしません」

「監察医によれば、検出された量からして薬物の過剰摂取だそうです。薬物治療を受けていたのであれば話は別ですが。解剖の結果、弟さんは死亡時に意識がなかったことがわかりました」

アッシュの顔はこわばったままだった。ライラはずっと見守っていたため、それに気づいた。

「やはりオリヴァーは殺されたんだ」

「今は二件の連続殺人事件として捜査しています」

「誰かがオリヴァーを殺したんだ」

「心からお悔やみを言うわ」ライラは本能に従って身を寄せ、アッシュの手に手を重ねた。「あなたが最初からずっとそう信じていたことは知っていたけど……本当にお気の毒だったわ、アッシュ」

「たまたま間が悪いときに間が悪い場所に居合わせたということですか？」アッシュはゆっくりとききいた。「そうなんですか？　犯人はオリヴァーを気絶させ、セージを殴って怯えさせ、さんざん痛めつけてから突き落とした。その後、オリヴァーの息の根をとめ、あいつが後悔か絶望で自殺したように見せかけた。だが、犯人が痛めつけたのはセージだ、つまり犯人とつながりがあるのは彼女でしょう」

「あなたは彼女と面識がなかったそうですし、とりあえず今は弟さんのほうに集中しましょう。彼は誰かに借金をしていましたか？」

「オリヴァーは借りた金は必ず返しました。信託財産か、父親か母親かわたしからお金を引きだして──必ず返してました」

「彼はどこで薬物を入手したんでしょう？」

「それはわかりません」

「先月、弟さんはイタリアに行き、ロンドンに数日滞在してパリへ移動したあとニューヨークに戻っています。その旅行について何かご存じですか？」

「いいえ。出張かもしれません。オリヴァーの母親はロンドンに住んでいるので、彼女に会いに行った可能性もあります。たしか、パリには異母きょうだいのジゼルがいるはずです」

「そのおふたりの連絡先はわかりますか？」

「はい。あとでお教えします。オリヴァーは殺されたとき意識がなかったんですか？」

一瞬ファインの口調が和らいだ。「ええ。監察医の解剖結果によれば、弟さんは亡くなったときは意識がなかったそうです。あともう少しだけ質問させてください」

刑事が質問してアッシュが言葉につまりながら答えるあいだ、ライラはずっと押し黙っていた。事情聴取が終わると、彼女は玄関まで刑事を見送った。ひとまず、これで終わった。居間に引き返して腰をおろす。

「ワインをもう一杯いかが？　それともミネラルウォーターかコーヒーにする？」

「いや、けっこうだよ。ぼくは……もう行かないと。これから何本か電話をかけなければならない。それから……ありがとう」アッシュは立ちあがった。「こんなことに巻きこまれて気の毒だったね。本当にありがとう」

ライラはかぶりを振ると、ふたたび本能のままにアッシュに歩み寄り、その体に両腕を巻きつけてハグをした。彼の手が慎重にそっとライラの背中に触れたあと、彼女は後ろにさがった。「何かわたしにできることがあれば、連絡してちょうだい。これは本心で言ってるのよ」

「ああ、きみを見れば、ただの社交辞令じゃないとわかるよ」アッシュはライラの手をつかみ、一瞬握りしめてから放して玄関に向かった。

ライラはぽつんと立ちつくしながら、アッシュを思って悲しくなった。きっともう二度と彼に会うことはないだろう。

5

アッシュは両手をポケットに突っこみながら、そのアパートメントの建物の前に立っていた。今の今まで、どんなにそこへ足を踏み入れたくないと思っているか気づかなかった。いや、頭の一部ではわかっていたのだろう——だから、友人に電話をかけたのだ。

隣にたたずむルーク・タルボットは、アッシュの立ち姿をまねていた。

「オリヴァーの母親が到着するまで待ってもいいんじゃないか」

「いや、オリンピアにはこんなことはさせたくない。そうでなくても、彼女はぼろぼろの状態だ。さあ、さっさとすませてしまおう。警官が待っているからな」

「それは誰も聞きたくない台詞だな」

アッシュはドアマンに近づいて用件を伝え、すんなり入れるよう身分証を提示した。

「ごきょうだいのことは本当にお気の毒でしたね」

「ありがとう」アッシュはそう言われることにもううんざりしていた。この二日間、数えきれないほどの人に連絡し、ありとあらゆるお悔やみの言葉を耳にした。

「これが片づいたら、ビールを飲みに行こう」十四階を目指すエレベーターのなかでルークが提案した。

「そうだな。オリンピアはオリヴァーの私物をひとつ残らず確認したがっているが、ぼくはその一部を選んで渡そうと思っている。どうせオリンピアは気づかないだろうし、そのほうが彼女もあまり傷つかずにすむだろう」

「アッシュ、それは本人に決めさせたほうがいい。きみにはもう充分やらなければならないことがあるだろう。それに、オリンピアがクリスマスにオリヴァーにプレゼントしたセーターやなんかをどうやって見分けるんだ？」

「わかったよ、きみの言い分は正しい」

「だから、ぼくがついてきたんだよ」ルークはアッシュとともにエレベーターからおりた。広い肩幅、たくましい腕に大きな手、百九十センチを上まわる背丈。日に焼けたブラウンの豊かな髪はカールしていて、襟足が無地の白いTシャツの襟ぐりにかかっている。サングラスのつるをジーンズのウエストに挟み、ややくすんだブルーの目をさっと通路に走らせた。

「静かだな」ルークは言った。

「ああ、きっとここには騒音規制があるんだろう。ありとあらゆることに決まりごとがあるはずだ」

「山ほどのルールか。だが、ルールに縛られたり隣人に気を遣ったりしたくないからといって、誰もが建物ごと購入できるわけじゃない」

「こぢんまりしているな」まだ事件現場のテープが張られている玄関の前で、アッシュは躊躇《ちゅうちょ》した。なかに入れるよう、テープの一部がカットされていた。くそっ。胸のうちでつぶやき、ブザーを押した。

ウォーターストーン刑事が玄関のドアを開けるのを見て、アッシュは面食らった。

「事件現場の監視役は制服警官に任せるんだと思っていました」

「ちょっと追加の調査を行っているんです」

「わたしはルーク・タルボットです」ルークが手をさしだした。

「初めまして。あなたは弁護士には見えませんね」ウォーターストーンが言った。

「それは、わたしが弁護士じゃないからでしょう」

「ルークには荷造りを手伝ってもらいます。わたしにはオリヴァーの衣類のほかに、何をつめればいいのかわからなくて……」アッシュはあたりを見まわして口ごもった。

淡いグレーのソファには飛び散った血痕が乾いてこびりつき、背後の濃いグレーの壁には血のりが不気味な模様を描いていた。

「まったく、どうして覆い隠さないんですか?」ルークが詰問した。

「申し訳ないが、われわれにはできません。セージ・ケンダルの近親者に連絡して、清掃の手配をしてください。この手の清掃を手がける会社をいくつか紹介しましょう」

そのとき、別の部屋からファインが入ってきた。「ミスター・アーチャー、早かったですね」ルークを見るなり一瞬目を細めたかと思うと、彼を指さした。「〈ベーカーズ・ダズン〉——西十六丁目のベーカリーね」

「ええ、あれはわたしの店です」

「お店であなたを見かけたことがあります。あなたのお店のせいで、スポーツジムに費やす時間を一週間に五時間増やす羽目になったわ」

「毎度ありがとうございます」

「あのチャンキー・ブラウニーのせいよ。あれが死ぬほどおいしいから。あなたの友人ですか?」ファインはアッシュにきいた。

「ええ。ルークに手伝ってもらうことにしたんです。オリヴァーの母親からはリストを渡されました。リストの品はほんのひと握りです。どれも彼女がオリヴァーに譲った家宝ですが、弟がまだそれを手放さずにいるか、それがここにあるかわかりません」

「リストを貸してもらえますか。わたしが確認しましょう」

「リストはここにあります」アッシュは携帯をとりだして画面に表示した。

「このカフスボタンや懐中時計は見かけました。どちらも寝室にあります。でも、アンティークの銀製のシガレットケースや、炉棚の置き時計は目にしていません。ここにあるのはカフスボタンと懐中時計だけです。ほかのものを見逃したとは思えませんが」

「きっとオリヴァーは売り払ったんだと思います」

「弟さんの上司にきいてみたらどうですか？　アンティークショップを営んでいらっしゃる彼のおじに」

「はい、きいてみます」アッシュは携帯を受けとると、ふたたび周囲を見まわした。そして、血痕の染みがついたソファの向かい側の壁に、自分の作品が飾られているのに目をとめた。

「いい絵ですね」ファインが言った。

「これなら理解できます」ウォーターストーンはアッシュのぼんやりした表情を見て、続けた。「世の中にはわけのわからない絵が多い」

アッシュは絵のモデルの名前を思いだした。レオーナだ。柔らかそうな肌、美しい体のライン。裸足《はだし》で歩く夢見がちな女性を思わせる雰囲気。彼女を見たとき、草原にたたずみ、髪やスカートを風にたなびかせながら、バイオリンを弾こうとかまえている姿が頭に浮かんだ。

そのイメージどおりに描かれた彼女は、アッシュの弟の死を見届けたわけだ。

まったく腑《ふ》に落ちない。

「まだ、オリヴァーの遺体は引きとれないそうですね」

「もうしばらくすれば許可がおりるはずです。わたしが直接確認して、ご連絡します」

「わかりました。今日はオリヴァーの衣類とこのリストの品を引きとるつもりです。彼の母親にとって大事なものなので。残りをどうするかは、まだわかりません」

「見覚えのあるものが見つかったら、われわれに確認してください」

「オリヴァーの私物のなかにはファイルや書類やコンピューターがあったはずです」

「ノートパソコンは押収し、現在調査中です。書類がつまった箱もありました。保険証書に信託財産の書類、契約書。それらは確認済みで、今は寝室にあります。書類は持ち帰っていただいてけっこうです。写真も何枚かありました。弟さんは貸金庫を所有していましたか？」

「いいえ。わたしの知る限りでは」

「彼のドレッサーには、六千四百五十ドルの現金が入ってました。それも持ち帰ってください。すべて終わったら、書類に署名してもらいます。さらに、証拠品や科学捜査の対象として持ちだされたもののリストがあります。いつそれぞれの調査が終わって引きとれるか確認してください」

アッシュは無言でかぶりを振ると、ファインがやってきた方向に進み、寝室に足を踏み入れた。

濃い紫色の壁と対照的な白い窓枠、スタイリッシュでありながら、どことなく威厳が漂い、巨大な四柱式ベッドのつややかな柱ともよく調和している。

警察が寝具を丸ごとはぎとったらしく、マットレスがむきだしになっていた。きっと鑑識だな。ベッドの足元の色鮮やかなチェストは、ふたが開いたままで、中身がごちゃごちゃになっている。どれもうっすらとほこりをかぶっているようだ。

壁には霧に包まれた森となだらかな丘を描いたすばらしい絵画が飾られていた。おそらくセージが選んだものだろう。貴族の館を彷彿させるこの寝室にぴったりの作品だ。そこから弟の不運な恋人の人物像が垣間見えた。

彼女は華やかに着飾りながら、ロマンティックな一面を秘めた女性だったのだろう。「オリヴァーならここにすんなりなじんだだろう」アッシュは言った。「ふたりでも充分な広さだし、スタイリッシュな半面、名家の雰囲気も漂っている。まさに弟の好みそのものだ。あいつは望みどおりのものを手に入れたってわけだな」

ルークは持参した空き箱を組み立て始めた。「最後に話したとき、オリヴァーはうれしそうだったんだろう。うれしそうに興奮してたんだよな」

「ああ、うれしそうに興奮してて、ちょっと酔っ払ってた」アッシュは両手で顔をこすった。「だから、誘いを断ったんだ。オリヴァーの頭のなかに、もくろみや取引や壮大なアイデアが渦巻いてるのがわかったからだ。そんなことに巻きこまれたくなかったし、あいつの相手もしたくなかった」

ルークはちらっと振り返った。アッシュをよく知る彼は、何気ない口調で言った。

「また自責の念に駆られて自分自身を殴りつけるつもりなら、そのジャケットを持っていてやるよ」

「いや、もう充分やったからいい」

だが、アッシュは窓辺に移動して外を眺めた。そのとたんライラがいるアパートメントの窓が目に入り、あの晩彼女が窓辺にたたずんで他人の生活を垣間見ているところを想像した。

双眼鏡をのぞいたのがあと十分早いか遅いかだったら、ライラはセージの転落を目撃しなかったはずだ。

そうしたら、ぼくたちは出会っていただろうか？

ライラのアパートメントの窓を眺めながら、今ごろ何をしているんだろうと考えている自分に気づき、アッシュはぱっと背を向けた。チェストへ引き返して引き出しを開けると、靴下がぐちゃぐちゃにつまっていた。

警察だな。オリヴァーなら丸めずに畳んできちんとしまっておくはずだ。ぐちゃぐちゃになった靴下を見て、木を覆うほこりのように、悲しみがまた心に積み重なった。

「理由は覚えていないが、一度オリヴァーの買い物につきあったことがある。あいつは靴下を一足買うのに二十分もかかった――その靴下じゃないと、締めているネクタイに合わないと言って。いったい誰がネクタイと靴下をコーディネートしたりするんだ?」

「ぼくたちはしないな」

「どこかのホームレスがこのカシミアの靴下をはくことになるんだろうな」アッシュは引き出しを引き抜いて中身を全部箱に入れた。

二時間後には、荷物の山ができていた。四十二着のスーツと三枚の革のジャケット、二十八足の靴、数えきれないほどのシャツやネクタイ、ブランド物のスポーツウェア、スキー道具、ゴルフ道具、ロレックスの腕時計とカルティエのタンクウォッチ――オリヴァーがしていたものを合わせれば腕時計は三つだ。

「きみはそんなに空き箱は必要ないって言ったけど」ルークが床に積みあげられた山をしげしげと眺めた。「まだ二、三箱必要だな」

「残りは今すぐやる必要はないし、処分したっていい。オリヴァーの母親がほしがっていた遺品はすべてまとめたからな」

「きみがいいなら、ぼくはかまわない。これだけでも、タクシー二台は必要だ」ルークはふたたび箱の山を見て、眉間にしわを寄せた。「それか、引っ越し用のヴァンかな」

「いや、すべて自宅に配送してもらうことにするよ」アッシュは携帯をとりだして配達の手配をした。「じゃあ、ビールを飲みに行くとするか」

「そいつはいいね」


アッシュは建物をあとにしただけで、かなり気が楽になった。あとはにぎやかなバーが、すっかり心を癒《いや》してくれるだろう。ダークウッドを基調とした店内には、ビール酵母のにおいが漂い、グラスの音や話し声が響いていた。

ここはがらんとしたアパートメントの恐ろしい静寂をかき消すのに、まさにうってつけの場所だ。

アッシュはビールをかかげ、明かりの下で琥珀《こはく》色の瓶をじっと見つめた。「〝ベッシーのイノシシ〟？　誰がこんな凝った名前の地ビールを飲むんだ？」

「きみだろう」

「ぼくはただどんな味か知りたかっただけさ」アッシュはひと口飲んだ。「まずくはないな。きみの店もビールを出すべきだ」

「ぼくの店はパン屋だぞ、アッシュ」

「だからなんだ？」

ルークは笑って、〝超特急《ホップス・オン・ダウン》〟という銘柄の地ビールを味見した。「店の名前を〝ブリオッシュ&ビール〟につけ替えてもいいな」

「きっとテーブルは常に満席になるぞ。ルーク、今日はありがとう。カップケーキのアイシングで大忙しなのに」

「ときにはオーブンから離れて休むことも必要だ。実は、二軒目をオープンしようかと思ってるんだ」

「まったく仕事の鬼だな」

「かもな。でも、この一年半、店は大繁盛だし、今はソーホーを中心に二軒目の出店場所を探してるところなんだ」

「もし援助が必要なら――」

「今回はいいよ。だが、一軒目を出すとき、きみが援助してくれなかったら、そんなふうに言えなかったし、事業拡大も考えられなかった。だから、もし二軒目をオープンして若くして過労死したら、きみのせいだぞ」

「じゃあ、きみの葬式にはチェリーパイをふるまうとしよう」そう言ったとたん、オリヴァーのことを思いだし、アッシュはまたビールを飲んだ。「オリンピアはバグパイプの演奏を望んでいる」

「嘘だろう」

「どこで思いついたのか知らないが、オリンピアがそれを望んでいるのはたしかだ。なんとか手配するつもりだよ。そうすれば、二十一発の弔砲や火葬用の薪《まき》の山なんて考えないだろうから。いや、わからないな、彼女の気はころころ変わるから」

「だが、きみはなんとかするだろう」

それは文字どおり、一族のモットーだ。みんな、ぼくがなんとかすると思っている。

「警察が遺体を引き渡してくれるまでは、何もかも宙ぶらりんの状態だ。それに、葬儀がすんでも、この件は終わらない。オリヴァーを殺した犯人とその動機が明らかになるまでは」

「警察は何か有力な手がかりをつかんでいるかもしれないぞ。まあ、そうだとしても、きみには伏せているだろうけど」

「ああ。ウォーターストーンは、少なくとも頭の隅で、ぼくが犯人かもしれないと疑ってるようだ。ぼくとライラが偶然出会ったことが気に入らないらしい」

「それは、きみがどうしても真実を突きとめなければならない理由を知らないからだろう――きみがみんなから質問攻めにされることを。ぼくにもひとつ質問がある。その〝のぞき屋〟はどんな女性なんだ?」

「ライラは自分のことをそんなふうに思っていないし、きみも彼女の話を聞けば納得するはずだ。ライラはただ人間が好きなんだよ」

「そんなこと信じられるか」

「世の中にはいろんな人がいる。ライラは人を眺めたり、人に話しかけたり、人と過ごしたりするのが好きなんだ。なのに、作家だなんて変わってるよな。作家は、ひとり黙々と何時間も働かなければならないはずだ。だが、ハウスシッターは彼女の性格に合っている。他人の家の留守を預かって管理するのは。ライラは世話好き《テンダー》なんだ」

「なんの監督《テンダー》だ?」

「監督じゃなくて世話好きだよ。ライラはいろんなものの世話をするんだ。他人のものや住まいやペットの世話を。ぼくの面倒も見ようとした、赤の他人だっていうのに。彼女は……オープンなんだ。あんなにオープンだと、何度か痛い目にも遭っているはずだ」

「ちょっと惚れたんだろう」ルークは指先で宙に円を描いた。「きっととびきりの美人だな」

「惚れてなんかいない。ライラはおもしろい女性で、とても親切だった。ぼくは彼女の絵を描きたいと思っているだけだ」

「ふうん。やっぱり惚れたな」

「ぼくは絵を描くたびにモデルに惚れたりしない。もしそうなら、常に恋をしてることになるじゃないか」

「いや、どのモデルにも多少は好意を持ったはずだ。さもなきゃ、絵を描いたりしないだろう。それに、さっきも言ったが、ライラは美人に決まってる」

「いや、特別美人というわけじゃない。魅力的な顔立ちで、唇はセクシーだし、長い髪はきみの店で出すダークチョコレートモカの色にそっくりだ。でも……一番印象的なのは瞳だな。ロマを思わせるあの目は人を魅了し、さわやかでオープンな印象とは対照的だ」

「彼女から連想するのはどんな姿だ？」アッシュがどのように作品を生みだすのかよく知るルークは、そう尋ねた。

「ゆったりとしたスカートの赤いドレスをまとい、鬱蒼《うっそう》とした森にさしこむ月明かりに照らされながら、ロマのキャンプで踊っている姿だ」

アッシュは無意識のうちに常に持ち歩いている短い鉛筆をポケットからとりだすと、カクテルナプキンに彼女の顔を手早くスケッチした。

「ラフなスケッチだが、本人に似ていると思う」

「やっぱり美人じゃないか——そんなにあからさまじゃないが。絵のモデルを依頼するのか？」

「いや、それは不適切だろう」ルークが黙って眉をつりあげると、アッシュは肩をすくめた。「ああ、そうだな。こと作品に関して、普段のぼくはその手のことをほとんど気にしない。だが、今回は……気まずい状況だ。ライラはそう言っていた――気まずいと。ぼくに言わせれば、くそったれな状況だが」

「言い回しが違うだけだろう」

それを聞いて、アッシュはにやりとした。「ああ、言葉は言葉でしかないな。とにかく、ライラはもうぼくや警察に愛想をつかしたはずだ。次のハウスシッターの仕事で別の家に移ったら、きっとほっとするだろう。もう窓の外を見るたびに、目撃した光景を思いださずにすむからな。おまけに、あの事件の翌晩、友人宅に空き巣が入ったらしい。まあ、彼女の友人がそう思いこんでいるだけかもしれないが」

「空き巣に入られたら、一目瞭然なんじゃないか」

「普通はそう思うよな。実は、なんともややこしいことに、ぼくはその友人と面識があるんだ。彼女はぼくの作品を展示販売しているギャラリーの支配人なんだよ。ライラの話では、何者かが友人宅に忍びこんで化粧品や靴を盗んだらしい」

「冗談だろう」ルークは鼻を鳴らしてビール瓶を持ちあげた。「靴はクローゼットの奥に落ちていて、化粧品は持っていることすら忘れていたポーチにでも入ってるんじないか。それで一件落着だ」

「その友人のことを知らなければ、ぼくもそう思っただろう。だが、かなり几帳面《きちようめん》な女性なんだ。とにかく、そんなわけで、ライラは自分だけじゃなく友人まで警察に事情聴取され、ますますいやな思いをして……」ふさぎこむようにうつむいていたアッシュは、突然はっと身を起こした。「くそっ」

「どうしたんだ？」

「ライラはその住所を使っていた――その友人の住所を郵便物の届け先にしていたんだ。やはり何者かが友人宅に忍びこんだんだろう。だが、目的は盗みじゃない。ライラを探すためだ。ライラが目撃者だとぼくにわかったなら、別の誰かがそれを突きとめていてもおかしくない」

「きみは自ら厄介ごとに首を突っこもうとしているぞ、アッシュ」

「いや、もしそうなら、もっと前にこのことに気づいたはずだ。ぼくはただ淡々と片づけようとしかしていなかった。だが、ちょっと客観的になって考えてみよう。誰かがオリヴァーと弟の恋人を殺し、殺人と自殺に見せかけようとした。ライラはセージが犯人ともめてビルから転落するのを目撃し、警察に通報した人物だ。その翌晩、彼女が郵便物の届け先にしているアパートメントに空き巣が入った。それが単なる偶然だと思うか？」

ルークの顔に懸念の表情がよぎった。「そう言われると、たしかに怪しいな。とはいえ、同一犯の犯行と決めつけるのは、あまりにも無理があるんじゃないか？　いったいどんな殺人犯が化粧品や靴を盗んだりするんだ？」

「たぶん女だ。あるいは女装趣味の男か、女性に盗品をプレゼントして喜ばせようとしている男か。とにかく、ぼくが言いたいのは、このふたつの事件がほぼ間を置かずに起きていることだ。これから彼女に確認してみるよ。そして、ジュリーがなんらかのトラブルに巻きこまれていないかきいてみる」

「ジュリー？　彼女の名前はライラだと言わなかったか？」

「ジュリーは彼女の友人だ。ぼくと共通の友人だよ」

ルークはゆっくりとビールを置いた。「ジュリー。アートギャラリーの支配人。まったくくそったれな状況だな。そのジュリーがどんな女性か教えてくれ」

「デートしたいのか？　だとしたら、大当たりだぞ。もっとも、きみの好みのタイプじゃないが」

アッシュはナプキンを裏返し、一瞬考えこんだのち、ジュリーの顔をスケッチした。ルークはナプキンをつかむと、無表情のままじっと見入り、しばらくして口を開いた。「長身で……グラマー、ルピナスの青い花のような色の瞳、それに赤毛だろう」

「ああ、まさしくジュリーだ。彼女を知っているのか？」

「ああ、知ってた」ルークはビールをごくごくと飲んだ。「彼女と結婚していたからな。ほんの一瞬。大昔に」

「嘘だろう」ルークが衝動的に結婚してあっという間に離婚したことは知っている——たしか、やっと合法的に酒を買える年齢になったころに。「ジュリー・ブライアントがきみとの結婚から逃げだした女か」

「ああ。きみはこれまで一度も彼女の話をしなかったな」

「ジュリーはギャラリーの支配人で、仕事絡みの友人だ。プライベートのつきあいはないし、念のため断っておくがデートしたこともない。だいいち、彼女はきみの好みのタイプじゃないだろう。きみがたいてい惹《ひ》かれるのはエネルギーの塊みたいな女性で、とびきりセクシーで上品な芸術家タイプの女性じゃない」

「それは今も傷心を引きずってるからさ」ルークは心臓のあたりを指でつついた。「ジュリー・ブライアントか。くそっ。たしかに気まずいな、もう一杯ビールを飲まないとやってられない」

「それはあとにしろ。ライラと話して、その空き巣事件について詳しく聞かせてもらう必要がある。以前聞いたときは、ちゃんと注意を払っていなかった。きみも来たほうがいい」

「どうして?」

「殺人犯が元妻の靴をはいているかもしれないんだぞ」

「ばかなことを言うな。それに、彼女と結婚していたのは十年以上前のことだ」

「きみだって確かめたいんだろう」アッシュはテーブルに紙幣を放り、さっきのナプキンをルークへと押しやった。「ビールとこのスケッチは、ぼくのおごりだ。さあ、行くぞ」


ライラはシャワーを浴びようかと考えた。今日は朝から小説の執筆に没頭し、その後休憩をとってトーマスの遊び相手をし、メイシーのエクササイズDVDのコレクションを一本試したから、汗を洗い流したほうがよさそうだ。

今夜はジュリーとデリバリーを注文するか、外食するか、まだ決めていない。どちらにしても、もうすぐ六時半になるし、しばらくしたらジュリーも来るだろうから、さっさとシャワーを浴びないと。

「わたしは文系人間よ」トーマスに向かってつぶやく。「それに、あのDVDの陽気なブロンドはサディストだわ」

長湯は無理だけど、ここのすてきなバスタブでお湯につかろうかしら。もし――。

「やっぱり、バスタブにつかるのは無理そう」そのとき玄関ブザーが鳴り、ライラはつぶやいた。「わたしがシャワーを浴びるあいだ、ジュリーにはちょっと待っててもらうしかないわね」

玄関に直行し、訪問者を確かめずにぱっとドアを開けた。「早かったわね。わたしはまだ――。えっ！」

アッシュの目を見つめながら、ライラはパニックに陥った。この三日間髪を洗っていないし、お化粧もしていない。そのうえ、ヨガパンツとブラトップは汗でびっしょりで、どちらも数カ月前から買い換えようと思っていたものだ。

きっとわたしの体からは、ピラティスでかいた汗と、エクササイズ後のご褒美に頰張ったドリトスのにおいが漂っているはず。

アッシュが微笑むと、ライラはまた〝えっ？〟としか言えなかった。

「前もって連絡すればよかったね。ちょうどこの近くにいて、きみに話したいことがあったから……。彼はルークだ」

連れがいたのね。もちろん今はそれがはっきりと見える。がっちりとした肩のハンサムな男性の存在が、ついさっきまで目に入らなかっただけだ。

ライラはまたしてもうろたえた声をもらすと、話しだした。「ずっと仕事をしてて、そのあとエクササイズのDVDを試してみたんだけど、赤ん坊みたいに泣きたくなるほどきつかったの。それで、わたし……。ああ、そんなことはどうでもいいわね」後ろにさがって、ふたりを招き入れた。

見た目がどうだろうと気にすることなんかないわ。デートしてるわけじゃあるまいし。それより、彼が前に会ったときよりもリラックスしているように見えることのほうが重要だ。

「初めまして。そして、おまえもよろしくな」ルークはしゃがみこむと、彼のズボンのにおいをさかんにかいでいるトーマスをかいてやった。

「あなたは警察の方ですか?」

「いや、ぼくは警官じゃなくてパン職人だ」

「プロのパン職人なんですか?」

「ああ。この数ブロック先に店を出している。〈ベーカーズ・ダズン〉っていう店なんだけど」

「ミニカップケーキ!」

その叫び声ににこにこしながら、ルークは立ちあがった。「もちろん、ミニカップケーキも売っているよ」

「いいえ、食べたことがあると言いたかったの。あの赤いアイシングのカップケーキを食べたときは涙が出たわ。つい先日もまた買いに行って、今度はサワードウブレッドとキャラメルラテも買ったわ。すてきなお店ね。いつからあそこで商売をしているの?」

「三年ほど前から」

「ベーカリーで働くのはどんなだろうって昔から気になっていたのよ。パンのおいしそうなにおいやタルトの美しさに気づかなくなることはあるのかしら？　幼いころからパン職人になりたかったの？　あら、ごめんなさい」

ライラは髪をかきあげた。「椅子をすすめてもいないのに質問攻めにしてしまって。飲み物はいかが？　ワインのほかに、ようやく作った水出し紅茶もあるわ」そう言ってから、アッシュに微笑んだ。

「気にしなくていいよ。さっきビールを飲んだばかりなんだ。それと、ちょっと頭に浮かんだことがあって」

ルークがうれしそうな猫を撫でようとふたたび身をかがめた拍子に、サングラスが落ちた。「いまいましいねじだな」サングラスをつかみ、抜けたねじも拾った。

「よかったら、わたしが直してあげる。ちょっと待っていてね。どうぞ座って」

「彼女に直せるのか？」ライラが出ていくと、ルークがきいた。

「ぼくにきかないでくれ」

ライラはかなり物々しいスイス・アーミー・ナイフを手に戻ってきた。「とりあえず座りましょう」そう言って、ルークからサングラスとねじを受けとった。

「何か新たにわかったの？」ライラは腰をおろした。アッシュが座ると、古くからの友人のようにトーマスが膝に飛びのってきた。

「警察はほとんど何も教えてくれない。あの部屋からオリヴァーの遺品を引きとらせてくれただけだ」

「それはつらかったわね。ルークと一緒に行ったのね」ライラはルークをちらりと見てから、多機能ツールナイフを開き、小さなドライバーを選んだ。「つらいときは、誰かと一緒のほうがいいわ」

「押し入られた形跡がないから、オリヴァーたちは自ら犯人を招き入れたんだろう。おそらく顔見知りだ。警察はもっと情報をつかんでいるのかもしれないが、教えてくれなかった」

「きっと警察が犯人を見つけるわ。目撃者がわたしだけのはずがないもの」

その可能性はあるが、進んで捜査に協力しようとするのは彼女だけかもしれない。

「直ったわ」ライラはサングラスのつるを曲げたり開いたりして確認した。「これで新品同然よ」

「ありがとう。そんなツールナイフを見たのは初めてだよ」ルークがライラの手元を顎で指した。

「このコンパクトなツールナイフには三百種類の必要不可欠な道具がおさまってるの。これなしで生きていける人がいるなんて信じられないわ」彼女はナイフを折り畳んで脇に置いた。

「ぼくはダクトテープの大ファンだ」

ライラはルークに向かって微笑んだ。「その無限の使《つか》い途《みち》はまだ知りつくしてないわ」そう言って、アッシュに視線を戻した。「友達がいるっていいわね」

「ああ。友達といえば、前回ここに来たとき、ジュリーの家に空き巣が入ったと言ってたね。あれから何か進展があったかい？」

「いいえ。警察はジュリーが単になくしたか、どこかに置き忘れたせいで見当たらないだけだと思っているの。ともかく、彼女はそう言ってるわ。そのあと鍵を替えて、ふたつ目のデッドボルトをとりつけたから、ジュリーも安心したみたい。でも、マノロのサンダルを盗まれた痛手からは永遠に立ち直れないかも」

「きみはジュリーの住所を郵便物の届け先にしているんだろう」

「いろんなことに連絡先の住所が必要なの。それに、ハウスシッターの仕事の合間に泊めてもらったり、季節物を預かってもらったりしているから、都合がいいのよ」

「ジュリーの住所はきみの届出住所でもある。オリヴァーが殺された翌晩、誰かが彼女の自宅に忍びこんだ。その日、きみは警察に通報して事情聴取を受け、ぼくと話をした」

「そうね。すべてがその一日にぎゅっとつめこまれた感じで……」

アッシュが見守るなか、ライラははっとして考えこむような表情になった。だが、そこに怯えは見てとれなかった。

「あなたはふたつの事件が関連していると思ってるのね。わたしはそんなこと、考えもしなかった。その可能性に気づくべきだったのに。わたしのことを知らない誰かが、わたしを見つけようとしたと考えるのが、もっとも論理的よね。わたしは殺人犯を見なかったから、正体は特定できないけど、犯人はそのことを知らない。あるいは、すぐにはわからなかった。だから、わたしを探してジュリーの自宅に忍びこんだ」

「きみはこのことをずいぶん冷静に受けとめているね」

「それはジュリーがあのとき留守で、無傷だったからよ。それに、殺人犯はもうわたしが無害だとわかったはず。警察に犯人の特徴を教えられたらよかったのに。でもそれができない以上、犯人がわたしを狙う理由はないわ。それに、ジュリーの自宅にふたたび忍びこんで、彼女を怯えさせることもないはずよ」

「オリヴァーとあいつの恋人を殺した犯人は、きみほど論理的な人間じゃないかもしれない」アッシュは言った。「きみは気をつけるべきだ」

「誰がここまでわたしを探しに来るっていうの？　それに、あと数日もすれば、わたしは別の場所に移るわ。わたしの居場所を知る人は誰もいない」

「ぼくは知ってる」アッシュは指摘した。「それに、ルークやジュリー、きみのクライアントも、おそらく彼らの友人や家族も。そして、ドアマンも。きみは外出してそこらを歩きまわり、買い物したり外食したりする。犯人はきみがあの晩このあたりにいたことを知っているだろう——いや、知っているはずだ。だったら、この界隈《かいわい》を探すに決まってる」

「この界隈と言っても広いわ」ライラはむっとした。自分で自分の面倒を見られないと誰かに決めつけられると、決まっていらだちを覚える。「それに、ニューヨークで暮らしたり働いたりしている人は誰だって、用心の仕方を心得ているわ」

「きみはついさっき相手が誰か確かめずに玄関のドアを開けた」

「普段はそんなことしないわ。でも、もともと人が来る予定だったから……ほら」ちょうどそのとき玄関のブザーが鳴った。「ちょっと失礼するわね」

「彼女の神経を逆撫でしたようだな」ルークが小声で言った。

「用心するように説得するためなら、何度だってそうするさ」

「〝ばかなまねはするな〟と言う代わりに〝きみのことが心配なんだよ〟っていう切り札を使えばいいじゃないか」

「ぼくは彼女をばかだなんて言ったことは一度もない」

「いや、そうほのめかしていたよ。もし本当に——」

次の瞬間、ルークの頭が真っ白になった。十二年の歳月を経て、彼女は変わった。

もちろん変わって当然だが、どの変化もすばらしいものだった。

「ジュリー、アッシュとはもう面識があるでしょう」

「ええ。このたびは本当にお気の毒だったわね、アッシュ」

「きみのメッセージは受けとったよ。わざわざありがとう」

「こちらはアッシュの友人のルークよ。あの絶品のカップケーキを覚えてるでしょう？　あれは彼の店のものなの」

「本当？　あれは――」ジュリーの顔に驚いた表情が浮かんだ。かすかに不安も入りまじっているようだ。これまでの年月が消え去り、彼女ははっとわれに返った。「ルーク」

「ジュリー。きみに会えるなんて信じられないよ」

「でも……これはどういうこと？　ここで何をしているの？」

「ぼくはここに住んでいるんだ。このニューヨークに。もう八年になる」

「あなたたちは知り合いなの？」ジュリーもルークも答えないので、ライラはアッシュにきいた。「このふたりは知り合いなの？」

「ルークとジュリーは以前結婚していたらしい。元夫婦なんだ」

「えっ、彼が――。それじゃ、ますます……」

「気まずいかい？」

ライラはさっとアッシュを見ると、明るく言った。「さっき話していたワインを飲むことにしましょう。ジュリー、ちょっと手を貸してもらえる？」

ライラは親友の腕をつかみ、有無を言わせずキッチンに連れこんだ。

「大丈夫？」

「わからないわ。彼がルークよ」

ジュリーは大地震の唯一の生存者のように見えた。すっかり動揺してぼうっとし、ほんの少しうれしそうだ。

「ふたりを追い返しましょうか。あのふたりに帰ってほしい？」

「ううん、そんなことないわ。わたしたちは……。もう大昔のことよ。ただ、ここに来たらルークがいたから、ショックだっただけ。ねえ、わたし、どう見える？」

「今のわたしの見た目を考えると、意地悪な質問ね。でも、あなたはとってもすてきよ。ねえ、どうしてほしいか教えて、そのとおりにするから」

「ワインを飲むのはいい考えね。洗練された礼儀正しい態度で接しましょう」

「それがあなたの命令なら、わたしはシャワーを浴びないと。でも、まずはワインよね」ライラはグラスを出した。「彼ってとってもキュートね」

「そうでしょう」ジュリーが微笑んだ。「昔からそうだったの」

「あなたがかまわなければ、ワインを出したあと、ふたりの相手をしていてもらえる？　わたしはそのあいだに身なりを整えるわ。十五分だけ時間をちょうだい」

「十五分で変身できるなんてずるい。いいわ。洗練された礼儀正しい態度よね。さあ、始めるわよ」

6

思ったほど気まずくはなかったわね。ちゃんと洗練された態度をとれているかどうかはわからないけど——もともとそういうのは得意じゃないし——かなり礼儀正しい雰囲気だわ。

少なくとも、アッシュが空き巣に関する自説を持ちだし、驚いたことに、ジュリーがそれを鵜呑みにするまでは、そうだった。

「なぜ思いつかなかったのかしら！」ジュリーがぱっとライラのほうを見た。「それなら筋が通るし、納得だわ」

「あなたはティーンエージャーのいたずらだって言ってたじゃない」ライラは思いださせるように言った。

「それはなんとか理解しようとしていたからよ。でも、ティーンエージャーの不良娘が手がかりも残さずに空き巣に入れると思う？　警察は鍵をちゃんと調べたのよ」

「でも、殺人犯があなたのマノロのサンダルや口紅を盗んだりする？　人をふたりも殺すような人物なら、もっとほかに盗むものがあるんじゃない？」

「あれは最高のサンダルだし、盗まれた口紅の色は完璧な赤なのよ。それに、あの香水だって簡単には手に入らないんだから。だいたい、殺人犯に盗み癖がないなんて誰が言ったの？　ふたりも人を殺せるなら、盗みなんて朝飯前でしょう。ライラ、あなたは用心したほうがいいわ」

「わたしは警察の助けになるようなことを何ひとつ目撃しなかった。マノロのサンダルをはいて、完璧な赤い口紅を塗り、香水の甘い香りを漂わせている犯人は、もうそのことに気づいたはずよ」

「これは冗談じゃない」

「ごめんなさい」ライラはアッシュに向き直った。「あなたの弟さんがかかわっている事件だし、わたしも冗談じゃないとわかっているわ。でも、わたしなら大丈夫。誰もわたしを心配する必要なんてないわ」

「もしライラがタトゥーを入れるとしたら」ジュリーが口を挟んだ。「きっとその台詞にするでしょうね」

「だって、本当のことだもの。たとえアッシュの仮説がすべて正しかったとしても——わたしにはずいぶん無理な解釈に思えるけど——数日後には、わたしはアールグレイという名前のティーカッププードルがいるアッパー・イースト・サイドのペントハウスに移っているわ」

「その仕事はどうやって見つけたんだい？」ルークがきいた。「クライアントはどうやってきみを見つけるんだ？」

「多くの場合が口コミかクライアントの推薦よ。それと、インターネットの神様のおかげね」

「きみはウェブサイトを持っているんだろう」

「アールグレイでさえウェブサイトを持っているんじゃないかしら。でも、答えはノーよ」ライラは話をもとに戻した。「ウェブサイトからじゃわたしの居場所はつかめない。予約状況を示すカレンダーは載せてるけど、どこで働いているかは書いてないから。それに、クライアントのリストは絶対に載せないわ」

「あなたのブログはどうなの？」ジュリーがきいた。

「ブログにも仕事先の住所は載せないわ。クライアントの名前はウェブサイトにもブログにも書かない。彼らのコメントを載せるときも、イニシャルだけよ。ねえ、聞いて。もしもわたしが殺人犯で、向かいの棟のいまいましい女に顔を見られて正体がばれるかもしれないと冷や冷やしているとしたら、きっとこうするわ。ある日、路上でふらりと目撃者に近づき、道を尋ねるの。その女が顔色も変えずに答えたら、そのまま通り過ぎて殺し屋の人生を歩むわ。もし相手がはっと息をのんで〝あなたね！〟と叫んだら、彼女の太股を——大腿《だいたい》動脈を刺すわ。そして、血を流す被害者をその場に置き去りにする。どちらのやり方でも問題は解決するわ。ねえ、夕食を食べたくない？」ライラはきっぱりと話題を変えた。「わたしは食べたいわ。デリバリーを注文しましょうよ」

「ぼくたちが食事に連れていくよ」ルークがそつなく言った。「ほんの二ブロック先にイタリアンレストランがある。料理は最高だし、絶品のジェラートがあるんだ」

「最高の料理に絶品のジェラート！」

ルークがジュリーに向かって微笑んだ。「そのとおり。店のオーナーを知ってるから、電話をかけてテーブルを押さえるよ。それでいいかい？」ライラにきいた。

「ええ、いいわ」別にこれはデートじゃないわ。わたしと死亡した男性の兄、わたしの親友と彼女の元夫——結婚していたと言えないほど短期間で別れた元夫——という奇妙な組み合わせのダブルデートなんかじゃない。ただ一緒に食事をするだけよ。

そのイタリアンレストランの料理は最高だった。前菜として運ばれてきたイカの唐揚げやブルスケッタをつまんだとき、ライラはそれを実感した。彼女が常に重視している会話も、ルークにベーカリーについてあれこれ質問することでなんなく弾んだ。

「どこでパンの焼き方を学んだの？　あんなにパンを焼くなんて大変でしょう」

「最初は祖母から習ったんだ。そのあとは、あちらこちらでコツを学んだよ」

「ロースクールはどうなったの？」ジュリーがきいた。

「最悪だった」

「だから、言ったじゃない」

「ああ、そうだったね。でも、挑戦してみたんだ。両親はぼくが医者か弁護士になることを心底望んでいた。医学部のほうがきつそうだったから、ロースクールに行くことにした。でも、学費の足しにしようとキャンパスの近くのベーカリーで二年ほど働いてみたら、そっちのほうがはるかに気に入ったんだ」

「ご両親はお元気なの？」

「ああ。きみの両親は？」

「ええ、元気よ。今でもあなたのおばあちゃんのレシピのチョコチップクッキーや、あなたがわたしの十八歳の誕生日に焼いてくれたすてきなケーキを覚えているわ」

「あのとき、きみのお母さんからこう言われたよ。〝ルーク、あなたこれで生計を立てられるわよ〟って」

ジュリーは笑った。「そうだったわね！　でも、まさかあなたがパン職人になるなんて思いもしなかった」

「ぼくもだよ。実は、パン職人になるようぼくをそそのかしたのは、アッシュなんだ。彼は相手に悟られずに、そうしたほうがいいと思うことを相手にさせるのが得意なんだよ」

「ぼくはただこうきいただけだ。〝きみは人を雇うだけの実力があるのに、なぜ他人の店で働いてるんだ?〟って」

「まあ、そんな感じの言葉だった」そう言ってから、ルークはジュリーのほうを向いた。「きみはアートギャラリーの支配人か。昔から芸術が大好きだったし、美術史とかそういうことを学びたいと言っていたね」

「ええ、その願いをかなえたの。また学校に戻ってニューヨークに引っ越し、試行錯誤してアートギャラリーにたどり着いたわ。結婚して、ライラと出会って、離婚して、支配人にのぼりつめた」

「わたしは彼女の人生の転機にいっさいかかわっていないけど」ライラがきっぱりと言った。

「よく言うわよ」

「だって、故意にやったわけじゃないもの」

「わたしたちはヨガのレッスンで出会ったの」ジュリーが語りだした。「わたしたちっていうのは、ライラとわたしで、わたしと元夫のマキシムのことじゃないわ。ヨガの上向きの犬のポーズや下向きの犬のポーズをやっているあいだに、わたしたちは意気投合して、レッスンのあと一緒にジュースバーへ行くようになったの。その何気ない出会いが、とんでもないことに発展したのよ」

ライラはため息をもらした。「そのころわたしにはデートしていた男性がいたの。かなり真剣な交際になりそうな相手だった。ジュリーとわたしは女同士だから、当然恋愛相手や結婚相手についてもおしゃべりしたわ。わたしの彼はとてもハンサムで、仕事でも成功してた。よく出張が入ったけど、一緒にいるときはとても気が利く人だったわ。そして、ジュリーも旦那さんのことを話してくれた」

「わたしの夫もハンサムで、仕事面でも成功していたわ。ただ、前より労働時間がのびて、昔ほど思いやりを示してくれなくなった。実際、夫婦仲もぎくしゃくし始めて、ふたりで解決しようと模索している最中だった」

「ヨガのレッスンを何度か一緒に受けて、スムージーを飲みに行き、お互いの私生活についてあれこれしゃべった結果、わたしがつきあっていた相手は既婚者で、しかもジュリーの旦那さんだと判明したの。わたしは彼女の夫とベッドをともにしていたのよ。それなのに、ジュリーはわたしにスムージーを引っかける代わりに、その事実を受けとめた」

「お互いがそうしたのよ」

「そう、わたしたちはその事実を受けとめたの」ライラはジュリーとグラスを触れあわせた。「わたしたちの友情は彼の血によって結ばれたわ。文字どおりの意味じゃないけど」ライラはあわてててつけ加えた。

「暴力沙汰にする必要などなかったわ。ただ夫のあばずれを――」

「ひどいわ」

「夫のあばずれを家に招いて飲み物をふるまい、夫に最近知りあった親友だと紹介しただけだもの。二十分だけ猶予を与えたら、マキシムはそのあいだにつめられる限りの荷物をつめて出ていったわ。そのあと、ライラとわたしは四リットルサイズのアイスクリームをほぼ平らげたの」

「あれはベン&ジェリーズのコーヒー・ヘルス・バー・クランチだったわね」ライラは思いだしながらにっこりして頬にえくぼを浮かべた。「今でも大好きよ。あなたはすごいわ、ジュリー。わたしだったら羞恥心に耐えかねて真っ暗な深い穴にもぐりたくなったでしょうけど、あなたは違ったもの。〝あのろくでなしをとっちめましょう〟っていうのが、あなたの第一声だった。それで、一緒にとっちめたのよね」

「わたしはろくでなしを捨てて、あばずれを手元に残したの」

「わたしもろくでなしを捨てたわ」ライラは言った。「そして、何も知らなかった哀れな妻を手元に残したの。誰かがそうしてあげないとね」

「ぼくはきみを描きたい」

ライラはぱっとアッシュのほうを見て、目をしばたたいた。「今なんて?」

「下描きのスケッチをするからロフトまで来てくれ。まずは二、三時間でいい。きみの服のサイズは?」

「えっ?」

「サイズ2よ」ジュリーが答えた。「あばずれの多くがそうなの」そう言って首を傾《かし》げた。「どんな服を探してるの?」

「素朴でセクシーなロマ風の燃えるように赤いロングドレス、大胆な色使いのペチコート」

「嘘でしょう?」ジュリーは興味を引かれた様子でライラのほうを向き、鋭い目で品定めをするように見つめた。「いいえ、似合いそうだわ」

「やめてよ。遠慮しておくわ。わたしは……思いつきで言われたんだとしても光栄だけど、正直とまどっているわ。わたしはモデルじゃないもの。絵のモデルなんて、何をすればいいかわからない」

「ぼくがわかっているから、心配しなくていいよ」アッシュはウエイターをちらっと見て、スペシャルパスタを注文した。「明後日なら都合がいいな。十時にしよう」

「わたしはそんなこと――。彼と同じものでいいわ」ライラはウエイターに言った。

「ありがとう。ねえ、聞いて、わたしは――」

「支払いは時給でも定額給でもかまわない。あとで相談しよう。きみはアイメイクのやり方は知ってるかい?」

「えっ?」

「もちろん知っているわ」ジュリーが口を挟んだ。「等身大の肖像画なの? ちなみに、彼女の脚はすらりと長くてきれいよ」

「ぼくも気づいたよ」

「ねえ、お願いだから、やめてちょうだい」

「ライラはスポットライトを浴びるのが嫌いなの。覚悟を決めなさい、ライラ・ルー。あなたはたった今、名高い現代画家からモデルを依頼されたのよ。彼の空想的な絵画は不穏な雰囲気だったり風変わりだったりするけれど、どれも官能的で、高い評価を得ているわ。ライラはその日にあなたのロフトへ行くわ。わたしがちゃんと行かせるから」

「あきらめたほうがいいよ」ルークがライラに言った。「どうあがこうと、アッシュの意向に従う羽目になるんだから」

「きみがなんと言おうと、ぼくはきみを描く」アッシュは肩をすくめた。「だが、進んで協力してくれたほうが、作品の情感や深みが増すはずだ。ところで、ライラ・ルーっていうのは?」

「ライラ・ルイーズよ。ミドルネームは、わたしの父ルイス・エマーソン中佐にちなんでいるの。それから、わたしが断ったら、あなたは勝手にわたしの絵を描くことはできないわよ」

「その顔も体もきみのものだから?」アッシュは肩をすくめた。「だが、きみはその姿を世間に隠してるわけじゃない」

「ライラはちゃんとロフトに行くわ」ジュリーが繰り返した。「さあ、そろそろ化粧室に行くわよ。ちょっと失礼するわね」反論をかわすように、ジュリーはさっと立ちあがり、ライラの手をつかんで引っ張りあげた。

「アッシュはわたしを無理やりモデルになんかできないわ」ジュリーに引きずられながら、ライラは小声で言った。「それに、あなただってわたしに強制できないわよ」

「あなたは間違っているわ」

「それに、わたしは素朴でセクシーなロマタイプじゃないわ」

「ほら、やっぱり間違ってる」ジュリーはライラを連れて化粧室に続く狭い階段をおり始めた。「あなたはそういう雰囲気だし、ライフスタイルだってそうよ」

「わたしが既婚者とつきあったのはたった一度だけよ。しかも相手が結婚していたなんて全然知らなかったわ。それに、わたしのライフスタイルは素朴じゃないわ」

「でも、ロマみたいなライフスタイルじゃない」ジュリーは化粧室にライラを連れこんだ。「これはすばらしい機会よ。おもしろい経験だし、あなたの姿が不朽の名画となるのよ」

「きっとどきまぎして、恥ずかしいわ」どうせ化粧室に来たならと、ライラは個室に入った。「そんな気分になるのはいやよ」

「アッシュが緊張を解きほぐしてくれるわ」ジュリーもライラにならってもうひとつの個室に入った。「それに、わたしも一、二回見学させてほしいと掛けあうつもりよ。アッシュの制作過程をぜひ見てみたいし、クライアントにも話してあげられるから」

「だったら、あなたがモデルを務めればいいでしょう。あなたはセクシーで素朴なロマタイプじゃない」

「アッシュが指名したのはあなたよ。彼はもう頭のなかに作品のイメージがあって、あなたを描きたいと思っているの」ジュリーは洗面台に置かれていたピンクグレープフルーツの香りのハンドソープを試した。「それに、あなたが絵のモデルになれば、アッシュに新たなインスピレーションや創作意欲を与え、この悲しみを乗り越える手助けができるわ」

ライラは鏡に映るジュリーの得意そうな顔をにらんだ。「汚い手を使うのね」

「ええ、認めるわ」ジュリーはリップグロスを塗り直した。「でも、さっきわたしが言ったことは事実よ。だから、どうかやってみて。あなたは臆病者じゃないでしょう」

「さらに汚い手だわ」

「ええ、そうね」

ジュリーは笑いながらライラの肩を叩いて歩きだした。階段を半分ほどのぼったところで、押し殺した叫び声をあげた。

「なんなの？　ネズミでもいた？　いったいどうしたの？」

「わたしのサンダルだわ！」

ジュリーは残りの階段を駆けあがると、案内係がいるカウンターをまわって、入ってきたばかりの客の集団をかき分け、ようやく店の外に飛びだした。左右を見まわし、歩道に続く二段の階段を一気にのぼった。

「ああ、もう！」

「ジュリー、いったいどうしたのよ」

「あのサンダルよ、わたしのサンダル。すごくきれいな脚の持ち主がはいていたわ。足首にはタトゥーがあった。あとは、真っ赤なミニドレスしか見えなかったわ」

「ジュリー、マノロは同じサンダルを何足も作ってるのよ」

「あれはわたしのよ。考えてもみて」怒りに燃えながら、長身のジュリーがぱっと振り向いた。「あなたは殺人事件を目撃し、誰かがわたしの留守中に空き巣に入って、わたしのサンダルを盗んだ。そして、今度はあのサンダルをはいた女が、わたしたちが食事をしていたレストランから立ち去った——その店は殺人現場からたった二ブロックしか離れていないのよ」

ライラは眉をひそめ、あたたかい晩なのに急に鳥肌が立った腕をさすった。「あなたのせいで怖くなっちゃったわ」

「アッシュの言うとおりかもしれない。彼の弟さんを殺した犯人は、あなたを見張っているのよ。もう一度警察に話したほうがいいわ」

「もう、そんなに怖がらせないでよ。わかったわ、警察に話すと約束する。どうせ頭がおかしいと思われるに決まってるけど」

「とにかく警察にこのことを話してちょうだい。それから、今夜はドアノブの下に椅子の背を食いこませておいて」

「犯人が忍びこんだのは、あなたの自宅で、わたしの滞在先じゃないわ」

「わたしもドアノブの下に椅子の背を嚙《か》ませることにするわ」

ジャイはジュリーが階段をのぼり終えたときにはもう車に乗りこんでいた。あのアパートメントをのぞいていた詮索好きな女と、まぬけ男の兄がつながっているのが気に入らない。

あの女はたいしたことを目撃しなかったようだし、問題になるとは思えない。だが、ジャイはあのふたりのつながりが気に入らなかった。

雇い主もこの不安要素を問題視するはずだ。

もしイヴァンがあのばかなあばずれを窓から突き落とさなければ、こんな不安要素は生じなかっただろう。それに、あのまぬけ男がほんの数杯のバーボンで気絶したりしなければ。

あの男はあたしが到着する前に、すでに麻薬をやっていたに違いない。

運が悪かった。ジャイは不運など気にしないが、今回の仕事は不運続きだ。

オリヴァーの兄は何か知っているか持っているかもしれない。

あの男のロフトは要塞並みにセキュリティーが厳重だけど、そろそろ忍びこんでみるべきだろう。あの男は詮索好きな女とディナーを食べているし、あと二時間は帰らないはずだ。

「あの兄の家に連れていって」イヴァンに指示した。「そしたら、あんたはここに戻って連中の監視を続けて。あの四人が店を出たら連絡してちょうだい」

「こんなことをしても時間の無駄だ。あの女は何も知らないし、連中は何も持ってない。もし持ってたら、とっくに売り飛ばしてるはずだ」

どうしてこんなばかばかりと仕事をしなきゃならないんだろう? 「あたしの指示に従わないと、報酬はもらえないよ。あんたはあたしの指示に従えばいいんだ」

あたしはせめて不安要素のひとつを片づけよう。

ロンドン・テラスまで送るとアッシュに言われても、ライラは反論しなかった――ルークが反対方向に住むジュリーを家まで送り届けると言って譲らなかったからだ。

「あなたがジュリーとルークの両方を知っていたなんておもしろいわ、ふたりが元夫婦だったことを考えると」

「人生には不思議なことが山ほどあるよ」

「そうね。それに、あのふたりのあいだで恋の火花が散っているのを見て、不思議な気分だったわ」

「恋の火花？」

「昔の恋人、胸にくすぶっていた思い、新たな火花」ライラは両手を振りあげて花火のような音を出した。

「昔の恋人、あっという間に終わった虚《むな》しい結婚生活。消えた火花」

「賭けましょう」

「賭ける？」

「わたしの言葉をきき返してばかりいるなんて、ちゃんと注意を払っていない証拠ね。わたしは賭けましょうって言ったの。十ドルでどうかしら。あれは恋の火花で、燃えかすじゃないわ」

「よし、受けて立とう。ルークにはもう半ばつきあってる女性がいるんだ」

「〝半ばつきあってる女性〟っていうのは、単なるベッドの相手でしょう。それに、その女性はジュリーじゃないわ。あのふたりはとってもお似合いよ。美男美女同士で、ふたりとも健康的だし、スタイルもいいわ」

「ぼくの家に来ないか?」

「ちょっと待って。えっ?」ライラの胸は高鳴り、新たな火花が散るのを感じた。やけどしないように気をつけるのが賢明だわ。「やっぱり、わたしの話をちゃんと聞いていないみたいね」

「あっちにほんの数ブロック行くだけだし、まだそんなに遅くない。きみにぼくのアトリエを見てほしいんだ。きみに言い寄ったりしないから」

「あなたはわたしの夜を台無しにしたわ」アッシュの目つきが変わるのを見て、ライラはあわてて言った。「ただの皮肉よ。きっとジュリーは、わたしがあなたのスケッチにつきあうと同意するまで、しつこく説得しようとするでしょうね。でも、わたしがモデルを引き受けたら、あなたはそもそも頼んだのが間違いだったと気づくはずよ」

「とにかく、アトリエを見に来てくれ。きみは新しい場所を見るのが好きなんだろう。

それに、ぼくのアトリエを見れば、そのひどい態度も改まるんじゃないか」

「まあ、ご親切に。たしかに新しい場所を見るのは好きだし、まだそんなに遅くないわ。あなたはわたしに言い寄る気はまったくないと言うし、この身が危険にさらされる恐れはなさそうね。だったら、行ってみてもいいわ」

アッシュはロンドン・テラスとは反対方向へと角を曲がった。「きみに言い寄る気はまったくないとは言っていない。今夜はそうしないと言っただけだ。ところで、きみはその浮気男とどこで知りあったんだ？　きみとジュリーが共有していた男と」

ライラはまだ〝きみに言い寄る気はまったくないとは言っていない〟という言葉の意味を理解しようとしている最中だった。「そんなふうに言われると、不謹慎なほどセクシーに聞こえるわ。彼とは暴風雨のなかタクシーを相乗りしたの。ニューヨークでよくあるロマンティックな出来事よ。彼は結婚指輪をはめていなかったし、結婚しているとか恋人がいるというそぶりはいっさいなかった。結局彼と一杯飲んで、その数日後にはディナーに出かけ、それから何度も会ったわ。最悪だったはずの結末は別の実を結び、わたしは親友を手に入れた。だから、あのろくでなしも少しは役に立ったのよ」

ライラは即座に話題を変えた――彼女特有の話術で。「あなたはいつ自分に才能があると気づいたの？」

「きみは自分自身のことを話すのが嫌いなんだな」

「たいして話すことなんてないし、ほかの人のほうがずっと興味深いわ。あなたは幼稚園のときに洞察力にすぐれたすばらしい作品をフィンガーペイントで描いて、お母さんがそれを額に入れて飾ったの?」

「ぼくの母はそんなセンチメンタルな女性じゃない。でも、父の二番目の奥さんが、十三歳のころに描いた鉛筆画を額に入れて飾ってくれたよ。彼女のかわいい犬の絵を。ほら、着いたよ」

アッシュは大きな窓がある三階建てのれんが造りの建物に歩み寄った。古い倉庫をロフトに改築したらしい。ライラはこの手の建物が大好きだった。

「あなたは三階に住んでいるんでしょう、日の光が入るから」

「ああ、たしかに三階を使ってる」アッシュは大きなスチール製のドアの鍵を開けると、なかに入った。彼が暗証番号を入力してアラームを解除し、彼女はそのあとに続いた。

ライラは圧倒されながらくるりとまわった。てっきり、狭い共有スペースや古い貨物用エレベーター、一階のアパートメントの壁やドアを目にすると思っていた。

だが、そこにあったのは古いれんがのアーチがアクセントとなった広大な空間だった。居間の床は幅広い厚板張りで、傷はあっても光り輝いていた。その深い色とは対照的な淡いグレーの壁。会話が弾みそうな色鮮やかな椅子、アーチの下に作られたすてきな両面暖炉。

天井は高く、吹き抜けになっていた。二階のなめらかな手すりと青緑色に錆《さ》びついた銅の縦格子。

「すばらしいわ」アッシュにとめられないのをいいことに、ライラは自由に歩きまわり、幅広いキッチンや白と黒のタイル、磨かれたコンクリートのカウンター、食事用の大きな黒いテーブルと背の高い六脚の椅子をしげしげと眺めた。

淡いグレーで統一された壁はアートの背景の役目を果たしていた。絵画、スケッチ、木炭画、水彩画。どのギャラリーも喉から手が出るほどほしがるようなコレクションだわ。

「これはあなたのものね。全部あなたのものなのね」

ライラは隣のスペースに移動した。その奥まった小部屋は書斎と居間を兼ね、小さな暖炉もあった。壁で仕切られていないものの居心地がよさそうだ。

「全部あなたのものなのね」ライラは繰り返した。「十人家族が悠々暮らせそうな広さだわ」

「ときにはそのぐらい人数がいることもある」

「ときには――そうね」ライラは笑ってかぶりを振った。「あなたの大家族がしょっちゅうやってくるでしょうから」

「ああ、ときどきね」

「古いエレベーターもそのままにしてあるのね」格子戸のついた幅広いエレベーターに歩み寄る。

「便利なんだよ。でも、きみがそうしたければ、階段をのぼってもかまわない」

「階段のほうがいいわ。そうすれば二階もじっくり眺められるから。空間の使い方がすばらしいわ――それに色も質感も何もかも」本気でじっくり眺めるつもりだったので、さっそく銅の手すりがついた弧を描く階段に向かった。「わたしはハウスシッターでいろんな場所に滞在するけど、クライアントはいったい何を考えていたんだろうって思うことがあるの。どうしてこれをあそこではなくここに置いたのかとか、なぜ壁を取り払ったのかとか――取り払わなかったのかとか。でも、ここではそんな疑問は浮かばないわ。ハウスシッターが必要になったら、いつでも連絡してちょうだい。わたしの番号は知ってるでしょう」

「ああ、きみのことはなんでもお見通しだ」

ライラはアッシュを見あげて、さっと微笑んだ。「あなたが知っているのはわたしの電話番号だけでしょう。わたしのことをもっと知ったら、びっくりするかもしれないわよ。ところで、寝室はいくつあるの？」

「この階には四部屋だ」

「この階だけで四部屋？　あなたってどれだけお金持ちなの？　別に、玉の輿を狙っているからきいたわけじゃないわよ。ただ詮索好きなの」

「きみはぼくの夜を台無しにしたよ」

ライラはまた笑い声をあげ、ゲストルームらしきすてきな部屋へと向かった。天蓋つきベッド、思わず目を奪われる色鮮やかなヒマワリ畑の大きな絵画。

ライラはふと立ちどまり、眉をひそめた。「ちょっと待って」においに導かれて歩きだす。

足早に階段から遠ざかり、ふたたび足をとめた。主寝室とおぼしきその部屋には、青みがかったグレーの大きな鉄製のベッドが置かれ、その上にはくしゃくしゃになったネイビーブルーの羽毛掛け布団があった。

「今日家を出たときは、誰かを呼ぶつもりはなくて――」

「そうじゃないの」ライラは片手をあげ、そのまま主寝室に入った。「ブドワールだわ」

「ブドワールは女性の寝室のことだろう、ライラ・ルー。男が寝る部屋はベッドルームだ」

「違うわ、香水よ。ジュリーの香水。ブドワールのにおいがするの、あなたは気づかない？」

　アッシュがなかなか気づかないので、ライラははっとした。たぶんわたしの香水――さわやかに気をそそる香り――のせいで、わからないんだわ。だが、アッシュも室内に漂う濃厚で官能的なにおいにようやく気づいた。

「やっとわかったよ」

「ああ、こんなこと信じられない。でもあなたの言うとおりだわ」心臓が乱れ打ち、ライラは思わずアッシュの腕をつかんだ。「ジュリーの家に空き巣が入った件で、あなたが言ったことは正しかった。あそこに忍びこんだ犯人が、ここにも来たんだわ。もしかすると、まだいるのかも」

「きみはここにいろ」アッシュにそう命じられたが、ライラは彼の腕をつかんでいた手に力をこめ、両手で押さえた。

「絶対にいやよ。だって、〝きみはここにいろ〟っていう勇敢なたくましい男性は、クローゼットにひそんでいる頭のおかしな殺人鬼に八つ裂きにされるのが落ちだもの」

　彼は腕をつかまれたまま、クローゼットに直行して扉を開けた。「頭のおかしな殺人鬼はいないぞ」

「たとえこのなかにはいないとしても、ここにはクローゼットが二十個以上あるはずよ」

言い争う代わりに、アッシュはライラを連れて二階の部屋をしらみつぶしに見てまわった。

「武器を持ったほうがいいんじゃない？」

「ぼくの自動小銃は修理中だ。ここには誰もいないし、一階にもいないはずだ。さっききみがほぼひととおり見てまわったからね。それに、香水のにおいが一番強かったのはぼくの寝室だ」

「つまり、犯人が最後にいたのが——あるいは一番長くいたのが、あなたの寝室だってことよね？　犯人は女性だと思うわ。だって、盗んだブドワールをつけている殺人犯兼泥棒兼また人を殺そうとしている人物が、男性のはずないもの」

「そうかもしれないな。アトリエも確かめたほうがよさそうだ。もし心配なら、きみは鍵をかけたバスルームに閉じこもっていてくれ」

「わたしは鍵をかけたバスルームに閉じこもったりしないわ。あなた『シャイニング』を読んだことがないの？」

「くそっ」アッシュは観念し、ライラにベルトをつかまれたまま階段へ引き返した。

普段ならその雑然とした色彩豊かな広いアトリエに、ライラは目を奪われただろう。けれど、今は人の気配に目を光らせ、攻撃に身がまえた。けれども、テーブルやイーゼル、キャンバス、広口瓶、ぼろ切れ、防水シートしか目に入らなかった。壁にかけられた巨大なコルクボードは写真やスケッチ、奇妙な走り書きで埋めつくされていた。

ライラは絵の具のにおいに気づいた。それに、テレビン油とチョークかしら。

「ここはいろんなにおいが入りまじっているから、ブドワールの香りをかぎ分けられるかわからない」

大きなドーム型の天窓を見あげてから、革張りの長いソファやテーブル、ランプ、チェストが置かれている一画に視線を移した。

緊張がほぐれたライラはアッシュのベルトを放し、少し離れて室内をまじまじと眺めた。

壁際に十枚以上積み重ねられたキャンバス。何にインスピレーションを得てその絵を描き、そんなふうに積み重ねたのか、アッシュにきいてみたい。今後そこにあるすべての絵をどうするのかも。だけど、今はそんなことをきくのは不適切な気がする。

次の瞬間、人魚が目に入った。

「まあ、なんて美しいの。それに恐ろしいわ。恐ろしいっていうのは、本物の美に対する畏敬の念のようなものだけど。彼女は彼らを救わないんでしょう。恋に憧れ、脚がほしいと願う『リトル・マーメイド』のアリエルとは大違いね。彼女が求め、必要とする恋人は、海だけ。その人魚は船乗りたちが溺れるのをただ傍観するんでしょうね。もし誰かが彼女の岩にたどり着いても、溺れ死ぬより残酷な運命が待っているかもしれない。それでも、その船乗りが最後に目にするのは彼女の美しさなのよね」

ライラは人魚のしなやかな虹色の尾びれに触れたくなって、その衝動をこらえるために手を背中にまわした。

「この絵のタイトルは？」

「《人魚は待つ》だ」

「いいタイトルね。まさにぴったりだわ。誰がこの絵を買うのかしら。その人はあなたが描いたものを理解するのかしら。それとも嵐の海に面した岩棚に座る美しい人魚しか目に入らないのかしら」

「それは、その人が何を見たいかによる」

「だったら、彼らはちゃんと絵を見ていないんだわ。つい気をとられてしまったけど、もうここには誰もいないわね。犯人はもう立ち去ったんでしょう」ライラが振り返ると、アッシュがこちらを見つめていた。「警察に通報したほうがいいわ」

「それで、いったいなんて言うんだ？　香水のにおいがしたと？　どうせ警察が到着する前に、においは消えてしまうはずだ。何も動かされた形跡はない、ぼくが見る限りは」

「彼女はジュリーの自宅からいろんなものを盗んだわ。きっとここでも何か持ち去ったはずよ。ちょっとしたものを。彼女はそれをお土産かご褒美だと思っているのかもしれないわ。でも、そんなことは重要じゃないわね」

「ああ。彼女はきみを探しに来たわけじゃない。だが、何かを探していた。オリヴァーは彼女がほしがるものを持っていたんだろう。それが何かはわからないが。ただ、ここでは見つからなかったはずだ」

「つまり、犯人はまだ探し続けているのね。用心しなければいけないのはわたしじゃないわ、アッシュ。あなたよ」

7

ライラの言うことには一理ある。だが、それでもアッシュは彼女をロンドン・テラスまで送り届け、帰る前にアパートメントの部屋をひとつひとつ確認してまわった。自宅へと引き返しながら、犯人が何か仕掛けてくることを半ば期待した。たとえ犯人が女性であろうと、反撃したい気分だった——ジュリーの主張どおり、ブランド物のサンダルをはき、足首にタトゥーがある女性であろうと。

犯人が誰であれ、そいつは弟を殺したか、少なくともその死に荷担したのだ。そのうえ、厳重なセキュリティーが敷かれたアッシュの自宅に忍びこみ、ライラのようにそこらじゅうを歩きまわったはずだ。

自由自在に。

つまり、ぼくは誰かに見張られていたってことか？　犯人の女は自由自在に歩きまわれるとわかっていたんだろう。それに、今度もまんまと逃げられると踏んでいたはずだ。アッシュがライラを連れて帰宅したほんの数分前まであそこにいたに違いない。

それ以上前なら、香水の残り香は消えてしまっていたはずだ。

これまでに判明した事実は、二件の殺人と二回の不法侵入、それに監視だ。オリヴァーはいったい何に首を突っこんだんだ？

今回はギャンブルでも麻薬でもないはずだ。どちらもこんな事態を招くとは思えない。いったいどんな千載一遇のチャンスや大勝負がめぐってきたのだろう？

それがなんであれ、オリヴァーとともにこの世から消えてしまった。犯人の女が誰と共謀しているのか、あるいは誰に雇われているのか知らないが、いくらでもぼくを監視して探しまわればいいさ。どうせ何も見つからないはずだ。ぼくは何も持っていないのだから。

ぼくには亡き弟とその死を悼む家族、とてつもない罪悪感と憤りしかない。

アッシュはふたたび自宅に足を踏み入れた。すでに暗証番号は変更済みだ――そんなことをしても気休めにしかならないかもしれないが。また警備会社に来てもらってセキュリティーを強化しないといけない。

だが、今は招かれざる訪問者がどんなものを土産として持ち去ったのか確かめなければ。

しばしその場にたたずみ、両手で髪をかきあげた。なんて広い家だ。アッシュは大きな家に住み、さまざまな用途に応じて広い空間を利用するのが好きだった。それに、広い家ならたくさんいる家族も泊めることができる。

アッシュは家のなかを見てまわりながらも、誰かが鍵のかかった自宅に侵入したという事実が頭から離れなかった。

一時間以上費やしてなくなったものを確認した結果、奇妙な短いリストができた。

母親が大好きなバスソルト、妹――母親と二番目の夫とのあいだに生まれた異父妹――が数週間前に母とひと晩泊まったときに忘れていったイヤリング、父が四番目の妻と結婚したときにできた義妹がクリスマスプレゼントに作ってくれたステンドグラスのサンキャッチャー、まだティファニーのブルーの小箱に入ったままだった鍛造シルバーのカフスボタン。

犯人は机の引き出しに入っていた現金に気づいたはずなのに、手をつけなかった。たった数百ドルだが、なぜ盗まなかったんだろう？　バスソルトは持ち去ったのに、現金に手をつけないなんて。

現金では、あまりにも無味乾燥だからだろうか？　ほかのものほど魅力的に思えなかったのか？

そんなの知ったことか。

アッシュは落ち着かない気分でアトリエにあがった。仕事には手をつけられなかった。今はとてもそんな気分じゃない。だが、人魚の絵をじっと眺め、ライラがこの作品に対するアッシュの考えや思いをほぼ正確に言い当てたことを思いだした。まさかこの絵からぼくと同じものを見てとり、それを理解するとは思いもしなかった。

それに、ライラに惹かれるなんて予想外だ。彼女はいかつい多機能ツールナイフを口紅のようにとりだして手慣れた様子で使う、ロマを彷彿させる瞳の女性だ。ぼくと未完成の絵に対する解釈を共有し、他人に慰めを与える女性。

ティーンエージャーの人狼が主人公の小説を書き、自ら選んで定住場所を持たない女性。

たぶんライラの言うとおり、ぼくは彼女のことをあまりわかっていないのかもしれない。

だが、ライラの絵を描けばわかるはずだ。

アッシュはライラのことや、彼女の絵を描くことを考えながら、新たにイーゼルを設置してキャンバスの用意を始めた。


ライラは明るい日ざしを浴びながら、アッシュの自宅前にたたずみ、そのロフトをしげしげと眺めた。一見なんのへんてつもない建物だ。通りから数段あがったところにある、ただの古いれんが造りの建物にしか見えない。ここを通りかかった人はみな、彼女同様、このなかにはアパートメントが五、六室入っているんだろうと思うはずだ。

ダウンタウンの雰囲気を好む若いインテリでまたたく間に埋まったに違いないと。

だが、現実はまるで違う。実際、このロフトはアッシュという人物を忠実に反映した造りになっている。画家で家族思いの彼を反映した造りに。そのふたつの顔を合わせ持つ彼だからこそ、両方に対応できる望みどおりの住まいを造ることができたのだろう。

それには、澄んだ瞳とすぐれた自己認識が必要なはずだ。アシュトン・アーチャーは自分がどういう人間で、何を望んでいるのか正確に把握しているのだろう。

そして、どういうわけか、その彼がわたしの絵を描きたがっている。

ライラは玄関に歩み寄ってインターホンを押した。

きっとアッシュは家にいるはずだ。仕事をしなければならないはずだもの。わたしもそうすべきだけど、どうしても集中できなかった。たぶん彼の仕事の邪魔をしてしまうわね、携帯メールを送ればよかった――。

「用件は?」

ぶっきらぼうな言葉が――明らかに非難がましい口調で――スピーカーから聞こえたとたん、ライラはびくりとした。

「ごめんなさい。ライラよ。あなたにちょっと話したいことがあって」

「今アトリエにいる」

「そう、だったら……」

ビーッという音がして、何かがかちりと音をたてた。ライラは用心深い手つきで大きなドアノブをつかんだ。ドアが開いたので、招き入れてもらったのだと解釈した。

慎重になかへ入り、ドアを閉めた。ふたたびかちりという音がはっきりと響いた。階段に向かいかけてから、ぱっと向きを変え、格子戸つきの大きなエレベーターに直行した。

これに乗りたがらない人なんているかしら？　そう自問しつつ乗りこんで格子戸を引っ張って閉め、三階のボタンを押すと、エレベーターがうなったりきしんだりしながらあがり始め、ライラはにっこりした。

がちゃんと音をたててエレベーターがとまると、格子戸越しにアッシュが見えた。イーゼルに向かい、キャンバスにスケッチしている。

いいえ、キャンバスじゃない。格子戸を押し開けると、それがとても大きなスケッチブックだとわかった。

「用事があって外出したの。コーヒーを持ってきたわ。それにマフィンも」

「ありがとう」アッシュは彼女に目もくれなかった。「それを置いて、そこに立ってくれ。ああ、そこだ」

「警察署に行ってきたわ。それをあなたに伝えたくて」

「そこに立って話してくれ。いや、それは置いて」

アッシュはライラに近づくなり、テイクアウトの紙袋を奪いとって雑然とした作業台に置き、彼女を幅広い窓の前へと引っ張った。「こっちを向いて、でも視線はぼくのほうだ」

「わたしはモデルをするために来たんじゃないわ。それに、あなただって明日だと言っていたじゃない」

「今日でもかまわない。いいから、ぼくのほうを見るんだ」

「あなたのモデルになると承諾した覚えはないわ。正直、あまり気が進まないし……」

アッシュはさっきインターホンで返事をしたときのようにぶっきらぼうな口調で、しーっと言った。「一分だけ黙っててくれ」すぐにまた彼は口を開いた。「違うな」

そのとたんライラは安堵《あんど》の吐息をもらした。たかが三十秒とはいえ、ピンでとめられた蝶《ちょう》のような気分だった。「だから、わたしじゃモデルは務まらないって言ったじゃない」

「いや、きみ自身は問題ない。違うのは雰囲気だ」アッシュは鉛筆を放り、目を細めてライラを見つめた。彼女は心臓の鼓動がやや速くなり、喉が渇きだした。

やがて、アッシュは両手を髪に突っこんだ。「どんなマフィンだい?」

「えっ、えーと、フレンチアップルよ。名前からしておいしそうでしょう。警察署の帰りにルークのベーカリーに寄ったの。それで、あなたの家に立ち寄って直接伝えようと思ったのよ」

「わかった。話してくれ」アッシュは紙袋のなかからふたつのコーヒーと特大サイズのマフィンをとりだした。

彼がマフィンにかぶりつくのを見て、ライラは眉間にしわを寄せた。

「とっても大きいマフィンだから、分けあおうと思っていたのに」

アッシュはもうひと口食べた。「分けあうのは無理だな。で、警察はなんて？」

「警察署に行ったら、ちょうどファインとウォーターストーンが出かけるところだったの。でも、少し時間をさいてくれたから、あなたの仮説とここでブドワールのにおいがしたことを伝えたわ」

アッシュは鉛筆を持っていたときのようにやけにじっとライラを見つめながら、コーヒーを飲んだ。

「刑事たちはちょっと調べてみると言ったんだろう。きみのせいで時間を無駄にしたと思っていると言わんばかりの態度で」

「ふたりとも礼儀正しくそうにおわせただけよ。でも、腹が立ったわ。どうしてあなたは頭に来ないの？」

「それは刑事の考えも理解できるからさ。たとえあのふたりがきみの話を信じたとしても——その可能性は低いが——何を手がかりに捜査すればいいんだ？　何もないだろう。ぼくもきみも提示できる証拠はひとつもない。誰がここやジュリーの家に忍びこんだにしろ、もう犯人だってそのことに気づいたはずだ。オリヴァーとあいつのガールフレンドが何に首を突っこんでいたにせよ、ぼくたちは関与していない。オリヴァーが何をたくらんでいたのか知ってるかどうか、家族にきいてみるつもりだ。だが、きっと誰も知らないだろう。もしもそのたくらみが違法だったり怪しいものだったり、その両方だったりした場合は」

「残念ね」

「そんなふうに思うことはないよ。もしかしたら、オリヴァーは……いろんな人にちょっとずつ吹聴《ふいちょう》していたかもしれない。だとしたら、その断片をつなぎあわせることは可能なはずだ」

アッシュは食べかけのマフィンをふたつに割り、片方をさしだした。

「ふうん、どうも」

「これはおいしいよ。きみはふたつ買ってくるべきだった」アッシュはコーヒーカップをつかむと、アトリエを横切って両開きの扉を開けた。

「まあ！　まるで衣装売り場ね！」ライラは飛びあがって駆け寄った。「ドレスにスカーフ、派手なアクセサリーもあるわ。それに、とっても露出度の高いランジェリーまで。実は、高校時代に演劇部に所属していたの……といっても、父の転勤のせいでほんの短いあいだだったけど。衣装を身につけるのが一番楽しかったわ」

「どれもイメージとは違うが、とりあえず今はこのなかで一番イメージに近いこれにしよう」アッシュは水色のサマードレスをとりだした。「色もスカート丈もイメージどおりではないが、ウエストから上のデザインはいい。これを着て、靴を脱いでくれ」

「いやよ」そうこたえながらも、ライラはそのスカートに触れた。柔らかくて、なめらかだわ。「とてもきれいね」

「一時間でいいから。一時間だけ身につけてくれたら、そのドレスはあげるよ」

「賄賂なんて受けとれないわ……プラダなのね」

「一時間後にはきみのものだ」

「わたしには片づけないといけない用事があるの。それにトーマスが――」

「あとでそのいまいましい用事を片づけるのを手伝うよ。どうせぼくも郵便物をとりに行かなければならない。もう何日も行っていないから。それに、トーマスは猫だ。あいつなら大丈夫だよ」

「トーマスは猫だけど、友達と一緒にいるのが好きなのよ」

プラダね。ライラはふたたびスカートに触れた。以前プラダの黒いパンプスを買ったことがある。丈夫で長持ちするし、セールだからと自分に言い聞かせて。あれはサックス・フィフス・アベニューの八階で行われた年に一度の靴のバーゲンで、激しい戦いを制して手に入れた靴だ。

ブランド名なんて関係ないわ。自分にそう言い聞かせたが、ずる賢い声が頭のなかで〝プラダよ〟とささやいた。

「どうしてあなたは郵便物をとりに行かないといけないの?」プラダから注意をそらすと同時に、好奇心を満たすためにきいた。「なぜ配達してもらえないの?」

「ぼくは私書箱を持っているんだ。一時間だけモデルをしてくれ。そうしたらきみの代わりに、そのばかげた用事を片づけてあげるよ」

「まあ、うれしい」ライラはにっこり微笑んで、えくぼを浮かべた。「実は女性用衛生用品売り場でいくつか買わないといけないものがあるの。あとでリストを渡すわね」

アッシュの鋭いグリーンの目に愉快そうな表情がよぎった。「ぼくにには女きょうだいと母に加え、複数の継母《ままはは》と大勢のおばや従姉妹《いとこ》がいる。そんなことでぼくが怖《お》じ気《け》づくと思うか?」

「一時間だけよ」ライラは敗北を受け入れた。「そうしたら、このドレスをもらうわ」

「よし、取引成立だ。着替えは向こうの部屋でするといい。それから、ゴムを外して髪をおろしてくれ」

アッシュの指示に従って、ライラは広々とした化粧室に入った。キッチン同様、白と黒のタイルだが、三面鏡がついていた。デパートの試着室にあったら、思わず涙を流してしまいそうなほどすてきな鏡が。

ライラは水色のドレスに着替え、ほんの一瞬有頂天になった。プラダのドレスを着ただけでなく——以前にもおもしろ半分にブランド物の服を試着したことはあるけれど——これが自分のものになるなんて！

ちょっと胸元がゆるいわね——まあ、驚くことじゃないけれど。でも、サイズはほぼ合っている。それに、必要なら寸法を調整すればいいわ。ドレスを手に入れたいがために、ライラはサンダルを脱ぎ、髪のゴムを外した。

化粧室を出ると、彼は窓辺に立って外を眺めていた。

「化粧道具は持ってこなかったの」

「今回は必要ない。まだ下描きの段階だから」

アッシュは振り向くと、ライラをしげしげと眺めた。「その色も悪くないが、もっとはっきりとした色のほうがきみには似合う。こっちに来てくれ」

「あなたは画家の仮面をつけると、威張り散らすのね」ライラはイーゼルのかたわらで足をとめた。そこには彼女の顔が描かれていた。さまざまな角度から見た、さまざまな表情が。

「全部わたしだわ。変な感じ」それに、またしても人目にさらされているような気分になった。「どうして今回もあの人魚のモデルを雇わないの？　とっても美人なのに」

「美にはいろんな姿形があるんだよ。その髪を――」アッシュはいきなりライラの背中を押して身をふたつ折りにさせ、その髪を両手でほぐしてから身を起こさせた。「髪を後ろに振り払ってくれ」

指示に従いながら、ライラの目が光った――怒りではなく、女性としておもしろがっているように。

「そうだ」アッシュはライラの顎をつかんで顔をあげさせた。「まさにイメージどおりだ。きみはぼくやほかのどんな男よりはるかにものを知っている。月明かりや星明かりやかがり火の明かりを浴びたきみの姿が目に浮かぶよ。だが、きみが何を知り、何を考えているのかは、永遠の謎だ。きみの踊りを眺める男たちはみな、きみを手に入れられると思っている。だが、きみに選ばれるまでは、あるいはきみに選ばれない限り、それは不可能だ。きみは自らそう望まなければ、決して誰のものにもならない。それがきみの力だ」

アッシュはイーゼルへと後ずさりした。「顎をあげて、頭をそらし、視線はぼくのほうに」

ライラはまたしても心臓の鼓動が速くなり、喉が渇きだした。今度は脚の力まで抜けていく。

彼はどうしてこんなことができるんだろう？

「絵のモデルになった女性はみんな、あなたを好きになったの？」

「なかにはぼくを憎んだ女性もいる。そこまでなくても、ぼくのことが大嫌いだという女性もいたな」アッシュはスケッチブックをめくり、新たに描き始めた。

「でもあなたは、そんなことはほとんど気にしないんでしょう。自分が望んだものさえ手に入れれば。そして、それは彼女たち自身じゃないのよね」

「もちろん彼女たちさ。彼女たちの一部だよ。ほら、ぼくを見て。きみはどうしてヤングアダルト小説を書いているんだ？」

「楽しいからよ。ティーンエージャーのころのほうが、ずっとドラマティックだもの。憧れや発見、何かに所属したいという強烈な願望、みんなと異なることへの激しい不安。それに人狼という要素を加えると、寓話《ぐうわ》のようになってさらにおもしろみが増すの」

「人狼が出てくる話はいつだっておもしろい。妹のライリーはきみの処女作が大好きらしい」

「本当に？」

「ケイリーは最高で、エイデンはセクシーだけど、ライリーが特に気に入ってるのはメルだそうだ」

「まあ、気に入ってもらえてうれしいわ。メルは主人公の一番の親友だけど、不器用なオタクなの」

「納得だよ。ライリーもオタクで、いつも負け犬の味方だから。ぼくは二巻目を買ってきみにサインをしてもらうと、ライリーに約束したよ」

ライラの胸に喜びがあふれた。「あと一カ月もしたら、新刊の見本書をもらえるの。それにサインしてあなたに渡すわね」

「ありがとう。これで、ライリーのお気に入りの兄貴になれるぞ」

「そんなことをしなくても、お気に入りのお兄さんなんでしょう。あなたはちゃんとライリーの話に耳を傾け、つらいときも彼女を幸せな気分にしているもの」

「くるっとまわって」

「えっ？」

アッシュはスケッチをしながら、人さし指をくるりとまわした。「そうじゃない、くるりとまわるんだ」今度は指を鳴らした。

ライラはばかばかしい気分になりながらも、くるりとまわった。

「もう一度だ。両手をあげて、楽しみながらやってくれ」アッシュはライラの気をそらしてリラックスさせるために音楽をかけた。「それでいい。そのままとまって。両腕をあげたままだ。きみのお父さんは海外に駐留したこともあるのか？」

「ええ、何度か。ドイツに駐留したときは、わたしはまだ赤ん坊だったから覚えていないけど。それとイタリアよ、あのときは楽しかったわ」

「イラクは？」

「ええ、イラクも。あれはいやだったわ。父はバージニア州のフォートリー軍事施設から派遣され、母とわたしはバージニアにとどまったの」

「大変だったね」

「軍隊の生活は弱虫じゃ務まらないわ」

「で、今は？」

「わたしは弱虫にならないようにしているわ。でも、あなたがきいたのは父のことよね。父は退役して、母とアラスカに引っ越したわ。ふたりともアラスカを気に入ってるの。小さな雑貨店を買いとって、ヘラジカのハンバーガーを食べてるわ」

「さあ、肩の力を抜いて。もう一度髪を振り払ってくれないか？　ご両親に会いに行ったりするのかい？」

「ジュノーに？　ええ、二、三度行ったわ。バンクーバーでハウスシッターの仕事を見つけて、その後ジュノーに行ったの。ミズーラで仕事をしたときもそうしたわ。あなたはジュノーに行ったことは?」

「あるよ。信じられないようなところだね」

「ええ」ライラはジュノーの景色を頭に思い浮かべた。「文字どおり、まるで別世界、別の惑星のようだった。氷の惑星ホスじゃないけど、あれにかなり近いわ」

「えっ、なんだって?」

「氷の惑星ホスよ。『スターウォーズ——帝国の逆襲』の」

「ああ、なるほど」

アッシュはスターウォーズの熱狂的ファンではないようだ。ライラはそう結論づけると、話をもとに戻した。「アラスカの何を描いたの?」

「風景だよ。あんなすばらしいものを目にしたら描かずにいられない。イヌイット族のある女性はまさに氷の女王そのものだった。きっと氷の惑星ホスも支配しているんじゃないかな」彼はそう言って、ライラをにっこりさせた。

「あなたはなぜ女性ばかり描くの? いろんなものを描くけど、ほとんどが空想上の女性だわ。月明かりに照らされた草原でバイオリンを奏でる優しい魔女とか、人を餌食にする人魚とか」

するとアッシュの目つきが変わった。彼女をまっすぐじっと見つめていた瞳が、もっと穏やかで好奇心に満ちたまなざしになった。「どうして草原にたたずむ女性を魔女だと思ったんだ？」

「それは彼女の魔力や、その力を持つ喜びが、音楽に負けないくらいはっきりと伝わってきたからよ。それとも、わたしにそう見えただけかしら？　でも、だからこそあの絵がほしかったの」

「きみの解釈は正しいよ。彼女はあの瞬間、自分が奏でる音楽や自分の魔力に酔いしれている。もしあの絵が今も自分の手元にあれば、ちゃんと理解してくれるきみに売っただろう。でも、きみには絵をかける壁がないんだよな」

「たしかにその問題があるわね。それはともかく、どうして女性ばかり描くの？」

「それは女性が力強いからさ。生命は女性から誕生するし、それ自体が魔法だろう。とりあえず、今日はこれで充分だ」アッシュはライラを見つめたまま、鉛筆を脇に放った。「動きが出るようなイメージどおりのドレスを見つけないといけないな」

アッシュが許可するかわからなかったので、下描きを見せてほしいと頼まずに、ライラは黙って近づいてのぞきこんだ。

そこにはさまざまな角度から見たライラの顔や体が描かれていた。

「何か問題でも？」

「化粧室の三面鏡みたいね」ライラは肩をまわした。「あなたはあまりにも見すぎよ」

ヌードモデルもやってほしいと説得できれば、もっと多くを目にできるが、この手のことは一歩ずつ進めないといけない。

「それじゃあ」アッシュはふたたびコーヒーカップをつかんだ。「用事を片づけるとしようか」

「あなたに手伝ってもらう必要はないわ。もうドレスはもらったし」

「ぼくもどうせ郵便物をとりに行かなきゃならない」アッシュはアトリエを見まわした。「それに、ちょっと外に出たい気分なんだ。きみは靴をはいたほうがいいんじゃないか」

「ええ、そうね。ちょっと待ってて」

ひとりになると、アッシュは携帯をとりだして電源を入れた。十数件の留守電のメッセージや電子メールや携帯メールが届いているのを見たとたん、頭痛がした。

やっぱり出かけるべきだな。

それでも、優先順位の高いものから数件返信し、ライラがクロップドパンツとトップスに着替えて戻ってくると、携帯をしまった。「あのドレスは畳んでバッグに入れたわ。やっぱりあげるわけにはいかないと言われた場合に備えて」

「あれはぼくのドレスじゃない」

「あなたには丈が短すぎるものね、でも――ひょっとして」ライラはたちまち気遣わしげな表情になった。「誰かのドレスなのね。だったら返すわ」

「いや、ぼくはきみにあげると言ったんだ。あれは何カ月も前にクロエが——いや、コーラだったかな——置いていったんだよ。どっちが忘れていったにしても、みんなここのルールは知っている」

「ここにはルールがあるの?」

「ここに忘れ物をして」アッシュは歩きだし、ライラをエレベーターへと導いた。「一カ月以上放置したら、それはモデル用の衣装になるかゴミ箱行きだ。さもないと、そこらじゅうにものが散乱することになるからね」

「厳しいけど、公平なルールね。コーラって妹さん? それともモデルか、ガールフレンド?」

「父が再婚してできた異母妹だよ」留守電のメッセージにコーラからのものもあったため、アッシュの思考はまたオリヴァーのことに引き戻された。

「明日、警察が遺体を引き渡してくれることになった」

アッシュが一階に着いたエレベーターの格子戸を開けると、ライラが彼の手に触れた。「よかったわね。これですぐに葬儀を行えるし、弟さんにも別れを告げられるわ」

「同時に、感情的な騒動が繰り広げられることも意味する。だが、それが終わらない限り、いつまでも片づかない」

「わかる気がするわ」しばらくして、ライラは言った。「こんなことを言うと、あなたのご家族に失礼だけど」

「ぼくは今、自分の家族にちょっとうんざりしているよ」彼は鍵とサングラスと小さな布袋をつかんだ。「これをきみのバッグに入れてくれないか？　郵便物用の袋なんだ」

ライラは袋が必要なほど郵便物があるなんて想像できなかったが、言われたとおりにした。

彼はポケットに鍵を突っこみ、サングラスをかけた。

「大変でしょうね」

「きみには想像もつかないぐらいだよ」アッシュはライラを連れて外に出た。「来てみたらいい。そうだ、ぜひ葬儀に来てくれないか？」

「でも――」

「絶対に来てくれ。きみがいてくれれば気がまぎれるし、きみは危機的状況でも冷静さを失わないはずだ。葬儀では危機的状況が何度も生じるだろう。当日は迎えの車を手配するよ。十時に出発すれば間に合うはずだ」

「わたしは彼を知らないわ」

「つながりはあるし、きみはぼくの知り合いじゃないか。ルークと一緒の車で来ればいい。葬儀は日曜だ。その日は都合が悪いかい？」

嘘をつくのよ。ライラはそう自分に命じたが、そんなことはしないと自分でもわかっていた。「ちょうどその日はキルダーブランド家とローウェンスタイン家のハウスシッターの合間なの。でも……」

「だったら、ちょうどいい」彼はライラの腕をつかみ、南ではなく東の方向へ歩きだした。

「わたしはあっちへ一ブロック行くはずだったのよ」

「まず一軒寄らせてくれ」彼はすてきな女性服のブティックを指した。

歩行者用の信号が青に変わるのを待ちながら、音をたてて通り過ぎる巨大な配達用トラックや、その声音から観光客とわかるにぎやかな女性グループを眺め、ライラはひと息ついた。

「アッシュ、弟さんの近所に滞在していた詮索好きなハウスシッターが葬儀に現れたら、あなたのご家族はよそ者が忍びこんだと思うんじゃない？」

「ライラ、ぼくには十二人のきょうだいがいる。その大半に夫や妻、元配偶者、子供、継子がいる。さらに、おじやおば、祖父母もいる。家族だけでそれだけいるんだから、誰が来ようと気にしないよ」

アッシュはライラを引っ張りながら道路を渡り、泣き叫ぶ赤ん坊をベビーカーに乗せた女性を迂回《うかい》してブティックに入った。色鮮やかでスタイリッシュなその店は、商品の値段もかなり高そうだ。

「ジェス」

「あら、アッシュ」白と黒のミニスカートに真っ赤なサンダルをはいた、すらりとしたブロンド女性がカウンターの奥から出てくると、アッシュに頬をさしだした。「会えてうれしいわ」

「いくつか用事があって外出したついでに、何か見つかったかききに来たんだ」

「あなたから電話をもらってすぐにとりかかったわ。あなたのイメージに合いそうな服が二、三着見つかったわよ。彼女が今度のモデルなの？　初めまして、わたしはジェスよ」

「ライラです」

「あなたの言うとおり、赤が正解ね」ジェスはアッシュに向かって言った。「どのドレスが似合うかわかった気がするわ。ちょっと裏に来てちょうだい」

ジェスはふたりを息がつまりそうなほどものであふれ返る倉庫に案内すると、キャスターつきのハンガーラックから真っ赤なロングドレスを二枚つかんだ。

「それじゃない。そっちだ」

「ええ、そうね」

ライラが両方のドレスを目にする前に、ジェスは片方をラックに戻し、もう片方を突きだした。

アッシュは縁飾りがついたスカートを広げてうなずいた。「これならよさそうだ。だが色つきのペチコートが必要だな」

「すでに手配済みよ。これは数週間前に委託販売店で偶然見つけて、いずれあなたの役に立つんじゃないかと手に入れておいたの。今回の作品にぴったりだと思わない？ スリップやペチコートを幾重にも重ねなくても、このペチコートには裾に色とりどりの縁飾りがついているから充分に華やかよ。もし気に入らなければ、仕立屋に作ってもらえばいいわ」

「ああ、ちょっと見てみよう」アッシュは両方を受けとると、ライラに押しつけた。「試着してみてくれ」

「用事を片づけないといけないのはわたしのほうなのよ」

「あとでそれも片づけるから」

「試着室に案内するわね。何かほしいものは？」ジェスはそつなくそう言うと、ライラを連れだし、三面鏡つきの化粧室へ導いた。「炭酸水はいかが？」

「そうね。いただけるとうれしいわ」

またしてもライラは着替えることになった。そのドレスはウエストがゆるかったので、バッグからクリップをとりだしてウエスト部分をとめた。

するとドレスはあつらえたようにぴったりフィットした。

もちろん、これは普段着るようなデザインじゃない。あまりにも真っ赤だし、あからさまなほど胸元が開いている。でも、ローウエストのおかげで背が高く見えることに文句はないわ。

「もう着替えは終わったかい？」

「ええ。たった今……。いいわ、入ってちょうだい」ライラがそう言うやいなや、アッシュが入ってきた。

「ああ、決まりだな」アッシュはふたたび人さし指をくるりとまわした。ライラはあきれたように天井を仰いだものの、くるりとまわってみせた。「あともう一歩だな。ここを……」手をのばして、スカートの一部を持ちあげた。

「ちょっと！」

「あわてることはない。ここをこんなふうに持ちあげれば、もっと脚や色が見える」

「このドレスはウエストがゆるすぎてクリップでとめたの」

「ジェス」

「問題ないわ。もっといいブラジャーが必要ね。うーん、Aの70かしら？」

屈辱的なほど正確だわ。「ええ」

「ちょっと待ってて」ジェスが足早に出ていった。

ライラは平静を取り戻そうと、炭酸水をひと口飲んだ。アッシュはそんな彼女をしげしげと眺めていた。

「出ていって」

「ああ、すぐに出ていくよ。金のフープイヤリングが必要だな。それとたくさんの――」アッシュはライラの手首に何度か指を滑らせた。

「バングル？」

「そうだ」

「ちょっとふたりきりにしてもらえる？」ジェスが燃えるように赤いブラジャーを手に戻ってきて、アッシュを押しだした。「こうでもしないと、アッシュはここに居座るから」そう言って微笑んだ。「これを試着してもらったあと、ドレスのウエストを測るわ」

ライラはため息とともに炭酸水を置き、他人の前で上半身をさらそうとしていることは考えないように努めた。

十五分後、ふたりはドレスとブラジャー――それに、つい一瞬誘惑に負けて買ってもらうことになったおそろいのパンティーとともに店を出た。

「どうしてこんなことになってしまったのかしら？　わたしはただ窓の外を見ていた

だけなのに」

「物理現象かな？」アッシュが言った。

「作用と反作用かしら」ライラはため息をついた。「こうなったら科学のせいにするしかなさそうね」

「それで、きみの用事はなんだったんだい？」

「もう覚えているか自信がないわ」

「思いだしてくれ。そのあいだに、郵便局に行こう」

「郵便局」彼女はかぶりを振った。「わたしに下着まで買うなんて」

「あれも衣装の一部だよ」

「でも下着よ。それも真っ赤な下着。まだあなたのことをよく知らないし、出会ってようやく一週間経ったくらいなのに、あなたに真っ赤な下着を買ってもらうなんて。だいたい、あなたは値札を見てもいないんじゃないの？」

「きみは金めあてでぼくと結婚する気はないと言っていたじゃないか」

その言葉にライラは噴きだし、はっと思いだした。「猫のおもちゃだわ。トーマスにおもちゃを買ってあげたかったの」

「もうおもちゃはいくつもあるんじゃないのか？」

足首丈のトレンチコートを着た男が、卑猥《ひわい》な言葉をつぶやきながら、足を踏みならして通り過ぎた。彼が通ったあとには、驚くほど強烈な体臭が漂っていた。

「わたしはニューヨークが大好きよ」通行人が怒ったトレンチコートの男をよける様子を眺めながら、ライラは言った。「本当に大好き」

「あの男はこの近所のどこかに住んでいる」アッシュが説明した。「週に二、三回は彼を見かけるよ。それか、彼のにおいがする。あの男は決してコートを脱がないんだ」

「だから、あんなに強烈なにおいなのね。天気予報では今日の最高気温は三十四度だと言っていたけど、もうその気温に達してると思うわ。話は戻るけど、たしかにトーマスはいくつもおもちゃを持っているわ。でも、これはわたしがあそこを去るときに渡すプレゼントなの。キルダーブランド夫妻にはワインのボトルを買って、土曜日にお花も用意するつもりよ」

「きみはクライアントの夫婦にワインのボトルと花の置き土産を用意するのか？」

「ええ、それが礼儀だもの。あなたにはお母さまが何人もいるんでしょう。そのうちの誰かがあなたにそういうことを教えてくれればよかったのに」ライラは歩道の屋台から漂うホットドッグのにおいを吸いこんだ。あのトレンチコート男のにおいよりははるかにいいわ。「なんであなたと郵便局に行くことになったのかしら」

「すぐ近くにあるからだよ」アッシュはライラの手をつかんでなかに連れこみ、私書箱が並ぶ壁に向かった。続いて鍵をとりだし、私書箱を開けた。「くそっ」

「かなりつまっているわね」

「最後に来てから数日、いや一週間になるかもしれない。ほとんどがダイレクトメールだ。まったく、どうしてこんなダイレクトメールのために森林が伐採されなければならないんだ？」

「ようやく、意見が完全に一致したわ」

アッシュはぱらぱらと郵便物に目を通し、そのうちの二、三通をライラから渡された布袋に放りこんだあと、クッション封筒を抜きだした。

そのとたん、ぴたりと手の動きをとめた。

「どうしたの？」

「オリヴァーからだ」

「まあ！」アッシュ同様、その封筒に殴り書きされた大きな文字を凝視した。「消印は……」

「弟が殺された日付だ」アッシュは私書箱の中身を布袋に放りこむと、クッション封筒を開けた。

彼は封筒のなかから鍵と手書きのメッセージが書かれたモノグラム入りのカードをとりだした。

アッシュへ
一日か二日したら、この鍵を受けとるために連絡するよ。ぼくが取引をまとめるあいだ、ちょっと預かっててほしいんだ。今回のクライアントは少し神経質だから、二、三日ニューヨークを離れることになるかもしれない。そうなったら連絡するから、ある商品を引きとってコンパウンドに持ってきてくれないか。自宅のそばのウェルズファーゴ銀行に預けてあるから。書類には兄さんの筆跡をまねて署名した――昔よくやったようにね！ だから、兄さんなら問題なく貸金庫を開けられるはずだ。感謝してるよ、兄貴。じゃあ、また。

オリヴァー

「くそっ」

「ある商品ってなんのこと？ それにクライアントって？」

「ぼくはそれを突きとめることになりそうだ」

「ぼくじゃなくて、ぼくたちでしょう」ライラは訂正した。「わたしも今までずっとかかわっているんだから」アッシュが視線をあげて目を合わせると、そうつけ加えた。

「わかったよ」アッシュはカードを布袋に入れて、鍵をポケットにしまった。「その銀行に行ってみよう」

「もしかしたら、これが原因かもしれない」彼女は大股で歩くアッシュに遅れまいと小走りになった。「警察にその鍵を届けたほうがいいんじゃない?」

「オリヴァーはぼく宛に送ってきたんだ」

ライラはアッシュの手をつかんで歩調をゆるめさせた。「あれはどういう意味?昔よくやったように、あなたの筆跡をまねて署名したって書いてあったけど」

「ほとんどは子供のころのことさ。学校関係の書類とか、そういうものが大半だよ」

「でも、あなたは弟さんの法定後見人じゃないでしょう?」

「ああ、正確には違う。ちょっと複雑なんだよ」

オリヴァーの法定後見人ではないけれど、頼りにされる存在だったのね。

「オリヴァーは自分でも困った状況に陥ったとわかっていた。もっともあいつの場合、そんなことはしょっちゅうだったが。神経質なクライアントっていうのは、激怒したクライアントのことさ。何を持っていたか知らないが、あいつはそれを持ち歩いたり自宅に置いておいたりしたくなかったんだろう。だから貸金庫に預けて、ぼくに鍵を送ってよこしたんだ」

「あなたなら預かってくれるとわかっていたからでしょう」

「ぼくならこの封筒を引き出しに放りこんで、オリヴァーが鍵を受けとりに来たときに怒って投げつけ、何も聞きたくないと言うからさ。あいつはそれを承知で、こんなことをしたんだ。ぼくには事情を説明する必要がないし、ぼくが絶対に聞きたがらないのを見越して」

「だからって、あなたが悪いわけじゃないわ」

「ああ。いったいその銀行はどこにあるんだ？」

「次の角を左に曲がったところよ。わたしはあなたが貸金庫を開ける場に立ち会わせてもらえないんでしょうね。その権利がないもの」

「たしかに、そうだな」アッシュは考えこみながら一瞬歩調をゆるめた。「その商品を引きとったら、きみの滞在先に持っていこうと思う。とりあえず今は。これから銀行に入って用事をすませてくるよ。きみはそこら辺の店に入って買い物をしててくれ。ちょっと待った」

　アッシュはライラを立ちどまらせ、自分のほうを向かせると、ほんの少し顔を寄せた。「ぼくたちは――あるいは、ぼくらのどちらかが――尾行されている可能性がある。だから、何気ないふりを装おう。ただ用事を片づけているように」

「もともとそういう予定だったわよ」

「じゃあ、予定どおりに行動しよう。きみは買い物をして、ぼくが銀行で用事をすませたら、一緒にロンドン・テラスに行こう。ぶらぶら散歩しながら」

「本当に誰かに見張られていると思うの?」

「ああ、その可能性はある。だから――」彼はさらに身を寄せて唇を軽く触れあわせた。「ぼくはきみに赤い下着を買ってあげたからね」思いださせるように言う。「じゃあ、きみは買い物をしてきてくれ」

「わ、わたしは、そこの小さな食料品店に行ってみるわ」

「ぼくが迎えに行くまで、ぶらぶらしていてくれ」

「わかったわ」

ライラは食料品店に向かいながら、胸のうちでつぶやいた。何もかも奇妙な夢みたい。絵のモデルをしたことも、真っ赤な下着も、亡くなった弟さんからの手紙も、誰かに見張られているかもしれないと歩道でキスされたことも。

こうなったら、予定どおりワインを買って、この奇妙な夢がどんな展開を見せるか確かめよう。

8

確認手続きにはさほど時間がかからなかった。オリヴァーなら偽造業者としても生きていけただろう。アッシュはそう思ったことが何度もあった。案の定、ふたりの署名は一致した――きっと、弟は父やその他大勢の署名も偽造できたはずだ。鍵の確認がすんだあと、行員が貸金庫を開けて箱をとりだした。行員が退室して個室にひとり取り残されると、アッシュはその箱をじっと見つめた。なかに何が入っているにしろ、そのせいでオリヴァーとセージ――あいつなりのやり方で愛していたかもしれない女性――は命を奪われたのだ。そして、その中身のせいで、殺人犯がアッシュや友人の自宅に忍びこんだ。

きっとそうに違いない。

アッシュは貸金庫の箱を開けた。

新鮮なレタスのようにぱりっとした百ドルの札束、分厚いマニラ封筒。そのあいだに用心深く押しこまれた小箱。そのダークブラウンの革張りの箱にはくっきりとエンボス加工が施され、金色の蝶番《ちょうつがい》がついていた。

続いて、箱のふたを開けた。

アッシュは分厚いクッションに抱かれた光り輝く財宝を凝視した。

こんなもののために？　こんなもののせいでふたりは死んだのか？

アッシュは封筒をとりだし、入っていた書類を抜きだすと、できる限り目を通した。またしても頭に疑問が浮かんだ。こんなもののために？　怒りをこらえ、箱をしっかりと閉じた。買い物袋から薄紙にくるまれた商品をとりだし、代わりに箱を入れてその上から薄紙をかぶせ、購入したドレスは郵便物用の布袋に押しこんだ。マニラ封筒と札束も買い物袋に入れ、薄紙でしっかり覆った。ふたつの袋を持つと、空っぽになった貸金庫の箱をテーブルに残して立ち去った。

コンピューターが必要だ。


ライラは不自然に思われない程度に、商品をあれこれ見てまわった。買い物かごにはワインと大きくておいしそうな桃が二個、ポール・サリュー・チーズひと切れが入っている。さらに時間を引きのばすために、今日――いいえ、今年一番大事な買い物であるかのようにオリーブを吟味した。

最終的に、小さな買い物かごは雑多なものでいっぱいになった。長々と見てまわったせいで予想以上の出費になったことにひるみながらも、ライラはレジの男性に微笑んだ。笑顔のまま振り返ると、エメラルドグリーンのきらきらしたウェッジソールサンダルをはいた美人のアジア人女性が目に入った。

「すてきなサンダルね」ライラはどんなときにもそうしているように買い物袋を持ちあげながら気さくに話しかけた。

「ありがとう」その女性はエキゾティックな瞳でライラのはき古された色鮮やかなフラットサンダルを見下ろした。「あなたのサンダルもとてもいいわ」

「歩くのにはいいけど、ファッション的にはだめよね」ライラはにっこりして店を出ると、銀行へ引き返した。

なんてダサい靴、退屈な人生にはぴったりだわ。ジャイは胸のうちでつぶやいた。

それにしても、オリヴァーの兄はこんなに長々と銀行でいったい何をしているんだろう？　もう少し監視を続ければ、収穫が得られるかもしれない。報酬はいいし、ニューヨークの街も気に入っているから、このまま見張りを続けよう。

ライラが銀行に入るか外で待つか思案していると、アッシュが出てきた。

「もうこれ以上買い物はできないわ」

「ああ、かまわない。とにかく行こう」

「何が入っていたの？」

「それはアパートメントに着いたら話す」

「ちょっとだけヒントをちょうだい」ライラはまたアッシュの歩調に合わせて大股になりながら、食いさがった。「紛争ダイヤモンドか、それとも恐竜の骨？　ダブロン金貨じゃなければ、アトランティスの地図とか？　きっとアトランティスはどこかの海底にあるはずだもの」

「違うよ」

「いいえ、あるはずよ。地球はほとんど海で覆われているから――」

「そうじゃなくて、きみがあげたものはどれも貸金庫に入っていなかったと言いたかったんだ。ぼくはきみのコンピューターでいくつか調べたいことがある」

「じゃあ、核ミサイルを発射する暗号コードか、不老不死の秘密か、壮年性脱毛症の治療薬でしょう」

その言葉に注意をそらされて、アッシュは思わず彼女を見下ろした。「本気で言っているのか？」

「わたしはただ闇雲にあげているだけよ。ちょっと待って、弟さんはアンティークショップに勤めていたのよね。ミケランジェロのお気に入りの彫刻刀とか？　アーサー王の魔法の剣エクスカリバーとか、マリー・アントワネットのティアラとか」

「徐々に近づいてきたぞ」

「本当？　どれが近い？　こんにちは、イーサン、今日の調子はどう？」

アッシュはライラがドアマンに話しかけたことに一瞬遅れて気づいた。

「まあまあです、ミズ・エマーソン。買い物をなさったんですか？」

「新しいドレスを買ったの」ライラはドアマンに向かってにっこりした。

「それはよかったですね。あなたがいらっしゃらなくなったら、寂しくなりそうです」

イーサンはドアを開けてアッシュと会釈を交わした。

「彼はここで十一年働いているの」エレベーターに向かいながら、ライラがアッシュに言った。「だから、みんなのことを何もかも知っているわ。だけど、とても口が堅いの。ところでそれがミケランジェロのお気に入りの彫刻刀だと、どうやって突きとめるのかしら？」

「ぼくには見当もつかない。迷路のようなきみの思考についていくのに四苦八苦しているくらいだ」

「あなた、動揺しているのね」ライラはアッシュの腕をさすった。「見ればわかるわ。そんなにひどいものだったの？　いったい何を見つけたの？」

「そのせいでオリヴァーは死んだんだ。それだけでもひどいんじゃないか」

たとえそれが自分の神経を落ち着かせてくれるとしても、もうこれ以上雰囲気を明るくしようとするのはやめよう。エレベーターの扉が開くと、ライラは鍵をとりだし、無言でアパートメントのドアに歩み寄った。

ライラはしばし足をとめ、まるで彼女が一週間ぶりに帰ったかのように駆け寄ってきたトーマスの相手をした。「はい、はい、ごめんなさい。思ったより長引いちゃったのよ。でも、こうして帰ってきたわ。キルダーブランド夫妻はトーマスのために子猫を飼うべきよ」そう言って、キッチンに買い物袋を運んだ。「この子はひとりになるのが嫌いなの」

寂しい思いをさせてしまったトーマスのために猫のおやつをとりだし、猫に向かって喉を鳴らしながらさしだした。「もう教えてもらえる?」

「実物を見せるよ」

アッシュはダイニングルームのテーブルに買い物袋を置くと、薄紙をとりだして脇に置き、続いて革張りの箱を出した。

「きれいね」ライラはつぶやいた。「特別な箱だわ。中身もきれいで特別なものなんでしょうね」

ライラが固唾をのんで見守るなか、アッシュがふたを開けた。「まあ！　なんてきれいなの。ここまで装飾が凝っているってことは、古いものなんでしょうね。これは金？　純金かしら？　メッキじゃないわよね。それから、ここについているのは本物のダイヤモンドとかサファイアなのかしら？」

「今からそれを確かめるよ。コンピューターを貸してくれないか？」

「どうぞ自由に使って」彼女はコンピューターのほうを指した。「箱からとりだしてもいい？」

「ああ、そうしてくれ」ライラが箱の中身を出すあいだ、アッシュは〝天使〟〝戦車〟〝卵〟と打ちこんで検索した。

「すばらしい細工だわ」まるで小型爆弾でも扱うように、ライラはきわめて慎重な手つきで箱から中身をとりだし、持ちあげた。「わたしにはちょっとけばけばしく感じられるほど凝った装飾だけど、美しいわ。この技巧を見れば、すばらしい芸術品なのは一目瞭然ね。金色の天使が金色の荷車を引っ張って、その荷車には卵がのっている。その卵は――。ああ、この輝きを見て。きっと本物の宝石に違いないわ。そうでしょう？　もしそうだとしたら……」

突然ライラは気づいた。「ファベルジェね？　ファベルジェって――ファベルジェ工房のことはよく知らないけれど……たしか、ロシア皇帝のエッグを手がけた職人集団でしょう。まさかこんなに手のこんだものだとは知らなかったわ。きれいな模様が描かれたただのイースター・エッグとは大違いね」

「ファベルジェはその宝石商と、彼の工房を指す」アッシュはノートパソコンの両脇に手をついて検索結果を見ながら、ぼうっとした口調で言った。

「そのエッグを蒐集している人もいるのよね。それとも、美術館がすべて所蔵しているのかしら。いずれにしてもアンティークよね。きっと何千ドル——いいえ、数十万ドルはするでしょうね」

「もっとだ」

「百万ドル?」

アッシュは検索結果に目を通し続けながら、かぶりを振った。

「嘘でしょう。どんなにすばらしくても、誰がエッグひとつに百万ドル以上も払うっていうの? これは——。あっ、開いたわ、えっ……。アッシュ、ちょっと見て!」

ライラは好奇心が刺激されて、胸が高鳴った。「エッグのなかに小さな時計があるわ。天使の時計よ! なんてすてきなの。これは最高級の逸品だわ。そうね、こんな時計が入っているなら、百万ドルの価値があるわ」

「〝サプライズ〟だ。エッグのなかの仕掛けはサプライズと呼ばれているらしい」

「しかも最高のサプライズよ。ああ、ちょっといじってみたいわ」どうやって作られたのか確かめたくて、ライラの指がうずいた。「百万ドルの価値があるかもしれないと思うと、そんなことできないけど」

「おそらく、その二十倍の価値はある」

「なんですって！」とたんに、彼女は両手を背中にまわした。

「それにはゆうに二十倍の値がつくだろう。時計つきの金のエッグは――」彼は検索結果を読みあげた。「ブリリアントカットのダイヤモンドやサファイアがあしらわれ、金色の天使《ケルビム》に引かれた二輪荷車に入っている。これは一八八八年、ロシア皇帝アレクサンドル三世のために、ピーター・カール・ファベルジェ監督のもと、作製されたインペリアル・イースター・エッグのひとつだ。そして、現在行方不明の八個のインペリアル・イースター・エッグのひとつでもある」

「行方不明？」

「今読んでいる記述によると、ファベルジェが皇帝のために――アレクサンドル三世とニコライ二世のために――作製したインペリアル・イースター・エッグは約五十個あるそうだ。そのうち四十二個は美術館や個人のコレクションとなっている。そして、残り八個が行方不明だ。《二輪戦車を引くケルビム》はその八個のうちのひとつらしい」

「もしこれが本物だったら……」

「ぼくたちが真っ先にしなければならないのは、それを確かめることだ」彼はマニラ封筒をトントンと叩いた。「このなかには書類が入ってる――一部はロシア語のようだ。だが、ぼくが読みとった内容によると、それがインペリアル・イースター・エッグのひとつだと証明している。そのエッグと書類が偽造でない限り」

「こんなにすばらしいものが偽物のはずないわ。これだけの才能があれば、わざわざ何時間もかけて偽物を作らないでしょう。でも、なかにはそういう人もいるのよね」

アッシュが口を挟む前に、彼女は言った。「わたしにはまったく理解できないけど」

ライラは椅子に座って、エッグの高さまで身をかがめた。「もしこれが贋作《がんさく》なら、購入することにした人は、本物かどうか確かめたはずよ。一流の贋作なら鑑定に通るかもしれないけど、その可能性は低いでしょうね。もし、これが本物なら……。本当に二千万ドルの価値があるの？」

「ネットの情報を読む限り、おそらくもっとだ。まあ、それは簡単に調べがつく」

「どうやって？」

「オリヴァーのおじだよ。弟の上司は、〈オールド・ワールド・アンティーク〉の所有者兼経営者なんだ。もしヴィニーにわからなくても、彼ならそれがわかる人を誰か知っているはずだ」

そのエッグは栄華の時代を象徴するように光り輝いていた。単に芸術品としてすぐれているだけでなく、歴史的にも価値がある品だ。「アッシュ、これは美術館に持っていくべきよ」

「メトロポリタン美術館にふらっと入って、〝やあ、ぼくが見つけたものを見てくれないか〟って言うのか」

「まず警察に行くのよ」

「まだだめだ。ぼくはいくつか知りたいことがある。だが、警察は教えてくれないだろう。このエッグを持っていたのはオリヴァーだ。ぼくはあいつがどうやって手に入れたのか、突きとめる必要がある。取引したのか、盗んだのか、購入したのか」

「弟さんが盗んだかもしれないと疑ってるの？」

「空き巣に入って盗んだとは思わない」アッシュは髪をかきあげた。「だが、オリヴァーなら嘘をついたり、人を巧みに操ったりしてだましとることはやりかねない。あいつはクライアントがいると言っていた。オリヴァーはそのクライアントからこれを手に入れたのか、それともその人物に届けようとしていたんだろうか？」

「あなたはここにあるすべての書類を確認したの？　もしかしたら売渡証や領収書のようなものがあるかもしれないわ」

「その手のものはなかった――だが、あのアパートメントにあったオリヴァーの書類全部に目を通したわけじゃない。あいつの貸金庫には六十万ドルの現金が入っていた」

「六十万ドル？」

「まあ、おおよその額だが」アッシュが何気ない口調で答えたため、ライラは目をみはった。

「オリヴァーの手元にそれだけの現金があったということは、最近手にしたばかりで、使い途も決まっていたからだ。きっと、その金のことは人に言いたくなかったか、言えなかったんだろう。たぶん、このエッグを手に入れるために受けとり、六十万ドルじゃ足りないと、さらにクライアントから報酬を搾りとろうとしたのかもしれない」

「このエッグにあなたが言うような価値があるなら、なぜクライアントはもっと払わなかったの？　どうしてふたりも人を殺したの？」

アッシュはわざわざ指摘しなかったが、世の中には小銭のために人殺しをする連中がいる。それに、ただ人を殺したくて殺人を犯す者も。

「やつらは最初からオリヴァーを始末するつもりでいたんだろう。それか、弟がやばいクライアントを怒らせたのかもしれない。とにかく、エッグを鑑定してもらう必要がある。そして、オリヴァーがどこでそれを手に入れ、誰がそれをほしがっていたのか突きとめないと」

「そのあとはどうするの？」

アッシュのグリーンの目がナイフのように鋭くなった。「犯人はぼくの弟を殺して、窓から女性を突き落とした罪の代償を払うことになる」

「それは、あなたがどうしても知りたいことを突きとめたあと、警察に行くからよね」

アッシュは一瞬ためらった。激しい怒りに駆られるあまり、自ら犯人を罰する場面を想像し、気持ちが高揚したからだ。だが、ライラの瞳をのぞきこんだ瞬間、そんなことはできないとわかった――もしそんなことをすれば、彼女に軽蔑されてしまう。

その可能性を心底気にしている自分に、アッシュは驚いた。

「ああ、警察に行くよ」

「わかったわ。わたしはランチを作るわね」

「ランチ？」

「だって、わたしたちはいろいろ考えないといけないし、食事もとらないといけないでしょう」ライラは慎重な手つきでエッグを持ちあげると、クッションが敷きつめられた箱に戻した。「あなたがエッグについて調べようとしているのは、弟さんを愛していたからでしょう。彼には手を焼かされて、ときには恥ずかしい思いをさせられたり、しょっちゅう失望させられたりしたんでしょう。それでも、あなたは彼を愛していた。だから、なぜこんなことになったのか突きとめるために、全力をつくすのよね」

ライラはアッシュに目を向けた。「あなたは今も弟さんの死を悼み、その深い悲しみには暴力的な衝動も含まれているはずよ。そう感じるのは悪いことじゃないわ」アッシュの悲しみに寄り添うように、彼女は彼の手に手を重ねた。「そういうふうに感じたり、こんなことをした犯人を自ら罰したいと思ったりするのは当然よ。でも、あなたは自ら手をくだしたりしない。道義をとても重んじる人だから。わたしはそういうあなただからこそ協力することにしたの、まずはランチを作ることから」

ライラはキッチンに移動して、まだ片づけていなかった買い物袋のなかに手を突っこんだ。

「どうして出ていけとか、あっちに行けとか、もう近寄るなと言わないんだ？」

「なぜわたしがそんなことを言うの？」

「それは、ぼくがきみの家に――」

「ここはわたしの家じゃないわ」

「きみの仕事先に」アッシュは言い直した。「途方もない価値がありそうなものを――違法ではないにしても、倫理に反する手段で手に入れたと思われるものを持ちこんだからだ。弟が何に首を突っこんでいたか知らないが、そのせいできみの友人宅に何者かが侵入した――きみか、きみに関する情報を求めて。ぼくとかかわっている限り、きみはその人物に――おそらく殺人犯に――見張られることになる」

「あなたはわたしの友人のサンダルが盗まれた悲劇を忘れているわよ」

「ライラ――」

「サンダルの盗難を無視するべきじゃないわ」ライラはパスタをゆでるために小さな鍋を火にかけた。今日のランチには手軽にできるパスタサラダがぴったりだ。「それから、さっきの質問に対するわたしの答えだけど、あなたは弟さんとは違うわ」

「それがきみの答えか？」

「まだほんの出だしよ。たぶんわたしはオリヴァーを気に入ったと思うわ。その半面、いらいらさせられたはずよ。彼はあまりにも多くの可能性やチャンスを無駄にしているから。でも、あなたは違う。それが、さっきの答えの続きよ。あなたは何も無駄にしない。ものも、時間も、人も、チャンスも。わたしにとって、それは重要なことなの。あなたはオリヴァーがばかげているうえに危険で間違ったことをしたと確信しているときでも、彼の味方になる。どんなときでも。それは忠誠心よ。兄弟愛や、敬意、信頼、そのどれもがとても重要だけど、忠誠心がなければ、すべて崩れ去ってしまう。これで、わたしの答えはすべて説明したわ」

アッシュを見つめるライラのダークブラウンの瞳は、何ひとつ隠さずに感情をあらわにしていた。「だから、あなたに出ていけなんて言うはずないじゃない」

「きみはオリヴァーのことを知らないじゃないか。それなのに、この事件のせいで厄介なことに巻きこまれてしまった」

「でも、あなたを知ってるし、人生には厄介ごとがつきものよ。それに、あなたを追いだしたら、もう絵を描いてもらえないわ」

「きみはぼくに絵を描いてほしくなかったんじゃないのか？」

「そうよ。いまだに描いてほしいのかわからないけど、興味が出てきたの」

「ぼくの頭にはもう二枚目の構想がある」

「ほらね、あなたは何も無駄にしない。それで、二枚目はどんな絵なの？」

「きみは青々とした樹木に囲まれ、木陰に横たわってるんだ。ちょうど日暮れどきだ。きみは目を覚ましたばかりで、髪が四方に広がっている」

「日暮れどきに目を覚ますの？」

「ああ、夜の仕事にとりかかる前の妖精みたいに」

「わたしは妖精になるのね」ライラは想像して顔を輝かせた。「気に入ったわ。それで、衣装は？」

「エメラルドだ」

沸騰した湯に入れたパスタをかき混ぜていたライラは、手をとめて、彼をじっと見つめた。「エメラルド？」

「ああ、魔法がかかった海のしずくのようなエメラルドがきみの胸の谷間と耳を飾る。この絵のことはもうしばらくしてから話すつもりだったが、まだきみが心変わりする余裕があるうちに、手の内をさらすことにしたよ」

「わたしはいつでも心変わりできるわ」

彼は微笑みながら近づいてきた。「そんなことはない。今こそ逃げだすべきだ」

「わたしは逃げないわ。ランチを作ってる最中だもの」

アッシュはライラからパスタフォークをとりあげ、鍋のなかをさっとかき混ぜた。

「これが最後のチャンスだ」

彼女は一歩さがった。「ざるが必要だわ」

アッシュはライラの腕をつかんで引き寄せた。「これが最後のチャンスだ」

今回は歩道での——さりげなく唇が触れあっただけのキスとは違った。独占欲もあらわに長々とむさぼられ、その貪欲さにショックを受けながらも気をそそられた。

アトリエでアッシュに見つめられたときは、脚の力が抜けたように感じられた。今は脚が溶けてなくなってしまったかのようだ。

しがみついていなければ、崩れ落ちそうだわ。

ライラは彼にしがみついた。

アッシュは初めてライラの瞳を見つめたとき、それに気づいた。オリヴァーの死にショックを受け、深い悲しみに包まれていても、彼にはわかった。彼女には与える力があることを。ライラはその内なる光を与えることも、与えないこともできる。アッシュはその光をつかみ、光の中心にある幻想的な闇に身をゆだねた。

「木陰で目を覚ましたとき、きみはこんなふうに見えるんだ」ふたたび彼女の目を見つめながらつぶやいた。「きみは闇のなかで自分に何ができるかわかっているからね」

「だからキスしたの？　その絵のために？」

「きみがぼくに出ていけと言わなかったのは、このせいか？　こんなふうになると知っていたからか？」

「たぶん、それが理由のひとつよ。一番の理由ではないけれど、いくつかある理由のうちのひとつね」

アッシュは彼女の髪を背中に払った。「そうか」

「わたしは……」ライラは身を引いて後ずさりすると、湯が噴きこぼれないよう鍋を火からおろした。「あなたはどのモデルともベッドをともにするの？」

「いや。たしかに仕事中は、親密で、官能的な雰囲気が漂うことが多い。だが、あくまでも仕事でしかない。あのコーヒーショップできみが向かいに座った瞬間、きみを描きたいと思った。それに、ベッドをともにしたいとも思った……。きみはぼくをハグしてくれただろう。初めてここを訪ねてきたとき、帰り際にハグしてくれた。別に、体が触れあったからじゃない。ぼくはそんなに軽い男じゃない」

ライラがざるにパスタを空けながら、かすかに微笑むのが見えた。

「きみの寛容で誠実なところに惹かれたんだ。だから、きみがほしくなった。あのハグはぼくを慰めるためだったかもしれないが、今回のキスは違う」

ええ、慰めるためではない。どちらにとっても。「わたしは昔から強い男性に惹かれるの。それに厄介な男性に。結局いつもひどい結末を迎えたわ」

「なぜだい？」

「なぜひどい結末になったのかってこと？」ライラは片方の肩をすくめ、パスタをボウルに移した。「みんなわたしに飽きるのよ」パスタとミニトマトやつやつやした黒いオリーブや細かく刻んだ新鮮なバジルを混ぜ、ローズマリーとこしょうを加えた。

「わたしはおもしろい人間じゃないし、家にいて料理をしたり銃後の生活を守ったりするのも、毎晩パーティーに出かけたりするのもいやなの。その両方をちょっとずつならかまわないけど、決まってどちらかが足りないか多すぎるかなのよ。さあ、ランチにしましょう。ちょっと手抜きをして、できあいのドレッシングを使うわね」

「なんでそれが手抜きになるんだ？」

「そのことは忘れてちょうだい」

「ぼくはシェフや銃後の守りや毎晩パーティーに繰りだす女性を求めてるわけじゃない。それに、きみはぼくが知る誰よりも刺激的な女性だよ」

刺激的？　わたしのことを今までそんなふうに思った人は――ライラ自身も含め――ひとりもいなかった。「この状況のせいよ。興奮していると、刺激を……それに不安もかきたてるわ。きっと胃潰瘍になってるはずよ。もう治っているかもしれないけど。とはいえ、せっかくの刺激や感情を無駄にするのはもったいないわね」

サラダをドレッシングであえたあと、パンが入った引き出しを開けた。「一個残っていたわ」サワードウブレッドを持ちあげた。「これを分けましょう」

「いいね」

「もうひとつ頼みがあるの。一気に飛びこむ前に、このことをじっくり考えるゆとりを少しもらえないかしら。いつもすぐに飛びこんで、深みにはまりすぎるから。おまけに、わたしたちは今重大な問題を抱えているわ。弟さんの事件と、あのすばらしいエッグ、その両方をどうするのかという問題を。だから飛びこむんじゃなくて、ゆっくり入るようにしたいの」

「ちなみに、今はどのくらいつかっているんだい？」

「あなたがスケッチを始めたときには、もう膝上までつかっていたわ。今は腰あたりね」

「わかった」ライラの返事はすがすがしいほど気取らずに率直で、アッシュには黒いシルクよりもセクシーに感じられた。どうしても触れたくなって、彼女の毛先をもてあそんだ。髪をおろしたままでいてくれてうれしい。「ランチはテラスで食べようか？　とりあえず、この問題は棚あげにして」

「すばらしい考えね。ぜひそうしましょう」

かなり煮つまった状況だし、いつまでも棚あげにはできないだろう。ライラは太陽の日ざしを浴びながら、気軽なランチに舌鼓を打ち、彼女をほしがっている男性という難題に向きあった。

以前にもライラを求める男性はいたが、みんな短距離走のように長続きせず、せいぜいトラック一、二周程度のつきあいだった。だから、マラソンのような関係を築いたことは一度もない。もっとも、ライラの生活自体が短距離を全力疾走するようなものだ。あまりにも長いあいだ永続性とは無縁だったため、そんなことを望むのは自滅的だと思うようになった。

ライラは自分の生活を臨時雇いのハウスシッターという生産的かつ興味深い仕事に合わせて組み立ててきた。

アッシュとの関係だって同じようにできるはずだ。

「もしわたしたちが――たとえば、あなたの展覧会で――ジュリーを介して知りあっていたら、これほど奇妙に感じなかったかもしれない。でも、そんなふうに出会っていたら、あなたはわたしに興味を持たなかったでしょうね」

「そんなことはない」

「否定してくれてうれしいわ。とにかく、わたしたちはそういう形で出会わなかった」ライラはまだ目張りをされているあの窓に目を向けた。「あなたは今いろんなものを抱えているわ、アッシュ」

「いつもこれ以上のものを抱えてるよ。きみはチャンスがあったのに、ぼくを追いださなかった。だから、きみだって同じ状況だよ」

「わたしは複数のことを同時に処理する能力に長《た》けているの。二日後には川を見下ろすペントハウスで小さな犬と蘭《らん》の世話をしている予定よ。そこには個人トレーナーがいるジムがあるんだけど、圧倒されちゃいそう。それか、かえって運動する気になるかも。わたしは小説を書きあげて、ブログを更新し、母の誕生日プレゼントを買わなければならないわ――プレゼントは小さなレモンの木にするつもりよ。アラスカの自宅でレモンの木を育てるなんて最高でしょう。さらに、わたしには理解できないほど価値がある盗まれたインペリアル・イースター・エッグと、殺し屋に見張られているかもしれないというかすかな不安と、弟を亡くしたせいでわたしと出会った男性とのすばらしいセックスの可能性に対するとまどいを抱えているわ。これだけのことに対処するには、要領よく立ちまわらないとね。だから、機敏になるつもりよ」

「きみは絵のことを忘れてるよ」

「それは、個人トレーナーがいるジムやセックスより不安をかきたてるからよ」

「セックスには怖じ気づかないのか？」

「わたしは女性よ、アッシュ。男性の前で初めて裸になるのはものすごく恐ろしいの」

「きみの気をそらし続けるよう努力するよ」

「そうしてもらえるとありがたいわ」彼女はレモネードが入ったグラスの水滴で小さなハートを描いた。「あのエッグはどうするの？」

もとの話題に戻ったな、とアッシュは思った。「オリヴァーのおじで、上司に当たるヴィニーに見せるつもりだ。本人に鑑定できなくても、彼ならそれができる専門家を知っているはずだ」

「とてもいい考えね。いずれにしても、あのエッグが貴重なことに変わりないわ。凝った細工からして、恐ろしいほどの値がつくはずよ。それで、ヴィニーが鑑定を終えたら、エッグをどうするの？」

「明日コンパウンドに持っていく。あそこのセキュリティーは造幣局にひけをとらない。残りのことに対処するあいだ、コンパウンドに置いておけば安全だ」

「どうやって対処するの？」

「今それを考えているところだ。ヴィニーは蒐集家を知っているはずだ――大物蒐集家を。あるいは、彼らを知っている人物を」

ライラは豊かな想像力を発揮して、趣味に大金を費やす大金持ちを思い浮かべた。毎年彼女にハウスシッターを依頼するクライアントに、アンティークのドアノブを蒐集しているゲイのカップルがいる。それに、このあいだの冬にハウスシッターを頼んできたクライアントは、エロティックな根付を蒐集する二度未亡人になった女性だった。

でも、何千万ドルなんて！　もっと懸命に働かなければ、そんな額は想像もできない。大物蒐集家を思い浮かべるには、写真や顔、生い立ち、できれば名前が必要だ。そうすれば、想像のきっかけになる。

「きっとオリヴァーのファイルや文書のなかに、そのクライアントに関する情報があるはずよ」

「目を通してみるよ」

「それならわたしも手伝えるわ。本当よ」アッシュが返事をしないので、ライラはそうつけ加えた。「クライアントのなかには、追加料金を払って、留守中わたしにホームオフィスや書類の整理をさせる人もいるの。いずれにしても、オリヴァーのガールフレンドのセージはこのことを何もかも知っていたはずだわ。だからあんなに激しく言い争っていたのよ」目張りをされた窓をじっと見つめながら思いだした。「ふたりが口げんかしたり興奮したり不安そうだったのも、きっとそのせいね。てっきりふたりの関係がもつれているんだと思っていたけど……。あれはエッグか、そのクライアントか、オリヴァーかあのふたりがもくろんでいたことが原因だったに違いないわ」

「セージもいくらかは知っていただろう。だが、充分ではなかった。彼女は涙を流し、怯えながら懇願していたんだろう。もしオリヴァーからエッグの隠し場所を教えてもらっていたら、それをしゃべったはずだ」

「たぶん、あなたの言うとおりね。セージはあれがインペリアル・イースター・エッグで、オリヴァーが何をもくろんでいたかも知っていたけど、保管場所までは知らなかったんだわ。だから、犯人に問いつめられても答えられなかった。それは、気絶していたオリヴァーも同じだった。ふたりを殺したのが誰であれ、その人物は過ちを犯したわ。あんなふうに薬物を混入したお酒を飲ませてオリヴァーを気絶させ、女性のほうが簡単な標的で、怯えさせたり痛めつけたりすればすぐに口を割ると思いこんだんだもの」

ライラは立ちあがって皿をつかんだ。「あなたにはやるべきことがあるし、会うべき人がいるわ」

アッシュも席を立つと、ライラの手から皿を奪い、またテーブルに置いた。そして彼女の両腕をつかんだ。「きっとオリヴァーはセージを守るためだと言ったはずだ。〝聞いてくれ、ダーリン、知らなければ、傷つく可能性はない。ぼくはただきみの身を案じているんだ〟と。オリヴァーは心のどこかで本気でそう信じていたんだろう」

「だったら、部分的には真実だということよ」

「オリヴァーがセージに打ち明けなかったのは、彼女を信頼していなかったからだ。それと、セージより優位な立場でいたかったんだろう。これは自分の取引だから、自分のやり方で行うと。だが、そのせいで彼女は死んだ」

「そして、彼も死んだわ、アッシュ。ねえ、教えて」今度はライラのほうが彼の両腕をつかんだ。これでおあいこね。「もしオリヴァーが気絶していなかったら、彼女を助けるためにインペリアル・イースター・エッグの保管場所を打ち明けて、そのクライアントにエッグを渡したと思う?」

「ああ」

「だったら、それでよしとしましょう」ライラは爪先立ちになってアッシュの口に唇を押し当てた。気がつくと、抱きしめられ、ふたたびキスに溺れて胸を震わせていた。

「今きみの注意をそらすこともできるが」

「それは疑問の余地がないわね。でも――」

アッシュは彼女の両腕に手をそっと滑らせた。「でも」

ふたりは屋内に戻った。ライラが見守るなか、アッシュは革張りの箱を買い物袋に入れ、そのうえに薄紙と封筒と札束をのせた。「ぼくは明日発《た》たなければならない。

自分で最終的な手配を行わなければならないことがいくつかあるんだ。どうか葬儀に出席してくれ。もしきみの気が楽になるなら、ジュリーも日曜日に来られるかきいてみたらどうだい？」

「彼女やルークにとっても気まずいかもしれないわ」

「ふたりとも大人だ」

「あなたってまったくわかってないわね」

「とにかく、きいてみてくれ。それから、きみの次の滞在先の住所を携帯宛にメールで送ってほしい。たしか、アッパー・イーストだと言ってたね」

「そうよ。チューダー・シティなの」

アッシュの眉間にしわが寄った。「ぼくのロフトからちょっと距離があるな。絵のモデルをしてもらうときは、車を迎えに行かせるよ」

「あなたも知ってるかもしれないけど、地下鉄が街じゅうに通っているわ。それに、タクシーやバスもある。公共交通機関がここまで発達しているなんて奇跡よね」

「車の送迎はぼくが手配する。お願いだから、もう二度とひとりで外出しないでくれ」

「そんなつもりはないけど――」

「よかった」アッシュは紙袋をつかみ、戸口に向かった。

「あなたもそんな紙袋にあれを入れたまま歩いて帰るより、タクシーか車に乗るべきよ。それか装甲車に」

「ぼくの装甲車は修理中だ。じゃあ、二日後に会おう。ジュリーに電話してくれ。外出するんじゃないぞ」

ずいぶん命令するのね。アッシュが立ち去ると、ライラは思った。彼の命令の仕方は巧みでさりげない。だから、命令があたかも善意や良識であるかのように感じてしまう。

「腹いせのためだけに、このブロックを何周か走ってもいいわね」トーマスにつぶやいた。「でも、そんなの骨折り損よ。わたしはお皿を洗って、そのあと小説を書かないといけないんだもの。ああ、もう。こうなったら、ジュリーに電話するわよ」

9

アッシュは背の高いグラスを冷やしていた。きんきんに冷えたジントニックは、ヴィニーが夏に好んで飲むものだ。これから途方もない頼みごとをすることを考えれば、せめて彼の好きな飲み物ぐらい用意すべきだろう。

アッシュが電話をしたとき、ヴィニーは何も尋ねなかった。ただ、店を閉めたあとで立ち寄ると言ってくれた。その声音からは悲しみと、進んで協力しようという意志が聞きとれた。そのふたつを利用して、ヴィニーを……この状況に巻きこまなければならない。

ヴィニーはいい人だ。エッグに関する情報をインターネットでさらに検索しながら、アッシュは思った。たしかな鑑定眼を持つ抜け目ない商売人で、幸せな結婚生活を四十年近く送っている。三人の子供をもうけ、六人の孫に夢中だ。いや、もう七人目が生まれたかな。

スプレッドシートを確認しないといけないな。

ヴィニーは妹のひとり息子が信頼できない気まぐれ屋だと重々承知したうえで、オリヴァーを雇ってくれた。だが、これまではうまくいっていたようだ。ヴィニーは誰とでもうまくつきあえる。それはまぎれもない事実だ。彼は従業員に給料に見あうだけの働きを期待し、それを受けとっていた。

アッシュが尋ねるたびに、ヴィニーはオリヴァーが本領を発揮してよくやっていると答えた。商売のコツを心得ていて、クライアントの対応も上手だと。

今思うと、オリヴァーがそういうことに長けていたのが、今回の事件の発端だったのかもしれない。

しばし椅子の背にもたれ、エッグをしげしげと眺めた。ロシア皇帝のために作られたこの風変わりな至宝は、これまでどこにあったのだろう？　誰がこれを見つめ、その繊細な細工に指を滑らせたのだろう？

そして、殺人を犯してまでこれを手に入れたがっているのは誰なんだ？

玄関のブザーが鳴ると、アッシュは立ちあがってコンピューターから遠ざかった。

「はい、アーチャーです」インターホンに向かって言った。

「やあ、アッシュ。わたしだ、ヴィニーだよ」

「どうぞお入りください」ロックを外すと、居間のスペースを離れ、階段をおり始めた。

ヴィニーは革のブリーフケースを手にたたずんでいた。相変わらず洗練されたスーツ姿だ。平日とはいえ、こんな暑さだというのに、淡いグレーのチョークストライプのスーツにぱりっとした白いシャツを合わせ、エルメスの色鮮やかなペイズリー柄のネクタイをきっちり締めている。

ぴかぴかに磨きあげられた靴。日焼けした顔から後ろへ流された白髪が、きちんと整えられた顎ひげを引き立てている。

会うたびに感じることだが、ヴィニーは客と交渉する美術商というよりも裕福なクライアントのように見えた。

アッシュが階段をおりていくと、ヴィニーがこちらを見あげた。「やあ、アッシュ」その声音には少年時代を過ごしたニュージャージーの訛《なま》りが今も残っていた。

「こんなことになって本当につらいよ」ブリーフケースをおろしてアッシュをぎゅっと抱きしめた。「きみは大丈夫かい？」

「やることがたくさんあるおかげで、助かっています」

「いつだって忙しさは悲しみをまぎらせてくれる。わたしに何かできることはないか？　オリンピアは今夜到着するが、コンパウンドに直行するそうだ。日曜日の朝まで来ないでくれと言われたよ。だが、アンジーと子供たちは明日向こうに行く予定だ」

「オリンピアとアンジーは昔から仲がよかったんですよね」

「ああ、姉妹みたいに。オリンピアはわたしより――ナイジェルより、アンジーにそばにいてもらいたがってる。わたしたちがコンパウンドに到着したら、きみのためにできることが何かあるんじゃないか？」

「オリンピアにバグパイプはあきらめてもらうよう説得してもらえませんか？」

ヴィニーは噴きだした。「百年かけても無理だろうな。オリンピアはオリヴァーがそれを望んでると思いこんでいるんだ。警察は新たな手がかりをつかんでいないのか？」

「つかんでいたとしてもぼくには言いません」

「いったい誰があんなことをしたんだろう？　セージは、オリヴァーとお似合いに見えた。てっきりあのふたりは幸せなんだと思っていたよ。わたしが思いついたのは、せいぜい嫉妬した元恋人ぐらいだ。警察が事情聴取に来たときは、そう伝えたよ」

「彼女には元恋人がいたんですか？」

「あれだけのルックスで、あんな暮らしをしていたんだから、いないはずがない。オリヴァーは何も言わなかったが、セージには元恋人がいたはずだ。でも、オリヴァーは幸せそうだった。わたしたちはそのことを覚えておくべきだ。亡くなるまでの数週間はとても精力的だった。彼女を旅行に連れていくと話していたよ。プロポーズするつもりだったんじゃないかな。人生で大きな一歩を踏みだそうとしている男のように、興奮と不安が入りまじった様子だった」

「たしかにオリヴァーは大きな一歩を踏みだそうとしていたんだと思います。実は見てもらいたいものがあるんです。二階に」

「もちろん、かまわないよ」

アッシュは先に立ってエレベーターに向かった。「オリヴァーから最近進めている取引のことや、特別なクライアントについて聞いたことはありませんか？」

「特に変わったことは聞いてない。オリヴァーはこの数カ月、いい仕事をした。非常にいい仕事を。二軒の邸宅の美術品を鑑定し、すばらしい品をいくつか買いとったんだ。買い手を想定して購入したものもある。オリヴァーは商売のコツを心得ていた、本物の商才があったんだ」

「いつもそうおっしゃってましたね。それじゃ、飲み物を用意しましょう」

「その申し出は断れないな。この数日は大変だったからね。店は……従業員はみな打ちひしがれている。みんなオリヴァーのことが好きで感謝していたし、オリヴァーもみんなを気に入ってたはずだ。どんなに腹が立つことをされても、あいつを愛さずにはいられない。きみもオリヴァーがどういうやつか知ってるだろう」

「ええ」アッシュはこぢんまりとしたアトリエのキッチンへヴィニーを案内し、ホームバーの下の冷蔵庫から冷えたグラスをとりだした。「ジントニックですよね？」

「そのとおりだ。きみはすばらしい住まいを手に入れたね、アッシュ。きみがここを購入したとき、わたしはこう思ったよ。〝なんでアッシュはそのロフトをアパートメントに改築して不動産で儲《もう》けないんだ？〟って。そう思わずにはいられなかった」

「ぼくもこの家に関しては譲るわけにはいかなかったんです」アッシュはジンとトニックウォーターを混ぜあわせてライムを上から搾ると、自分用のビールをとりだした。

「せわしない大都市に住み――自分だけの広々とした場所を持つ。両方のいいとこどりですよ」

「まさにそうだな」ヴィニーはカクテルグラスをビール瓶と触れあわせた。「きみを誇りに思うよ。セージがきみの絵を買ったことを知ってたかい？　オリヴァーがそう話していたよ」

「遺品を引きとりに行ったとき、その絵を見ました。遺品は全部じゃありませんが、ほとんど引きとりました。ちょっとこっちに来てください、これについて意見を聞かせてもらえませんか？」

アッシュはアトリエに背を向けて廊下を横切り、ホームオフィスに足を踏み入れた。あのエッグが机に置かれていた。

ヴィニーはポーカーフェイスが大得意だった。そのせいでアッシュは何度もポーカーで彼に負けていた。だが、今のヴィニーはエースを四枚引き当てた初心者のように、びっくりしながらにこにこしている。

「ああ、信じられない」ヴィニーは駆け寄るなり、敬意を示すように両膝をついた。

アッシュは唖然《あぜん》としたが、ヴィニーがエッグと視線の高さを合わせるためにしゃがんだだけだとすぐに気づいた。

「これをどこで手に入れたんだ、アシュトン？　いったいどこで？」

「それはなんなんですか？」

「知らないのか？」ヴィニーは立ちあがると、エッグのまわりを歩きまわり、純金のエッグに鼻がこすれそうなほど身をかがめてしげしげと眺めた。「これはファベルジェが作った《二輪戦車を引くケルビム》か、今まで見たことがないほど精巧なその贋作だ」

「それが本物かどうかわかりますか？」

「きみはどこでこれを手に入れた？」

「オリヴァーの貸金庫です。鍵と手紙が送られてきて、連絡があるまで預かってほしいと頼まれました。大きな取引の最中で、短気なクライアントを相手にしていると。きっとトラブルに巻きこまれていたんだと思います。今ぼくの机の上にあるものこそ、そのトラブルのもとでしょう。そのせいでオリヴァーは殺されたんだと思います。あなたにはそれが本物かどうかわかりますか？」

ヴィニーは崩れるように椅子に座り、両手で顔をこすった。「わたしが気づくべきだった。気づいているべきだったんだ。だからオリヴァーはあんなにも精力的で、興奮と不安が入りまじった様子だったのか。セージじゃなく、これが原因だったんだな。わたしは一階にブリーフケースを置いてきてしまった。鑑定にはあれが必要だ」

「ぼくがとってきます。本当にすみません」

「なぜ謝るんだ？」

「こんなことにあなたを巻きこんでしまって」

「アッシュ、オリヴァーはわたしの身内でもある。妹のひとり息子だからね。オリヴァーにこういったことを、アンティークやコレクションやその価値を教えたのはわたしだ。どうやって美術品を売買するのかも。きみはわたしに連絡して当然だよ」

「ブリーフケースをとってきます」

ヴィニーにさらなる悲しみを与えてしまった。彼に連絡をとったばかりに、こんな代償を払うことになった。だが、こういう場合、まず身内に連絡をとるものだ。それに、ほかの手段は浮かばなかった。

アッシュがブリーフケースを手に戻ってくると、ヴィニーは鼻先に眼鏡をのせ、エッグを前にかがみこんでいた。

「わたしはしょっちゅう眼鏡をなくすんだ」ヴィニーは眼鏡を外して脇に置いた。「一カ月以上同じ眼鏡を使い続けたためしがない。それなのに、宝石の鑑定用ルーペは二十年間同じものを使っている」そう言って、ブリーフケースを開けた。

ヴィニーは白い薄地のコットンの手袋をとりだしてはめた。デスクランプをつけ、ルーペ越しにエッグをじっくりと鑑定し始めた。外科医さながらの慎重な手つきで扱いながら、精密な構造や輝く宝石をじっと見つめる。

「わたしはふたつのエッグを買いとったことがある――もちろん、インペリアル・イースター・エッグじゃないが、一九〇〇年ごろ作られた美しい骨董品だった。個人蒐集家が所蔵するインペリアル・イースター・エッグを運よく目にして、鑑定させてもらったこともある。だが、だからといって指折りの専門家というわけじゃない」

「ぼくにとってはそうですよ」

ヴィニーが小さく微笑んだ。「わたしの結論は――あくまでもわたしの意見だが――これはファベルジェの《二輪戦車を引くケルビム》で、行方不明になった八個のインペリアル・イースター・エッグのひとつだ。《二輪戦車を引くケルビム》の写真はたった一枚しか残っていない。しかも写りが悪く、現存する複数の記述はやや矛盾している。だが、この技巧といい材質といいデザインといい……ペルチンの――当時ファベルジェ工房で主導的立場だった名工の――特徴が表れている。わたしにとってはまぎれもなく本物だが、真の専門家の意見も聞いてみたほうがいいだろう」

「オリヴァーは書類を持っていました。その大半はロシア語で書かれています」アッシュは封筒から書類をとりだして手渡した。

「わたしには訳せない」ヴィニーは書類にいったん目を通してから言った。「だが、きっと売渡証だろう。一九三八年十月十五日と日付が入っているし、署名もある。金額はルーブルだな。三千ルーブルらしい。一九三八年の為替レートはわからないが、誰かが破格の値段で買いとったようだ」

ヴィニーはふたたび腰をおろした。「知り合いに、これを訳せる人物がいる」

「助かります。オリヴァーはこれが何で、どんな価値があるか知っていたはずです。さもなければ、あなたに相談したでしょう」

「わたしも同感だ。詳しいことは知らなかったかもしれないが、自分ひとりで調べようと思うくらいにはわかっていたはずだ」

「この手の美術品に特に関心を示すクライアントはいますか?」

「いや、心当たりはないな。だが、アンティークに心底興味がある蒐集家なら誰でも、これを手に入れたがるだろう。たしか、三千万ドルかそれ以上の値打ちがあるはずだ。オークションに出品したり、インペリアル・イースター・エッグの蒐集家に売却したりすれば、それよりはるかに高い値がつく可能性もある。オリヴァーはそのことも

よね」
「この二、三カ月のあいだに、弟は二軒の邸宅の美術品の買い取りを担当したんです
「ああ。ちょっと思いださせてくれ」ヴィニーはこめかみをさすった。「オリヴァー
はロングアイランドのスワンソン邸とパークスロープのヒル＝クレイボーン邸に出向
いて、買い取りを行った」
「スワンソン」
「ああ。どちらの目録にもこんなものはなかった」
「目録を作成したのは誰ですか？」
「その二軒に関しては、オリヴァーがクライアントとともに作成した。オリヴァーが
これを個人で買いとれたはずはない。それに、何千万ドル単位の取引が行われたなら、
わたしの耳に入っただろう」
「オリヴァーにこれが購入できた可能性はあります。第一に、エッグを買いとってく
れるクライアントに心当たりがある場合。第二に、《二輪戦車を引くケルビム》の売
り手がその価値を知らなかった場合」
「たしかに、ありうるな。世の中には祖母のウェッジウッドに途方もない価値がある
と勘違いしている人もいる。そうかと思えば、ドームのガラス工芸品をがらくたと見

なす人もいる」

「オリヴァーの私物のなかに売渡証がありました。ミランダ・スワンソンが二万五千ドルで荷車を引く天使の像のアンティークを売却したと書かれた売渡証が」

「ああ、なんてことだ。ミランダ・スワンソンはわれわれのクライアントだよ。彼女は父親の屋敷のものをすべて——あるいはほぼ全部——売却したがっていた。オリヴァーがその買い取りを担当したが、あいつは何も言っていなかった……」

ヴィニーはエッグに視線を戻した。

「オリヴァーはあれが何かを知っていたんでしょうか？」

「正確には知らなかったとしても、もしかしたらと思って確かめたはずだ。おそらく、そうしたんだろう。あれを二万五千ドルで買いとったなんて」

「破格の安値ですね」

「もし……オリヴァーが本当の価値を知っていたなら倫理に反する。われわれはそんなふうに商売はしない。そんなまねをすれば、客が離れる。だが……エッグを見つけて、それに気づいたことは誇りに思う。わたしのもとに持ってきたなら、オリヴァーを誇りに思っただろう」

「オリヴァーが黙っていたのは、あなたがそんなことは認めないからです。これは完全な盗みとは言えません。詐欺じゃないと思う人もいるでしょう。でも、あなたは違う。だから、オリヴァーはあなたに言えなかったんです」

無言のヴィニーから遠ざかるようにアッシュは歩きまわった。「オリヴァーはガールフレンドにこのことを打ち明け、エッグを買いとる資金を出してもらったんでしょう。そして、セージかあなたの店で知りあった人を介して蒐集家に話を持ちかけた。エッグを売り払って現金に換えようとしたんです。途方もない大金に。あなたがそのことをどう考え、何を望むかわかっていたのに、あいつの目には金しか映っていなかったんです」

「そして倫理に反したせいで、途方もない代償を払うことになった。このことはオリヴァーの母親には言わないんだろう?」

「ええ、あなた以外の親族には話さないつもりです」

「それが最善だな。オリヴァーがこんなことをしなければ、あいつを誇りに思っただろう」ヴィニーはふたたびつぶやくと、その考えを振り払い、まっすぐ背中をのばしてアッシュに視線を戻した。「オリヴァーはきみにとんでもない厄介ごとを押しつけていったようだね。いつものことだが、本当に申し訳ない。その書類のコピーをとってくれ。オリジナルは借りたくないから。それを誰かに訳してもらうよ。それから、本物の専門家にエッグを鑑定してもらいたければ、適任者がいないかさりげなくきいてみる」

「鑑定のほうはひとまず置いておきましょう」

「わたしはその歴史的背景に充分精通しているとは言えない。知っているのは、作製を依頼されたインペリアル・イースター・エッグが五十個あることと、ボリシェヴィキ革命の際、レーニンが宮殿をくまなく捜索して財宝を略奪するよう命じたことくらいだ。一九三〇年代、スターリンはインペリアル・イースター・エッグをいくつか売却した。たしか、資金を、外貨を獲得するために。この《二輪戦車を引くケルビム》は傷ひとつなく、サプライズの仕掛けもある――それが価値をつりあげるはずだ。現在美術館や蒐集家が所蔵するインペリアル・イースター・エッグの多くは、サプライズかその一部が欠けている。ボリシェヴィキ革命後、八つのエッグは行方不明となった。盗まれたか、売り飛ばされたか、隠されたか、人知れず個人蒐集家のコレクションにおさまっているんだろう」

「ぼくもかなり勉強しました。《二輪戦車を引くケルビム》の文献のなかには、略奪された財宝に関する一九一七年の目録が含まれています。どうやら、このエッグはレーニンの資金源にはならなかったか、後日誰かに盗まれたようです」

アッシュは書類を持ってコピー機に向かった。

「調査を進めるあいだ、それをどこに保管するんだ？」

「コンパウンドに持っていくつもりです」

「それはいい。うちの店の金庫より安全だ。だが、もしコンパウンドのメインの金庫に入れたら、きみの父親にこれは私物だから手をつけないでほしいと釘《くぎ》をさしても、聞き入れてもらえないはずだ」

「安全に保管できる場所が二、三箇所あるんです」アッシュは新しい封筒に、コピーした文書を入れた。「もう一杯ジントニックを作りますね」

「いや、遠慮しておくよ。二杯飲むと、アンジーにばれるからな。彼女は鋭いんだ。仕事を終えて帰宅する前に一杯飲むだけなら許される。だが、二杯飲んだら犬小屋行きだ」ひょうひょうとした口調だが、その声音にはオリヴァーを失った悲しみと、新たに加わった失望の念がにじんでいた。「そろそろ失礼するよ。家に帰ったら、知り合いに電話して書類の翻訳を頼んでみる。コンパウンドに向かうころには、訳文が手元にあるかもしれない。きみは明日向こうに行くのか？」

「ええ」

「さっき言ったことは、今も変わらない。何かわれわれにできることがあれば、言ってくれ」ヴィニーは立ちあがって書類をブリーフケースに入れた。「これは世紀の発見だ。オリヴァーは世界にとって重要なことをした。ただ、そのやり方が間違っていた」

「ええ」

「見送りはここでいい」ヴィニーはそう言って、またアッシュをハグした。「エッグを安全な場所にしまっておいてくれ。エッグもそうだが、きみ自身も気をつけるんだぞ。何かわかったら、コンパウンドへ発つ前に連絡する」

「ありがとうございます、ヴィニー」

「あれは盗品じゃないし、正当な持ち主に返還する必要もないから、美術館が所蔵すべきだ」

「そうなるように手配します」

「きみならそうするとわかっているよ」

ふたたび目に悲しみを宿しながら、ヴィニーはアッシュの背中をぽんと叩いて出ていった。

エッグはどこか安全な場所にしまうつもりだが、とりあえずあそこに置いたまま、さらにリサーチを進めよう。

ミランダ・スワンソンか。名前以外の情報を調べあげないといけないな。

まぶしい輝きを放つエッグを机に置いたまま、アッシュはふたたび腰をおろして彼女の名前を打ちこんだ。

ジャイはオリヴァーの兄のロフトをもう一度家探ししようかと考えた。あの男が銀行に長居したことに興味を引かれたのだ。だが、オリヴァーのおじの訪問には、さらに好奇心をかきたてられた。

おじの店を訪ねるほうが、収穫が大きいかもしれない。

「アーチャーをつかまえよう。ちょっと痛めつければ、知っていることをぺらぺらしゃべるはずだ」

ジャイは翡翠《ひすい》と真珠のイヤリングを選んだ。このとても上品で古風なデザインのイヤリングが、ボブカットのウィッグを際立たせてくれるだろう。彼女はイヴァンに目を向けた。

「あのあばずれがあんたに窓から突き落とされる前に、しゃべったように？」

「俺はあの女を突き落としてなんかない。ちょっとやりすぎちまっただけだ。アーチャーをつかまえて、ここに連れてこよう。ここなら静かだし、人目もない。手間どらずに口を割らせることができる」

イヴァンのロシア訛りが強くなった。ジャイは必ず仕事仲間のことを下調べするため、彼がクイーンズ出身だと知っていた。二流のロシアン・マフィアのボディガードとヘロイン中毒で早死にしたストリッパーとのあいだに生まれた男だ。

「あのまぬけなオリヴァーは何週間も兄と連絡をとっていなかった。やつの携帯もコンピューターもチェックしたけど、電話もメールのやりとりもいっさいなかった。でも、あのおじはオリヴァーの上司よ」

身支度をしている部屋にイヴァンがいるのは気に入らなかったが、レッド・タブーの口紅を選んで注意深く唇に塗った。

イヴァンは一度ジャイに手を出そうとしたことがある。急所にナイフを押し当ててやったから、もうそんな気は失《う》せたはずだ。

あれ以来、その手の問題は起こっていない。

「あのおじはやり手の古美術商よ。まぬけ男がエッグを発見したのも、おじの商売のおかげだし」

「なのに、あのおじはなんにも知らなかった」

「あのときはね。でも、今は何かを知ってるはず。アーチャーが銀行に行ったあと、あの男を訪ねたんだもの。おそらく、アーチャーはあばずれの転落を目撃した痩せっぽちの女とできていて、あれからいろんなことを知ったのよ。もしかすると、オリヴァーはあたしたちが思っていたほどまぬけじゃなくて、エッグを貸金庫に預けてたのかもしれない」

「アーチャーは銀行から出てきたとき、エッグを持ってなかったんだろう?」

「あたしが見た限りだけど。もしエッグが銀行にあったなら、アーチャーはそのまま預けておくことにしたのかもしれない。それか、エッグやそのありかに関する情報を貸金庫からとりだしたのかも。今日はいい情報が得られそうね。アーチャーはオリヴァーの上司でもあるおじに何か相談した。それはなぜか？」

　ジャイは結婚指輪のセットを箱からとりだした。このスクエアカットの五カラットのダイヤモンドが偽物なのは残念だけれど、かなり精巧に作られているのはたしかだ。彼女はそれを指にはめた。

「おじのほうがファベルジェに詳しいはず。それに、アーチャーより年寄りで、それほど体力もない。あの男はオリヴァーとしょっちゅう顔を合わせてた。だから、あのおじの店を訪ねてみるわ」

「そんなことしても時間の無駄さ」

「雇い主はあたしにこの件を任せたのよ」ジャイは冷ややかに吐き捨てた。「あたしが決定権を握ってるの。もしあんたが必要になったら、連絡するわ」

　ジャイは鏡に映った自分の姿を隅々までじっくりチェックした。その控えめなデザインの明るいサマードレスや、ピンクのヒール、黄褐色のバッグ、地味なジュエリーは、彼女の本性をみじんも感じさせない。

　それはすべてジャイの望みどおりのイメージを醸しだしている。裕福で古風なアジア人の既婚女性というイメージを。

　最後にもう一度バッグの中身を確認した。財布にカードケース、化粧ポーチ、携帯、小型のコンバットナイフ、ふた組の拘束具と愛用の九ミリ拳銃。

ジャイは一度も振り向かずにその場をあとにした。イヴァンは命令に従うだろう。さもなければ、あたしはやつを始末する——お互いわかってることだ。

だが、いずれにしろ、あたしがイヴァンを殺すつもりでいることをやつは知らない。おとなしく命令に従っても、それは避けられない結末を先のばしにしているだけだ。


ヴィニーは仕事に集中し、クライアントや従業員のおかげで、一日一日をなんとか乗りきっていた。愛する甥《おい》を失った悲しみと行方不明のインペリアル・イースター・エッグを発見した興奮で、心が千々に乱れている。

ロシア語の書類のコピーはそれを訳せる長年の友人に送った。そのことを携帯メールでアッシュに知らせようかとも思ったが、やめた。どうせ明日になれば、葬儀で顔を合わせる。エッグに関するやりとりは、できる限りふたりきりのときに口頭で行うのが望ましい。

ヴィニーはこのすべてを妻と分かちあえないのが残念でならなかった。もっと詳しいことがわかったら打ち明けよう。だが、とりあえず今は、あれこれ憶測をめぐらせないほうが賢明だ。思いこみで真実がゆがまないように。オリヴァーが何をしたにせよ、葬儀はちゃんと行われるべきだ。オリヴァーを愛する人々が、さらなる重荷を背負わずに彼の死を悼むことができるように。

重荷を背負ったヴィニーは、この二日間ほとんど寝ていなかった。何時間も眠れずに歩きまわったせいで、重荷は増すばかりだ。

ヴィニーは妹の息子を愛し、その可能性を見抜いていた。とはいえ、オリヴァーの欠点に気づかなかったわけではない。甥は手っとり早く成功をつかもうとし、大がかりで派手なことを好むせいで、自ら死を招いてしまったのだろう。

だが、いったいなんのためだ？

行方不明だったインペリアル・イースター・エッグの発見者となれば、オリヴァーの評判は一気に高まったはずだ。称賛を浴び、大金も手にしただろう。だが、遺憾なことに、甥は欲張り、さらに多くを求めた。その結果、何も得られなかった。

「ミスター・V、どうかもうお帰りになってください」

ヴィニーはジャニスのほうを見て、小さくかぶりを振った。この店に勤めてもう十五年になる彼女は、彼のことをミスター・Vと呼び続けている。

「頭を使っているほうが気がまぎれるんだ。それに実を言うと、妹は今、わたしよりアンジーがそばにいることを望んでる。だから、妹がアンジーと一緒に過ごせるよう、わたしは明日出発するつもりだ。今夜はひとり自宅で過ごすよ」

「もし気が変わったら、ルーかわたしがお店を閉めますから。今夜発てば、ご家族と一緒に過ごせますし」

「ああ、考えてみるよ。でも、とりあえず今は……こちらの美しいお嬢さんの相手をしようかな」ヴィニーはふらりと入ってきたジャイを見た。「彼女なら、すべての悩みを忘れさせてくれそうだ」

「まあ！」ジャニスはくすくす笑った。だが、それは彼女が笑うことをヴィニーが期待していると思ったからだ。ジャニスは客に歩み寄る彼を気遣わしげに見守った。ヴィニーは悲しみに打ちひしがれている。本当は少し仕事を休んで、甥の死と向きあうべきだ。

「いらっしゃいませ。今日は何かお探しですか？」

「ここにはすてきなものが数えきれないほどあるわ」ジャイは慎重に中国語の訛りをにじませ、教養を感じさせる響きを加えた。「歩いていたら、これが目にとまったの。でも、店内にはこんなにもすばらしいものがあったのね」

「これがお客さまの目にとまったんですか？」

「ええ」彼女は笑って、目の端を人さし指で指した。「この目にとまったわ」

「お客さまはお目が高い。こちらはルイ十四世時代の書き物机です。非常に見事な象眼細工が施されています」

「触ってもいいかしら」

よう？」

「たしかに」彼女は机の上に指を滑らせた。「とてもすてきだわ。古いものなんでし
「もちろんです」

「十七世紀後半のものです」

「わたしの夫はニューヨークのアパートメントのために古いものをほしがっているの。わたしは自分が気に入ったものを見つけて、主人が好きなものも探さないといけないの。わたしの言いたいこと、わかりますか？　片言の英語でごめんなさい、あまりうまくしゃべれなくて」

「お客さまの英語は大変お上手ですし、とてもチャーミングですよ」

ジャイはそっとまつげをしばたたいた。「あなたはとても親切ね。これは、主人がとても気に入りそうだわ。わたしは――まあ、これは何？」

「こちらもルイ十四世時代のものです。鼈甲に真鍮《しんちゅう》の象眼が施されたブール細工の飾りたんすです。ご覧のとおり、保存状態も最高です」

「ええ、まるで新品みたい。でも、古いのよね。きっと主人はこれをほしがるわ。でも、わたしは同じようなものを選ばないといけないんでしょう？　わたしが何を言いたいかわかりますか？　すべて……」

「調和する家具を探していらっしゃるんですね」

「ええ、そうだと思います。このふたつは調和しますか？」

ヴィニーは〝彼女の目にとまった〟書き物机を見て、にっこりした。「ええ、とても調和しています」

「それに、自宅の小さな書斎にぴったりだわ！　このすてきな机には、本のように見える引き出しがついてるのね。とっても気に入ったわ！」

「これはユリノキでできています」

「ユリノキ。なんてすてきなの。わたしはこれがとても気に入ったわ。それに、このランプも。これを……えーと、飾りたんす、だったかしら？　あのたんすの上に置くの」

「お客さまはすばらしいセンスの持ち主ですね、えーと、ミセス……」

「ミセス・キャッスル。わたしはミセス・キャッスルよ。あなたと出会えて本当にうれしいわ」

「わたしはヴィンセント・タルテリと申します」

「ミスター・タルテリ」彼女はお辞儀をしてから手をさしだした。「どうか手伝ってください。わたしたち夫婦のアパートメントのための家具選びを。ここにはすてきなものがたくさんあるわ」彼女はふたたびそう言うと、店内をうっとり見まわした。

「もうすぐ主人が来ます。主人の許可がなければ買えませんが、きっと彼もここのものをいくつもほしがるはずです。これも」最初に目をとめた品に向き直った。「主人はこれをとっても気に入るでしょう。わたしを手伝ってもらえますか？」

「もちろんです」

「だったら、わたしが選んで、あとで主人に電話をかけます。きっととっても喜ぶわ」

ヴィニーはとても話しやすく、ジャイは店内を見てまわりながら、さまざまな品を見せてもらうたびに甲高い声をあげたり、英語にややつまるふりをしたりした。二階建ての店内をくまなく歩きまわりながら、監視カメラをすべて見つけた。ジャイは徐々にヴィニーを調度品から蒐集品や美術品の売り場へと導いた。

「母に贈り物を買いたいわ。わたしからの贈り物を。母は美しいものが大好きなの。このショーケースに入っているのは翡翠かしら」

「ええ。きわめて美しい翡翠のボンボン入れです。中国風の彫刻が施されています」

「母が気に入りそうだわ」ジャイがそう言うと、ヴィニーはショーケースの鍵を開け、ビロード張りのトレイの上にボンボン入れを置いた。「これは古いものですか？」

「十九世紀後半の品で、ファベルジェです」

「フランス製ですか？」

「いえ、ロシア製です」

「あっ、そうね。わたしも知ってるわ。フランスじゃなくてロシアよね。彼は有名な卵を作った人でしょう」ジャイはヴィニーの目をじっと見つめながら笑顔を消した。

「何か間違ったことを言ったかしら?」

「いいえ、そんなことはありません。ファベルジェはインペリアル・イースター・エッグを作った人物です。ロシア皇帝はそれをイースターに皇后や皇太后にプレゼントしました」

「なんてチャーミングな話かしら。イースターにインペリアル・イースター・エッグのプレゼントなんて。あなたはそのエッグを持っているの?」

「わたしは……。この店にはそのレプリカがいくつかあります。二十世紀初頭に作られたものです。大半のインペリアル・イースター・エッグや、その当時の美術品は、個人蒐集家か美術館が所蔵しています」

「そうなの。もしかしたら主人がほしがって、いつか手に入れるかもしれないわ。でも、この容器は——このボンボーンは?」

「ボンボン入れ《ボンボニエール》です」

「ボンボニエール」彼女は注意深く繰り返した。「母はこれを気に入ると思うわ。これをとりおきしてもらえるかしら。ほかのものと一緒に。これだけはわたしが払うわ、母のために。わたしの言いたいこと、わかってもらえたかしら」

「ええ、完璧に」

わたしもよ。この男はエッグのことを知っている。そして、そのありかも。

「もうずいぶんお邪魔してしまったわ」

「そんなことはまったくありません」

「主人に電話をかけて、わたしが選んだ商品を見に来てほしいと頼むわね。彼はほかの商品も見たり、わたしが選んだものに文句を言ったりするかもしれない。でも、あなたの貴重なアドバイスのおかげで、いいものが選べた気がするわ。もし主人が値段を交渉しようとしても、気を悪くしないでね。彼は商売人だから」

「それは当然です。喜んでご主人と値段の相談をさせていただきます」

「あなたって本当に親切ね。じゃあ、主人に電話をするわ」

「わたしは席を外しますね」

ヴィニーが裏に引っこむと、ちょうど客の相手を終えたジャニスがつぶやいた。

「彼女は本気で購入を検討していると思いますか?」

「ああ。ご主人もそうか様子を見ないといけないが、彼女はなかなか抜け目ない。従順にふるまっているかもしれないが、主導権を握っていることを自覚しているはずだ」

「彼女は――さりげなく――お金と気品があることをにおわせています。それに、贅《ぜい》沢《たく》な暮らしをしていることも。おまけに、とびきりの美人です。きっとあなたの言うとおり、ご主人を言いくるめ、さっき選んだ商品をほとんど購入するでしょう。かなりの売り上げになりますね、ミスター・V」

「土曜の午後の売り上げにしては悪くないね」

「三十分後には閉店ですよ」

「きみは帰っていい。きみとルーは。この商談をまとめるには三十分以上かかるはずだから」

「わたしは残ってもかまいません」

「いや、帰っていいよ。わたしが店を閉めるから。わたしの読みどおり商談がまとまったら、やっぱり今夜、車でコネティカットに向かうかもしれない。うまくまとまれば気持ちも上向くだろうから。ニューヨークには火曜日に戻るよ。月曜日に何かあれば、電話をくれ」

「気をつけて行ってらっしゃい、ミスター・V」ジャニスがヴィニーをぎゅっと抱きしめた。「本当に気をつけてね」

「ああ、また火曜日の朝会おう」

ジャイがバッグに携帯をしまいながら、ふたりのほうにやって来た。「すみません。主人は来てくれますが、この近くにいないので、二十分ぐらいかかるかもしれません。

もうお店は閉店ですか？」

「ええ、通常の営業は。ですが、わたしが店に残ってご主人を迎えます」

「個人的に交渉してくださるんですか？　でも、ずいぶんご迷惑じゃないですか？」

「いえ、どうか気になさらないでください。待っているあいだに、お茶でもいれましょう。それとも、ワインがいいですか？」

「ワイン？」彼女は輝くような笑みを浮かべた。「ちょっとしたお祝いですね」

「少々お待ちください」

「あなたの雇い主は――」ジャイはヴィニーが向かった先や、そこへの行き方をしっかり確認しながら、ジャニスに話しかけた。「とても知識が豊富で忍耐強い方ですね」

「彼は最高の古美術商です」

「こんなに美しくすばらしい美術品に囲まれて毎日働くなんて、お幸せですね」

「わたしはこの仕事を愛していますし、上司のことも心から尊敬しています」

「こんなことをきいたら出ずっぱり……じゃなくて、ぶしつけかもしれませんが、ひとつ質問してもいいですか？　母にプレゼントしたいボンボニエールを二階で見つけたんですが、あれはファベルジェですか？」

「翡翠のものなら、答えはイエスです。すばらしい品ですよね」

「ええ、そう思います。きっと母も気に入るでしょう。でも、そのファベルジェについて質問したり、有名なインペリアル・イースター・エッグがこの店にあるかどうか尋ねたりしたとき、ミスター・タルテリは悲しそうでした。わたしは彼が気を悪くするようなことを何か言ってしまったんでしょうか？」

「そんなことは絶対にありません。うちの店に有名なインペリアル・イースター・エッグがないので、あなたをがっかりさせてしまったと思ったんでしょう」

「そうですか」ジャイはうなずいた。このうろうろしている店員は何も知らないようだ。そう結論づけると、にっこりした。「それなら心配することはありません。わたしはがっかりなどしていませんから」

ヴィニーがワインとチーズと小さなクラッカーをのせたトレイを持って現れた。

「はい、どうぞ。ちょっとしたお祝いです」

「ありがとうございます。本当にご親切に。まるでお友達といるようだわ」

「わたしどもはお客さまを友人のように思っています。さあ、どうぞ座って召しあがってください。ジャニス、きみはもう帰りたまえ。きみとルーは」

「ええ、それではお先に。ミセス・キャッスル、お会いできてうれしかったです。またのお越しをお待ちしています」

「楽しい週末を」ジャイは小さなしゃれた椅子に腰掛け、ルビーレッドのワインが注がれたグラスをかかげた。「ニューヨークに来ることができて本当によかったわ。わたしはこの街が大好きなの。あなたとも知りあえてうれしいわ、ミスター・タルテリ」

「こちらこそ、ミセス・キャッスル」ヴィニーは彼女とグラスを触れあわせた。「ニューヨークにはいついらしたんですか？」

「ほんの数日前よ。でも、前にも来たことがあるの。主人がよくニューヨークで仕事をするから。それで、この街で暮らすことにしたの。そのあとはロンドンに戻る予定よ。主人は向こうでもよく仕事をするから。その次は香港。家族が住んでいるから、里帰りできてうれしいわ。でも、ニューヨークもいいところよね」

「ご主人はどんなお仕事をなさっているんですか？」

「金融や不動産の仕事をたくさんしているわ。わたしには理解できないほどたくさん。お客さまを自宅に招待することもあるから、ここにあるような珍しいものが必要なの。ほかでは決して目にしないような一流品を持つことが大事なのよ。主人には心から気に入ったものを買ってほしいわ。そうすれば、彼は自宅でもオフィスでも幸せだもの」

「ご主人はとても幸運な男性のようですね」

「主人もそう思っていることを願うわ。あっ、来たわ！」

ジャイはぱっと立ちあがり、入ってきたイヴァンに駆け寄った。イヴァンが最初から怪しまれる場合に備え、バッグに手を滑りこませた。「わたしの主人です。あなた、こちらがとても親切なミスター・タルテリよ」

「ミスター・キャッスル」ヴィニーが手をさしだした。「お会いできて光栄です。わたしは奥さまがニューヨークのご自宅の家具を選ぶのをお手伝いさせていただきました。ミセス・キャッスルは非常にお目が高いですね」

「そうかもしれないな」

「これからわたしたちだけで相談することになっているの」ジャイが夫に言った。「ミスター・タルテリは親切にもわたしたち夫婦のために営業時間後もとどまってくださったのよ」

「邪魔が入らないよう、店を閉めますね」

「ワインもあるのよ」ヴィニーが背を向けると、ジャイが裏手を指した。

ヴィニーが店を閉めるあいだに、ジャイはイヴァンとともに窓から見えない位置へ移動した。

「あなたのお気に召すかどうか確かめていただきたい品がいくつかあります」ヴィニーはふたりに歩み寄りながら、そう切りだした。

ジャイはすっと脇に寄り、ヴィニーの背中に銃を突きつけた。「話の続きは奥の部屋に行ってからよ」かすかな中国訛りもチャーミングな態度もかき消した。「内輪の交渉をしないとね」

「こんなことをする必要はない」ヴィニーの背中を冷や汗が伝い、シャツが張りついた。「なんでも好きなものを持っていってくれ」

「ええ、そうするつもりよ」ジャイは乱暴にヴィニーを押しやった。「ほら、奥の部屋に行って。あなたが協力してくれればさっさと片づいて、お互い苦労しなくてすむわ。協力しなければあたしの仲間に痛めつけられるわよ。この男は手荒いことが好きなの」

ジャイはヴィニーを無理やり後ずさりさせて奥の部屋に入った。さっきちらっと見ただけだが、思ったとおりだ。その倉庫はオフィスも兼ねていた。

ジャイはバッグからとりだした紐で手際よくヴィニーの両腕を背中で縛りあげ、彼を椅子に座らせた。

「これからひとつ質問するから、ひと言で答えて。そうしたら、あたしたちは立ち去るわ。なんの問題も起こさずに。あのエッグはどこにあるの?」

ヴィニーは彼女を凝視した。「卵? いったいなんのことだ?」

彼女はため息をもらした。「質問の答えが間違ってるわよ」

ジャイはイヴァンに合図した。

最初の一発で、ヴィニーは鼻から血を噴きださせ、椅子ごとひっくり返った。ジャイはイヴァンがもう一発殴る前に、人さし指をあげた。「もう一度同じ質問をするわ。エッグはどこ？」

「わたしにはいったいなんのことだかわからない」

ジャイは机の端に座って脚を組むと、イヴァンに向かって言った。「あたしがストップって言ったら、やめてちょうだい」

イヴァンはふたたび両方の肩をまわし、椅子を引っ張りあげると、何より好きなことをやり始めた。

10

　イヴァンがヴィニーを拷問するのを眺めながら、ジャイの胸に称賛の念と敬意がこみあげた。決してイヴァンに対してじゃない――あいつは醜い拳を持つただのスキンヘッドだ。だが、ヴィニーはまさに紳士だった。倫理観を備えた紳士だ。その倫理観に、巧妙な詐欺の手口に対して抱くような称賛の念を覚えた。わたしには必要ないけど、興味深い美徳だわ。すばらしい人物だと思うからこそ、ヴィニーがきちんと答えてくれたら、できるだけ痛みを感じさせないように一瞬で殺してあげよう。

　イヴァンが何発か殴るごとに、ジャイは拷問をやめさせ、落ち着いた静かな声でヴィニーに話しかけた。

「たかがエッグよ、ミスター・タルテリ。たしかにきれいだし、途方もない価値がある。でも、苦痛に耐えて、人生や未来と引き換えにするほどの価値はない。どこにあるか教えてくれたら、もうこんなふうに殴られずにすむのよ」

ヴィニーはジャイの声がしたほうに右目を向けた。左目はまぶたが腫れあがって開かず、目のまわりは涙や血がにじんで紫色になっていた。だが、血まみれの右目はまだかすかに開いた。

「きみがオリヴァーを殺したのか？」

ジャイはヴィニーにはっきり見えるよう身をかがめた。「オリヴァーはまぬけだった。賢いあなたならわかるでしょう。あいつは強欲だったせいで死んだの。でも、あなたは違う、ミスター・タルテリ。それに、生きのびたいはずよ。エッグはどこにあるの？」

「ファベルジェか？　オリヴァーはファベルジェのエッグを持っていたのか？」

「あいつが持ってたことを知ってるくせに。あたしの忍耐力を試すんじゃないよ」ジャイが身を寄せた。「この世には死より恐ろしいことがある。あんたをそんな目に遭わせることだってできるんだ」

「わたしはきみたちがほしがってるものは持っていない」ヴィニーが喉をつまらせ、咳《せ》きこんで吐血すると、ジャイはさっとよけた。「いくらでも見て、なんでもほしいものをとってくれ。だが、持っていないものは渡せない」

「もしそれがエッグじゃないっていうのなら、あの兄は銀行から何を持ち帰ったのよ」

「わたしに兄はいない」

ジャイはイヴァンに向かってうなずくと、飛び散った血がかからないよう脇に寄った。

「オリヴァーの兄のアシュトン・アーチャーよ。あの男に会いに行ったでしょ」

「アッシュか」

ヴィニーの頭ががくりとたれると、イヴァンは手の甲で殴ってまた上向かせた。

「ちょっと息をつかせてやりなさい」ジャイはイヴァンを怒鳴りつけた。「アシュトン・アーチャーよ」促すように優しい声で語りかけた。「オリヴァーの兄よ。なぜ木曜日に彼と会ったの？」

「アッシュ。葬儀。オリヴァー。アッシュの手伝い」

「そう、アッシュを手伝うためね。エッグを見たんでしょう？　光り輝く純金のエッグを。今どこにあるの？　ミスター・タルテリ。それだけ教えてくれれば、すべての痛みから解放されるわよ」

ヴィニーはまぶたが腫れあがってほんの少ししか開かない右目をふたたびジャイに向け、歯の折れた口でのろのろと言った。「エッグはひとつも持ってない」

イヴァンがヴィニーのみぞおちを容赦なく殴りつけた。ヴィニーが吐いているあいだ、ジャイは考えた。

あの血まみれの右目には、恐怖だけではなく、揺るぎない決意が浮かんでいた。ジャイは、それが彼自身のためではないと気づいた。

アシュトン・アーチャーのため？　甥の異母兄のためなの？　そんな忠誠心があるなんて、すごく奇妙だけど興味深いわ。倫理観より忠誠心のほうが強いのね。もしかすると、それを利用できるかもしれない。

「ちょっと電話をかけてくるわ。ちょっとひと息つかせてやって」イヴァンに命じた。「いいわね。あたしはこの人に水を持ってくるから。少し回復させてやりましょう」

ジャイは奥の部屋から店内に移動すると、雇い主に電話することにした。この件は一任されているけれど、彼の承諾を得ずにやり方を変えて逆鱗《げきりん》に触れるような危険は冒したくない。

それにオリヴァーのおじは――道義心や忠誠心を備えたあの頑固な男は、いい切り札になりそうだ。彼の命を救うためなら、アーチャーもエッグをさしだすだろう。

おそらく。

あの兄にも道義心や忠誠心があるはずだ。

きっと彼らはわたしを殺すだろう。激痛にあえぎながらも、ヴィニーはその否定できない事実を受けとめた。あの女性がなんと言おうと、彼らは決してわたしを生かしたままではおかないはずだ。

　妻子や、成長を見守ることができない孫たちのことを思うと、胸が張り裂けそうになった。命が助かって、これからも家族と一緒に過ごせるのなら、わたしは喜んでエッグをさしだすだろう。だが、どのみち殺されるのだ。それに、アッシュの手元にエッグがあることを打ち明ければ、アッシュまで殺されてしまう。

　あのふたりは、わたしの甥やオリヴァーを愛していたかもしれない女性をすでに殺害している。

　わたしは強くあらねばならない。彼らに何をされようと、強くあり続けなければ。ヴィニーは神に祈った。どうかわたしに強さと死を受け入れる力をお与えください。そして、どうか家族をお守りください。

「黙ってろ」

　ヴィニーはうつむいたまま、祈り続けた。

「黙ってろって言ってるだろ」イヴァンがヴィニーの首をつかみ、絞めつけながら上向かせた。「これしきのことで音をあげてるのか？　もう痛いっていうのか？　おれが本気を出したらこんなもんじゃないぞ。まず、全部の指を折ってやる」

　イヴァンは絞めつけていた首から手を離し、喉をつまらせてあえいでいるヴィニーの左の小指をつかんだ。その指を思いきりそらせて折ると、びくっとして甲高い悲鳴をあげようとしたヴィニーの喉をふたたび絞めつけた。

あの中国人のあばずれが聞きつけたら、戻ってきて、おれをとめるに決まってる。あいつはおれを見下してるんだ。イヴァンはジャイの顔を殴りつけ、彼女を強姦《ごうかん》して、じわじわと殺す場面を想像した。

単にそうできるからという理由で、イヴァンはヴィニーの指をさらに一本折った。

「次に、すべての指を一本ずつ切り落としてやる」

片方だけうっすらと開いていたヴィニーの目が飛びだしそうになり、その体が激しく震えだした。

「あのいまいましいエッグがどこにあるか教えろ」

激しい怒りと興奮に駆り立てられたイヴァンは、もう片方の手もヴィニーの首にまわして絞めつけた。ジャイの顔を思い浮かべながら。「おれはふざけてるわけじゃない。エッグのありかを教えなければ、おまえを切り刻むぞ。そのあとで、おまえの女房や子供も殺してやる。それに、おまえが飼っている犬も」

だが、興奮と怒りで呼吸が乱れだし、怒鳴りながら首を絞めていると、片方だけ開いていたヴィニーの目がいつしか宙を凝視していた。

「くそっ」イヴァンはヴィニーを放して、ぱっと後ずさりした。自分の汗だけじゃなく、このくそったれの小便のにおいもする。小便をもらすなんて、この臆病なくそったれめ。

こいつの口を割らせてやる。あのあばずれがもう少しおれに任せてくれれば、このくそったれの口を割らせてやるのに。

ジャイはカウンターの裏で見つけたミネラルウォーターの小さなボトルを手に、ふたたび奥の部屋に足を踏み入れた。そのとたん、汗と尿のにおいに気づいた。

死のにおいだ。ジャイにとってはすっかりかぎ慣れたにおいだ。無言のままヴィニーに歩み寄り、頭を持ちあげた。

「死んでるわ」

「嘘を言うな。気絶してるだけだろ」

「いいえ、死んでるわ」ジャイはまたも淡々とした口調で言った。「ひと息つかせてやるように言ったわよね」ヴィニーの指を折れなんて命じなかった。

「ああ、ひと息つかせてやったさ。きっとこいつは心臓発作か何かを起こしたんじゃないか」

「心臓発作」ジャイは息を吸うと吐きだした。「まずいことになったわね」

「こいつがくたばったのは、おれのせいじゃない」

「もちろんそうでしょうとも」ジャイはヴィニーの首に残る生々しいあざに目をとめた。「でも、これはまずいわ」

「こいつは何も知らなかったんだ。もし知っていれば、おれに何発か殴られただけでエッグのありかをもらしたはずだ。時間の無駄だったな。やっぱりあの兄貴をつかまえよう」

「わたしはもう一本電話をかけないと。遺体はこのまま置き去りにするわよ。どうせこの店は明日定休日だから、明後日までばれないし」

「強盗の仕業に見せかけよう。何か盗んで店内を荒らすんだ」

「そうすることもできるわね。あるいは……」ジャイはバッグのなかに手をのばし、携帯の代わりに銃をとりだした。イヴァンにまばたきする間も与えず、両目のあいだを撃ち抜いた。「こういう手もある。こっちのほうがはるかにいいわ」

ヴィニーのことは残念だ。興味深い人物だったし、いい切り札になりそうだったのに。でも、死んでしまえば、なんの役にも立たない。ジャイはヴィニーには目もくれずに、イヴァンのポケットの中身をぶちまけた。財布、携帯、武器。案の定、覚醒剤の瓶も見つかった。

好都合だわ。雇い主は薬物使用を認めていない。覚醒剤のことを伝えれば、わたしがイヴァンを殺したことを完全に承認しないとしても大目に見てくれるだろう。ジャイは店内へ移動して買い物袋と気泡シートをつかんだ。二階にあがると、あのボンボニエールを手にとった。

きっと雇い主はこれをとても気に入るはずだ——わたしがイヴァンを始末したことに対する不満が和らぐくらいに。

ボンボニエールを注意深く包むと、ジャイはそれを手に一階におりた。うれしいことに、すてきな箱ととても上品な細い金のリボンが見つかった。雇い主へのプレゼントを箱につめ、リボンを結んだ。

続いて、イヴァンの携帯や財布、ナイフ、銃を買い物袋につめ、気泡シートをかぶせてから箱を入れ、薄紙をのせた。

しばし考えたのち、ショーケースの鍵を開け、女性用のシガレットケースを選んだ。真珠色の光沢とクジャクを思わせる小花模様が気に入ったのだ。

これなら名刺入れに使えるだろう。ジャイはシガレットケースをバッグに入れた。

監視カメラのテープを持ち去ろうかとも思ったが、じっくり調べずにうかつなことをすれば、アラームが鳴りかねない。それよりも警察に気づかれる前に高飛びするゆとりがほしい。どのみち、あの女性店員や警備員、複数の客が、わたしの容姿を説明できるはずだ。今は全員見つけだして始末する時間もないし、そういう気にもなれない。

とにかく、雇い主がニューヨークの拠点として用意してくれた褐色砂岩のテラスハウスに戻ろう。イヴァンが死んだ今、少なくともあいつがわたしの裸を見ようと家のなかをこそこそ歩きまわることもない。

数ブロック歩いてからタクシーをつかまえるのが賢明だろう。それに、徒歩とタクシーで移動すれば、雇い主にどう報告するか考える時間ができる。


ライラはヒマワリを花瓶に活けた。帰宅する家主を明るく迎えるのにぴったりの花だ。それから、メッセージを書いたメモを青い花瓶に立てかけた。

どの部屋もすでに清掃済みだ――チェックリストを見ながら二度掃除するのが、ライラのポリシーだった。

ベッドの寝具もバスルームのタオルもすべて洗いたてだし、新鮮なフルーツを盛りつけたボウルも用意した。冷蔵庫にはピッチャー入りのレモネードと冷製のパスタサラダが入っている。

誰だって休暇から戻ったばかりで料理をしたりデリバリーを頼んだりしたくないはずだもの。

トーマスに餌と水を与え、プランターに水やりをし、家具のほこりを払って床に掃除機をかけた。

ライラは猫をたっぷり撫でて抱きしめてから別れを告げた。

「あと二、三時間したら、キルダーブランド夫妻が帰ってくるわよ」ライラはトーマスに語りかけた。「あなたを見たらきっと大喜びするでしょうね。いい子にするのよ。もしかしたら、またハウスシッターを頼まれて、一緒に過ごせるかもしれないわ」

最後にもう一度見まわしたあと、パソコンバッグとショルダーバッグを肩からさげた。続いて、ふたつのスーツケースの取っ手をつかみ、手際よくすべての荷物を持って玄関を出た。

キルダーブランド邸での冒険は終わった。まもなく、新たな冒険が始まる。

エレベーターからおりたとたん、ドアマンがライラに目をとめて足早に駆け寄ってきた。「ミズ・エマーソン、一本お電話をくだされば、お手伝いさせていただいたのに」

「ひとりで運ぶのにすっかり慣れてるのよ。それに、自分なりのやり方があるの」

「そうでしょうね。先ほどお迎えの車が到着しました。運転手がそれを知らせようと電話したときには、もうエレベーターに乗っていらしたんですね」

「まあ、なんていいタイミングなの」

「どうぞ車に乗ってください。荷物はわたしたちが積みこみますから」

リムジンを目にした瞬間、ライラはちょっと不思議な気分になった。派手ではないものの、車体は長く黒光りしている。

「今まで本当にありがとう、イーサン」

「どういたしまして。ぜひまた会いに来てくださいね」

「ええ、そうするわ」

　車に乗りこんでジュリーやルークと向かいあうと、運転手がドアを閉めた。

「なんだか変な気分だわ。ごめんなさい、ルーク、あなたはオリヴァーを知っていたのよね。でも、わたしは面識がないから妙な気がするの」

「ぼくも彼とはほとんど会ったことはない。だが……」

「わたしたちはアッシュとつながりがある」ライラは隣のベンチシートにバッグを置いた。「少なくとも、お天気には恵まれたわね。お葬式のことを考えると、決まって雨が頭に浮かぶけど」

「きっと、そのバッグのなかに傘が入ってるんでしょう」

　ライラはジュリーに向かって肩をすくめた。「念のためよ」

「無人島や交戦地帯に行くことになったり、雪崩に巻きこまれたりしたときは、ライラと彼女のバッグが必需品よ。万が一、手足が切断されても、きっとライラがバッグに入ってる道具でつなぎあわせてくれるわ。一度わたしのトースターが壊れたときも、小指ほどの長さのスクリュードライバーとピンセットで直してくれたもの」

「ダクトテープは?」

「入ってるわ」ライラはルークに請けあった。「小さいサイズだけど。あの、わたしに——わたしとジュリーに——これから行く場所について簡単に説明してもらえないかしら。今日は誰が来るの？」

「親族全員だよ」

「つまり、アッシュのスプレッドシートに載ってるメンバー全員ってこと？」

「ああ、全員か、ほぼ全員だ」ダークスーツとネクタイという格好ではあまりくつろげないのか、ルークが身じろぎをした。「ここぞというときは全員勢ぞろいするんだ。葬儀や結婚式、卒業式、重病や出産という場合には。非武装地帯とまでは言わないけれど、あのコンパウンドはかなりそれに近い」

「家族間の争いはしょっちゅうなの？」

「まあね。ちょっとしたいざこざや、つまらないけんかはあるけど、深刻なものじゃない。ただ、結婚式では、何が起こるかわからない。ぼくが一番最近に出席した式では、新婦の母親と新婦の父親の愛人が髪を引っ張ったり顔を引っかいたり服を破ったりの大乱闘になり、結局、鯉《こい》の池にはまるまでけんかしてたよ」

ルークは両脚をのばした。「その一部始終をおさめたホームビデオもある」

「楽しくなってきたわ」ライラは身を乗りだして備えつけの冷蔵庫のふたを開けると、なかを探った。「誰かジンジャーエールがほしい人は？」

アッシュは藤棚の木陰に座っていた。屋内に戻ってさまざまな問題や家族に対応しなければならないとわかっているが、数分だけ外の空気を吸って静けさに浸りたい。

あれだけ広大な屋敷なのに、今はごったがえす人でやかましく、窮屈に感じる。

アッシュが座っている場所からは、すっきりしたデザインのゲストハウスや色鮮やかなコテージガーデンが見えた。オリヴァーの母親はいまだに姿を見せず、義姉や娘に加え、アッシュの父親が〝やかましい女連中〟と――悪気なく――呼ぶ集団とともに引きこもっていた。

かえってそのほうが好都合だと、アッシュは思った。それに、オリンピアも葬儀の前にたっぷり女性たちにすがり、慰められたはずだ。

アッシュはオリンピアが思い描く葬儀を実現しようとできる限り力をつくした。白一色に統一された一面の花。北側の広い芝生に並ぶ何十もの白い椅子と、白い聖書台。オリンピアが選んで白い額に入れられたオリヴァーの遺影。弦楽四重奏団は白い服を着用するよう指示され、会葬者は全員黒い服の着用を命じられた。

唯一それ以外の色を身につけることを許されたのは、バグパイプ奏者だ。

幸い、アッシュの父親は、息子の葬儀に対する母親の望みはすべてかなえられるべきだという考えに同意した。

アッシュはこぢんまりとした密葬を望んでいたが、結局三百人規模の葬儀となった。

昨日のうちに到着した大半の親族とひと握りの友人は今、寝室が十部屋ある屋敷やゲストハウスやプールハウスや敷地のいたるところに散らばっていた。

みんないろいろ話したり、アッシュが答えられないような質問をしたり、食べたり寝たり笑ったり泣いたりした。そうやって、ここの空気を全部吸いとった。

三十六時間以上そんな状況に身を置いていたせいで、アッシュは自分のアトリエや自宅が恋しくてたまらなかった。それでも、黒髪の美人で異母妹のジゼルが藤棚の木陰に入ってくると、彼は微笑んだ。

ジゼルは隣に座るなり、アッシュの肩に頭を預けた。「カトリーナに跳び蹴りを食らわせて、ジュリエットバルコニーからプールに突き落とす代わりに、散歩することにしたの。そんなに遠くまで蹴飛ばせるかわからないし、散歩のほうが賢明だと思って。そうしたら、あなたを見つけたのよ」

「ああ、散歩のほうが賢明だ。カトリーナはいったい何をしたんだ?」

「ずっと泣いてるの。オリヴァーとはほとんど口を利かなかったし、話してもお互い侮辱してばかりいたのに」

「だから泣いてるのかもしれないよ。侮辱仲間を失ったせいで」

「あのふたりはお互いの神経を逆撫でして楽しんでたのね」

「きみはさぞつらいだろうね」アッシュはジゼルの肩に腕をまわした。

「ええ、オリヴァーのことを愛してたから。オリヴァーはへまばかりしてたけど、それでも大好きだった。アッシュもそうでしょう」

「ぼくも誰かにオリヴァーのことをきかれると、へまばかりしてたって説明した気がするよ。あいつはきみを愛していた、きみはあいつのお気に入りだった」

ジゼルはアッシュのほうを向き、彼の肩にしばらく顔を押しつけた。「オリヴァーったら、ほんと頭に来るわ。こんなふうに死んじゃうなんて」

「まったくだ。ぼくも腹を立ててるよ。もうオリンピアには会ったかい?」

「今朝会いに行って、少し話したわ。オリンピアはすっかりアンジーに頼りきってた。誰かから精神安定剤ももらったみたい。でも、なんとかオリヴァーの死を乗り越えるはずよ。わたしたちもだけど。オリヴァーが恋しくてたまらないわ。いつもわたしを笑わせてくれて、小言にも耳を傾けてくれて、そのあと笑わせてくれた。それに、わたしはセージも好きだった」

「彼女と会ったのか?」

「あのふたりを紹介したのはわたしなのよ」ジゼルはアッシュの胸ポケットからポケットチーフをとりだして目元をふいた。「セージとは去年パリで出会って、意気投合したの。それで、お互いニューヨークに戻ったあと、ランチをしたの。といっても、ランチを食べたのはわたしで、彼女は葉っぱと果物の実しか食べなかったけど。それも実の半分だけ」

ジゼルは慣れた手つきでポケットチーフをふたたび畳み、濡れた面を内側にして胸ポケットに戻した。「セージにパーティーに誘われたから、オリヴァーを連れていくことにしたの――ふたりは気が合いそうだと思って。予想は見事に的中したわ。でも、今となってはオリヴァーを連れていかなければよかった」ジゼルはふたたびアッシュの肩に顔をうずめた。「あなたに指摘されなくても、そんなの戯言だってわかってる。でも、連れていかなければよかった。もしわたしがふたりを引きあわせなかったら、今ごろふたりとも生きてたのかしら?」

アッシュはジゼルの髪にそっとキスをした。「ぼくに指摘されなくてもわかってるって言ってたけど、きみのせいじゃないと言わずにはいられない」

「オリヴァーは何かまずいことに首を突っこんでいたのよ、アッシュ。きっと、そうに違いないわ。誰かに殺されるなんて、そうとしか思えない」

「何かオリヴァーに言われたのか? 取引とか、クライアントのこととか」

「ううん。最後に話したのは――オリヴァーが……亡くなるほんの数日前で、向こうから電話があったの。何もかも絶好調で、そのうちわたしに会いに来ると言ってたわ。パリでフラットを購入するかもしれないから、住む場所を探すのを手伝ってもらうかもって。そんなことありえないけど、本当にそうなったら楽しいだろうなって思ったわ」

ジゼルは身を起こすと、まばたきをしてこみあげた涙をこらえた。「アッシュはもっといろんなことを知ってるんでしょ。そのことを尋ねるつもりはないわ――まだ話を聞く心の準備ができていないから。でも、アッシュはみんなに語った以上のことを知っているのよね。わたしにできることがあれば、手伝うわ」

「ああ、ジゼルならそうしてくれるとわかってる」アッシュは異母妹の頰にキスをした。「いずれ話すよ。じゃあ、花やバグパイプを確認しに行かないと」

「わたしはオリンピアの様子を確かめてくるわ。まもなく弔問客が到着するから」ジゼルも一緒に立ちあがった。「ボブに手伝ってもらってちょうだい。彼は頼りになるわ」

たしかにそうだなと思いつつ、アッシュはジゼルと別れた。すでにボブには――母方の義弟には――何人かの会葬者が飲みすぎないようお目付役を頼んである。

今日は誰かが鯉の池に落ちるような事態になってほしくない。

〝コンパウンド〟と呼ぶほど、アーチャー邸は厳重な軍事施設のようには見えないと、ライラは思った。たしかに敷地を取り囲む塀は分厚くて高い。けれども、その石壁は王宮にふさわしい威厳ある光を放っている。門扉はそびえるように高く、頑丈な造りで、鍵がかかっているものの、しゃれたデザインのアルファベット——アーチャー家の頭文字のA——を取り囲む鉄門の模様は美しい。ゲストハウスのまわりには色鮮やかなオニユリが咲き乱れている。

黒いスーツ姿の警備員が通行許可証を確認したあと、リムジンはなかに通された。その点は塀に囲まれた豪邸《コンパウンド》という言葉が当てはまるかもしれない。だが、その点だけだ。

ビロードのような芝生を見下ろす背の高い樹木。青々とした生け垣や芸術的に配置された草花が、芝生のなかをまっすぐのびる私道の両側に続いている。その突き当たりには巨大な邸宅が鎮座していた。

仰々しく見えてもおかしくないのに、クリームイエローの石壁が親しみやすさを醸しだし、かすかにU字型の外観がその印象を和らげている。美しいバルコニーや翼棟の寄棟屋根からも、あたたかく歓迎する雰囲気が伝わってきた。

ライラは低木を刈りこんだトピアリーに目をとめた。ドラゴンにユニコーン、翼の生えた馬もあるわ。

「今の奥さんの趣味だよ」ルークが説明した。「彼女は風変わりなものが好きなんだ」

「とっても気に入ったわ」

屋根つきの玄関ポーチの前で運転手がリムジンをとめた。藤が円柱に太い幹を巻きつけてバルコニーへとのび、紫色の花を満開に咲かせている。そのおかげで、屋敷の威圧感が軽減され親しみやすく感じられた。

とはいえ、やり直せるなら、ドレスを新調しただろう。どんな場にも着ていけるこの黒のドレスは、購入してもう四年になるし、ここには釣りあわない気がする。

わざわざゆるやかなシニヨンに結ったこの髪が服装の欠点を補い、ほんの少しでも上品に見えるといいけど。

運転手の手を借りて降り立ったライラは、屋敷に見とれて立ちつくした。ほどなく、ひとりのブロンド女性が大きな玄関扉から飛びだしてきた。彼女は玄関ポーチの階段下にいる三人を見るなり足をとめ、次の瞬間ルークに抱きついた。

「ルーク」彼女はすすり泣きながら言った。「ああ、ルーク」

その背後で、ライラはジュリーに向かって片方の眉をつりあげた。

「オリヴァーが！　ああ、ルーク！」

「心からお悔やみを言わせてくれ、リナ」ルークはブロンド女性の背中をさすった。

彼女の黒のドレスはそそるようなレースがボディスにあしらわれ、丈が短かった。

「もう二度とオリヴァーに会えないのね。あなたが来てくれて本当にうれしいわ」

そうでしょうね、とライラは思った。ルークが身を振りほどこうとしても、あんなふうにいつまでもしがみついていることからして一目瞭然だわ。

二十二歳ぐらいかしら。ストレートの長いブロンドの髪、日に焼けた長い脚。まるで演出されたかのように、美しい涙がしみひとつない頬を伝った。

わたしったら意地悪ね。どれも真実だけど、こんなふうに思うのは意地悪よね。

ブロンド女性はルークの腰に両腕をまわしてかたわらに寄り添いながら、ライラとジュリーを品定めするようにじろじろ眺めまわした。

「あなたたちはどなた？」

「カトリーナ・カートライト、彼女たちはジュリー・ブライアントとライラ・エマーソンだ。ふたりともアッシュの友達だよ」

「そう。アッシュなら北側であれこれ手配しているわ。わたしが案内するわね。今は弔問客が続々と到着しているの。みんな――」リムジンがまた一台屋敷へ向かうと、カトリーナは遠くを見るような目つきになった。「オリヴァーの死を悼むために」

「彼のお母さんの様子はどうだい？」ルークが尋ねた。

「今日は会ってないわ。ずっとゲストハウスに閉じこもってるの。すっかり打ちひしがれてるわ。わたしたちみんながそうだけど」カトリーナは独占欲もあらわにルークにしがみついたまま、舗装された小道を歩きだした。「みんなこの悲しみをどうやって乗り越えるのかわからない。乗り越えられる人なんているの？　見て、パティオにはオープンバーを用意したわ」そう言うと、白いジャケットの女性がバーテンダーを務める白い布がかけられたテーブルをぞんざいに指した。

その大きなパティオの向こうには芝生が広がっていた。バラで覆われた東屋《あずまや》に向かって、白い椅子が何列も並んでいる。東屋のアーチの下には、骨壺《こつつぼ》が置かれた背の高いテーブルがあった。

何もかも純白だわ。大きく引きのばして額に入れられたオリヴァー・アーチャーの遺影をのせたイーゼルも含めて。

もうひとつの東屋には弦楽四重奏団が座り、静かにクラシックを演奏していた。そこここで言葉を交わす黒い喪服姿の人々。もうオープンバーに行ったらしくカクテルやワインを手にしている人もいれば、座って小声で話している人もいる。

満月のようにつばが丸く大きな帽子をかぶった女性が、純白のハンカチで目元を拭っていた。

美しい樹木越しに、テニスコートらしきものが垣間見えた。南側には、日ざしを浴びてきらめくトロピカルブルーのプールがある。そのそばに石造りの小さな家が見えた。

誰かの笑い声がやけに大きく響き、イタリア語の話し声もした。白い制服姿の女性が幽霊のごとく静かに歩きまわり、空のグラスを回収している。別の給仕があの帽子の女性にシャンパングラスを運んできた。

何もかもすばらしいわ。まるで劇場で、お芝居を眺めているみたい。それなのに、来たくないと思ったなんて！　ライラは胸のうちでつぶやいた。

この光景を書きとめたいわ――きっと小説に使えるものがあるはず。彼女は人々の顔や風景や細々としたことを記憶に刻みつけ始めた。

そのとき、アッシュの姿が目にとまった。なんてやつれて悲しそうな表情だろう。

これはお芝居じゃないし、ここは劇場じゃない。

実際に人が亡くなったのだ。

ライラはアッシュのことしか考えられなくなり、彼のもとに直行した。

アッシュはライラの手をつかむと、そのまましばし立ちつくした。「来てくれてうれしいよ」

「わたしもよ。ここは……何もかも不気味なほど美しいわ。すべて白と黒で統一されて、ドラマティックね。あなたが話してくれたことしか知らないけれど、きっとオリヴァーも気に入ってくれると思うわ」

「ああ、そうだな。オリンピアは――オリヴァーの母親は正しかった。くそっ、リナがルークをつかまえたのか。彼女を追い払わないと。リナはティーンエージャーのころからあいつに夢中なんだ」

「ルークなら自分で対処できるわよ。何かわたしにできることはある？」

「準備はすべて整った。それか、そのうち整うはずだ。きみたちを席に案内するよ」

「自分たちで見つけるから大丈夫。あなたにはやることがあるでしょう」

「ああ、オリンピアを呼びに行くか、誰かに頼んで呼びに行かせないと。すぐに戻るよ」

「わたしたちのことなら心配しないで」

「きみが来てくれてうれしいよ」彼はふたたび言った。「心から言っているんだ」

アッシュは弔問客のあいだを通り抜けなければならず、みんなお悔やみの言葉をかけたり、単に言葉を交わしたりしたがった。ここを突っ切って、屋敷の側面にまわることにしよう。そう思いながら屋敷へ向かって歩きだした拍子に、アンジーの姿が目に入って足をとめた。

彼女はすっかり疲れ果てているようだ。自らもオリヴァーの死を悼み、義妹の悲しみも背負おうとしているからだろう。

「オリンピアがヴィニーと話したがってるわ」アンジーはカールした髪の頭頂部を手で押さえた。「彼を見かけた?」

「いいえ。でも、いろいろやることがあったせいで、きっと見逃したんだと思います」

「もう一度携帯に電話してみるわ。一時間、いえ二時間前には到着しているはずなのよ」アンジーの口から小さくため息がもれた。「ヴィニーはおばあちゃんみたいにのろのろ運転するうえに、ハンズフリーの携帯を使おうとしないの。だから、まだこっちに向かっている最中なら、電話をしてもつながらないでしょうね」

「ぼくも探してみます」

「いいえ、あなたは葬儀がちゃんと始まるように、やるべきことをしてちょうだい。オリンピアはなんとか気力を取り戻したわ。でも、長くは持たないでしょうね。もしヴィニーが遅刻したとしても、しかたないわよ。あなたは葬儀業者に指示してみんなを席に着かせたほうがいいわ。ところで、あなたのお父さまは?」

「連れてきます。十分あれば大丈夫ですか?」

「ええ、十分後にはオリンピアをここに連れてくるわ」アンジーは小さなバッグから携帯をとりだした。「ああ、もう、ヴィニーったら」そうぼやきながら歩み去った。

ヴィニーは屋内にいるのかもしれないと、アッシュは思った。屋敷内を確認し、もう時間だと父に知らせよう。

アッシュは葬儀業者に合図をし、オリヴァーの母方の祖母を自ら席に案内すると、屋敷に向かった。

ルークの左隣にライラ、右隣にジュリーが座っているのが見える。カトリーナはライラの左側に座り、ライラの手を両手で握りしめながら何かを吐きだすようにしゃべっていた。

きっと芝居がかった大げさな口調で。

だが、ライラたちを見て、少し気分が軽くなった。

やはり彼女が来てくれてよかった。最後にもう一度そう思ってから、オリヴァーに最後の別れを告げるべく父を呼びに急いで屋敷に入った。

第二部

〝身内を決めるのは運命だが、友を選ぶのはわれわれ自身だ〟

――ジャック・ドリール

11

こんな葬儀は初めてだと、ライラは思った。オープンバーがあったり白を基調としていたり、とても奇妙なのに、人々の悲しみは深く、まぎれもなく本物だった。それはオリヴァーの母親の打ちひしがれた青白い顔からも、白い聖書台を前に語る人々の震える声からも感じとれた。太陽がまぶしく輝き、ユリやバラの香りがそよ風に乗って漂ってきても、空気は重苦しかった。

それでも、目をみはるような美男美女がコスチュームに身を包み、演出どおりに舞台で芝居を演じているようだった。

聖書台に歩み寄るアッシュを見て、彼なら役者になれるとライラは思った——濃い色の髪をした長身でハンサムな役者に。今日は上品だわ。ちゃんとひげもそってあるし、すてきな黒のスーツをまとっている。普段の無頓着で気取らない無精ひげを生やした芸術家の姿のほうが好みだけど、今日の洗練された身なりもよく似合っている。

「わたしはジゼルに弔辞を頼みました。大勢いるきょうだいのなかで、彼女がオリヴァーともっとも強い絆《きずな》で結ばれていたからです。ほかのきょうだいもみなオリヴァーを愛し、恋しがっていますが、オリヴァーを誰よりも理解し、あの度を超えた楽観主義を高く買っていたのはジゼルでした。わたしたちにとって息子であり、オリヴァーの両親に代わってみなさまにお礼を申しあげます。最後に、オリヴァーの両親に代わってみなさまにお礼を申しあげます。わたしたちにとって息子であり、きょうだいであり、友人であったオリヴァーに、一緒に別れを告げるためにいらしてくださって本当にありがとうございました」

アーチャー一族は美男美女ぞろいなのかしら。目をみはるような美人が立ちあがるのを見て、ライラは思った。その女性はアッシュときつく抱きあうと、一同のほうを向いた。

彼女の声は震えることなく、はっきりと力強かった。

「オリヴァーとの最初の記憶を思い起こそうとしましたが、これだと特定できませんでした。兄は常にわたしの人生の一部だったんです――たとえどれほど長く会わなくても。オリヴァーは誰の人生にも必要な笑いや、喜びや、愚かさにあふれていました。それに、楽観主義者でした」小さく微笑んでアッシュのほうを見た。「アッシュの言うとおりです。わたしたちのなかには現実主義者もいれば皮肉屋もいます。そして正直に言えば、ろくでなしも。わたしたちの多くがそのすべての要素を少しずつ合わせ持っています。けれどオリヴァーに関しては、アッシュの言葉どおり、楽観主義の塊でした。軽率なところもありましたが、冷酷さとはいっさい無縁でした。果たしてわたしたちの何人が、自分もそうだと正直に言えるでしょうか？　オリヴァーは衝動的で、底抜けに寛大でした。孤独を罰の一種と感じるほど社交家でもありました。魅力にあふれ、人一倍明るくハンサムなオリヴァーは、めったにひとりでいることはありませんでしたが」

ジゼルの背後に明るいブルーの鳥が舞いおりたかと思うと、白い花で埋めつくされたなだらかな丘をさっと飛び越えて姿を消した。

「オリヴァーはあなたを心から深く愛していたわ、オリンピア。そして、お父さんも」ジゼルは一瞬目を潤ませたが、またたく間に飛び去った青い鳥のように、涙は消えた。「オリヴァーは父親から自慢の息子だと思われることを切望していました。もしかしたら、そう強く願いすぎたのかもしれません。兄は大物となって、華々しいことを成し遂げたかったんです。人並みの平凡な暮らしには目もくれませんでした。数々の失敗を犯し、そのなかにはとんでもないものもありました。けれども、オリヴァーには無慈悲で冷酷なところはいっさいありませんでした。それに、いつだって楽観的でした。もしわたしたちの誰かが何かをほしがれば、それを与えようとしたでしょう。オリヴァーはノーと言えない性分なんです。まだ若く元気でハンサムなオリヴァーがこんな形でこの世を去ったのは、避けられないことだったのかもしれません。

ですから、オリヴァーとの最初の思い出を探そうとしたり、最後の思い出にいつまでも浸ったりしないことにしました。その代わり、兄が常にわたしの人生の一部だったことや、笑いや喜びや愚かさを分け与えてくれたことにただ感謝するつもりです。さあ、パーティーを楽しみましょう。オリヴァーが何よりも大好きだったパーティーを」

ジゼルが聖書台から後ずさりすると、バグパイプの演奏が始まった。小さな丘から《アメイジング・グレイス》のもの悲しい響きが聞こえてきたのを合図に、東屋の背後から何百匹もの白い蝶が羽ばたいた。

思わず目を奪われたライラが見守るなか、ジゼルは白い蝶の群れを振り返り、アッシュに目をやってから笑った。

そうしたほうがよさそうなので、ライラはワインをひと口飲んだ。給仕はフィンガーフードを配りながら、何種類もの料理が並ぶ白い長テーブルへ弔問客を案内した。人々は何人かで集まったり、屋内外をさまよったりしていた。ライラは興味を引かれながらも、ぶらっと屋敷に入ってはいけないと感じていた。

タイミングを見計らって、オリヴァーの母親にお悔やみの言葉を伝えに行った。

「お邪魔してすみません。わたしはアシュトンの友人です。このたびはまことにご愁傷さまでした」

「アシュトンの友人ね」青白い顔でうつろな目をしながら、オリンピアは手をさしだした。「アシュトンは何もかも、細々としたことまで手配してくれました」

「とてもすてきな葬儀でしたね」

「オリヴァーは、母の日には必ず白い花を贈ってくれたの。そうだったわよね、アンジー？」

「ええ、あの子は一度も母の日を忘れなかったわ」

「本当にきれいだったわ。お水でも持ってきましょうか？」

「お水？　いえ、わたしは……」

「そろそろなかに入りましょう。屋内のほうが涼しいし。では、失礼します」アンジーはライラにそう言うと、オリンピアの腰にしっかりと腕をまわして連れ去った。

「アシュトンの友人？」

弔辞を読みあげた女性の声がした。「ええ、ニューヨークの友人です。先ほどの弔辞はすばらしかったです。感動しました」

「本当に？」

「ええ、本心からの言葉でしたから」

ジゼルはライラをじっと見つめてから、細長いグラスに入ったシャンパンをひと口飲んだ。まるで生まれたときから、そのグラスを持っていたかのように見える。「ええ、そのとおりよ。あなたはオリヴァーとも知り合いなの？」

「いえ、残念ながら面識はありません」

「でも、アッシュに来てほしいと頼まれたのね。それは興味深いわ」ジゼルはライラの手をつかむと、数人のグループへ導いた。「モニカ、ちょっといい？　しばらく席を外させてもらうわね」ほかの人たちにそう声をかけ、このうえなく魅力的な赤毛の女性を脇に連れだした。「彼女、アッシュの友人だそうよ。今日の葬儀に出席するよう頼まれたんですって」

「まあ、本当？　こんなときだけど、あなたに会えてうれしいわ」赤毛の女性がグリーンの鋭い目で品定めするようにライラを見つめた。「わたしはアシュトンの母親なの」

「まあ、ミセス……」

「今はミセス・クロンプトンよ。ときどきうっかり間違えそうになるのよ。アッシュとはどうして知りあったの？」

「それは……」

「なれそめよ」モニカがはっきりと言った。「わたしたちはおもしろいなれそめ話が大好きなの。そうよね、ジゼル？」

「ええ！」

「こぢんまりした居心地のいい部屋を見つけて、根掘り葉掘り聞かせてちょうだい」

罠《わな》にかかったライラはぱっと周囲を見まわした。よりによってこんなときにジュリーはどこにいるの？「わたしはちょっと——」

けれども、おしゃれで上品なふたりに立派な豪邸へと強引に導かれ、言い争っても無駄だと悟った。

「アッシュは新しい恋人を連れてくるなんて言わなかったわ」モニカがドアを開けて、ライラをある部屋に連れこんだ。グランドピアノやチェロやバイオリンがあることからして、きっと音楽室だろう。

「わたしはそんなこと言っていませ——」

「もっとも、アッシュはいつも説明不足なのよ」

ライラはすっかりぼうっとしながら、気がつくと音楽室を出て、娯楽室を通り過ぎていた。ダークブラウンの鏡板が張りめぐらされた娯楽室では、ビリヤードをするふたりの男性をホームバーに座った女性が眺めていた。誰か泣いている人がいた応接室らしき部屋も通り過ぎると、立派な玄関ホールに行き着いた。むきだしの傾斜した天井、立派な円柱、左右対称に弧を描く優雅な階段、しずくが滴るようなシャンデリア。二階建ての図書室では、誰かが静かな声で話していた。

「ここならちょうどいいわ」植物園のようなサンルームにたどり着くと、モニカがそう告げた。ガラス張りのサンルームは広大な庭園へとつながっていた。

「お屋敷を端から端まで歩くだけで、一日五キロ弱の有酸素運動になりそうですね」

「ほんと、そんな感じね」モニカは黄褐色のソファに座り、隣のクッションを叩いた。

「さあ、座って、洗いざらい聞かせてちょうだい」

「本当にたいして話すことはないんです」

「あの子はまだあなたの絵を描いてないの？」

「はい」

真っ赤な眉がつりあがり、透けるように薄いピンク色の唇が弧を描いた。「それは驚きだわ」

「スケッチは何枚か描いていました。でも――」

「アッシュはあなたにどんなイメージを抱いているの？」

「ロマです。わたしにはどうしてかわかりませんが」

「その瞳のせいよ」

「アシュトンもそう言っていました。さぞ自慢の息子さんでしょうね。彼の作品は本当にすばらしいですから」

「初めてクレヨンの箱を渡したときは、こんなことになるとは夢にも思わなかったわ。

それで、あなたたちはどうやって出会ったの?」

「ミセス・クロンプトン――」

「モニカって呼んで。離婚しようと再婚しようと、わたしがモニカであることは変わらないから」

「モニカ、ジゼル」ライラはふっと息を吐いた。こうなったら、さっさと打ち明けるしかない。「アッシュとは警察署で出会いました。わたしはセージ・ケンダルの転落を目撃したんです」

「あなたが警察に通報したのね」ジゼルは手を覆っていたモニカの手と指を絡ませた。

「はい、そうです。すみません。おふたりともこんな話は聞きたくないですよね」

「わたしはいやじゃないわ、あなたはどう、ジゼル?」

「わたしも平気よ。それどころか、あなたに感謝しているわ。警察に通報してくれてありがとう。それ以上に、アッシュと話してくれたことに感謝するわ。だって、たいていの人は逃げだすはずだもの」

「アッシュはわたしが何を目撃したかどうしても知りたかっただけです。たいていの人はそんな彼に背を向けるとは思いません」

ジゼルはモニカと手を握りあったまま、眉をつりあげて視線を交わした。「わたしが弔辞で、世の中にはろくでなしがいると言ったことを忘れたの?」

「だったら、今回わたしがそのろくでなしにならなくて幸いです。でも――」

「警察はマスコミにあなたの名前をもらさなかったのね」ジゼルが口を挟んだ。

「マスコミにとりあげられるようなことは何もしていませんから。わたしが目撃したことは、捜査にほとんど役立たなかったんです」

「でも、アシュトンの助けとなったわ」モニカが空いているほうの手をのばしてライラの手をつかみ、少しのあいだ三人はつながった。「あの子は事件の真相を突きとめたくてしかたないのよ。あなたはそんなあの子を助けてくれた」

「あなたにはワインがいるわね」ジゼルがそう決めつけた。「ちょっととってくるわ」

「どうかおかまいなく。わたしは――」

「わたしたちにはシャンパンをお願い、ジゼル」ジゼルが足早に出ていくと、モニカはライラの手をぎゅっとつかんで引きとめた。「アッシュはオリヴァーを愛していたわ、わたしたち全員がそう。その半面、アッシュは激怒しているの。あの子は責任感が強いから、なんでも自分のせいだと思ってしまうのよ。アッシュがあなたをスケッチして、今日ここに来てほしいと頼んだなら、あなたはあの子が最初の山を乗り越えるのを手助けしてくれたんだわ」

「ときには赤の他人と話すほうが楽なこともあります。それに、わたしたちには共通の友人がいるとわかったんです。それも、プラスに働いたと思います」

「それに、あなたのその瞳や――それ以外の部分も」

モニカは小首を傾げ、ふたたび品定めするように見つめた。「アッシュが普段好むタイプじゃないわね――もっとも、あの子には好みのタイプなんてないけど。でも、あのダンサーは……。あなたも彼がつきあっていたダンサーのことは知ってるでしょう。美人の若いお嬢さんで、ものすごい才能の持ち主だった。その半面、エゴの塊で、癇癪もひどかった。アッシュもがまんならないことをされれば、かっとなるわ。たぶん、彼女とはそういう情熱を楽しんでいたのね――わたしが言っているのはセックスじゃなくて情熱よ。そういうふたりのあいだで繰り広げられるドラマのこと。でも、長続きはしないわ。アッシュは基本的に静けさや孤独が好きなの。あなたはあのダンサーほど気性が激しそうに見えないわ」

「わたしだっていやな女になりますよ、がまんならないことをされれば」

モニカがぱっと笑顔になると、アッシュの面影が垣間見えた。「そうこなくっちゃ。わたしは気弱な女性に耐えられないの。彼女たちは弱い男よりたちが悪いわ。あなたはどう思う、ライラ？ ところで、あなたは働いているの？」

「はい。物書きとハウスシッターをしています」

「ハウスシッターね。わたしも同じぐらいの年ごろだったら、きっとその仕事につくわ。旅行したり、他人の暮らしを垣間見たり、新たな場所や景色を楽しんだりできるんだもの。一種の冒険よね」

「おっしゃるとおりです」

「でもクライアントを得て、それで生計を立てるには、責任感があって頼りになる人じゃないと無理ね。それに、信頼できる人じゃないと」

「ハウスシッターは他人の家の留守を預かり、彼らの私物や鉢植えやペットの世話をします。クライアントに信頼してもらえなければ、冒険は終了です」

「信頼がなければ何事も続かないわ。あなたはどんなものを書いているの？」

「ヤングアダルトのシリーズ小説です。高校で繰り広げられるドラマや人間関係の駆け引き、ロマンス、それに人狼の戦いについて書いてます」

「まさか『ムーン・ライズ』じゃないでしょうね？」モニカの声音にうれしい驚きがにじんだ。「ひょっとして、あなたL・L・エマーソンなの？」

「ええ。本当にご存じなんですね。そういえば、ライリーが……妹さんのライリーがその本を気に入ってるとアッシュから聞きました」

「気に入ってるどころか、熱狂的な読者よ。あなたをライリーに紹介しないと。あの子、きっと興奮して頭がどうかしちゃうわ」

次の瞬間、モニカが別の方向を見て、会釈をした。「スペンス」

アッシュ――そしてオリヴァー――の父親だと、ライラは気づいた。日焼けした肌、引き締まった体、こめかみに白いものがまじる豊かなダークブラウンの髪、冷ややかで抜け目ないブルーの瞳。思わずどきどきするほどハンサムだ。

「ライラ、彼はスペンス・アーチャーよ。スペンス、彼女はライラ・エマーソン」

「知っているよ。ミズ・エマーソン、今日はお越しいただいて本当にありがとう」

「心からお悔やみを申しあげます、ミスター・アーチャー」

「ありがとう。きみにシャンパンをご馳走しよう」白いお仕着せに身を包んだ給仕が銀のバケツを持ってくると、スペンスは言った。「ちょっと彼女を借りるよ、モニカ」

「あなたが若くてきれいなお嬢さんと姿をくらますのは、今に始まったことじゃないわ」モニカは両手をあげてかぶりを振った。「ごめんなさい。つい習慣で嫌味《いやみ》を言ってしまったわ。でも、今日は休戦よね、スペンス」立ちあがって近づくと、彼の頬にキスをした。「わたしは失礼するわ。またあとで会いましょう、ライラ。ライリーはきっとあなたの足元にひれ伏すわよ」モニカはスペンスの腕をぎゅっと握りしめてから、ふたりを残して立ち去った。

「今日はわざわざいらしてくれてありがとう」スペンスがライラにシャンパンのグラスをさしだした。

「アシュトンにとって大事な葬儀でしたから」

「ああ、そうだね」彼はライラの向かいに腰掛けた。

当然のことながら、スペンスは疲れて不機嫌そうだった。ライラは正直、どこかほかの場所に行きたかった。面識のない亡くなった男性の父親に、何を言えばいいの？　しかも、彼はわたしが奇妙で危険な秘密を共有する男性の父親でもある。

「とても美しい葬儀でした。それが行われた場所も美しかったです。アシュトンはあなたやオリヴァーのお母さまにとってできるだけ……慰めとなるような葬儀にしたいと願っていました」

「アシュトンはどんなときも期待にこたえてくれる。きみはいつからオリヴァーのことを知ってたのかね？」

「実は、オリヴァーとは面識がないんです。すみません、それなのに今日の葬儀に出席するなんて奇妙だと思われるでしょうね。わたしは……ただあの晩、窓の外を見ただけで」

「双眼鏡越しに？」

「ええ」ライラは顔がかっとほてるのを感じた。

「単なる偶然かな？　きみがオリヴァーの恋人のひとりで、あの子のアパートメントを監視していたというのなら、よりもっともらしく聞こえるが。あるいは、あろうことか、オリヴァーを殺した犯人とつながりがあるというのなら」

淡々とした口調で投げかけられた言葉は思いもよらないもので、愕然《がくぜん》とするあまり、理解するのにしばらくかかった。

「ミスター・アーチャー、あなたは今、息子さんを失った悲しみに打ちひしがれています。怒りも覚え、真相を知りたいのでしょう。でも、わたしには答えられません。オリヴァーとは面識がなく、彼を殺した犯人も知らないんです」

ライラは口をつけていないシャンパングラスを置いた。「もう失礼します」

「きみは葬儀に呼ぶようアッシュを言いくるめ、わが家にもぐりこんだ。オリヴァーが亡くなった翌日、警察署で偶然出会って以来、わたしの息子とかなり一緒に過ごしているそうだね。アッシュはもうきみの絵を描き始めてるんだろう。ずいぶん手が早いね、ミズ・エマーソン」

ライラがゆっくり立ちあがると、彼もそれにならった。「わたしはあなたのことをよく知りません」彼女は用心深く言った。「こんなふうに侮辱するのが、あなたの性分なのかも。わからない以上、今回のことはショックと悲しみのせいだと思うことにします。人の死は遺された人々に大きな影響を与えるものですから」

「わたしはきみが他人の家で寝泊まりしながら、感受性の強いティーンエージャー向けのファンタジーを書く住所不定の女性だと知っている。名声や財力を備えたアシュトン・アーチャーとのコネは、きみにとって大いなる飛躍の一歩となるはずだ」

その言葉を聞いて、同情の念が一気にかき消えた。「わたしは自ら道を切り開き、自分で一歩一歩進んでいます。地位やお金さえあれば、誰でも言いなりになると思ったら大間違いです。では、失礼します」

「これだけはたしかだ」部屋を出ていくライラに向かってスペンスが言い放った。「きみが何をもくろんでいようと、きみに勝ち目はない」

ライラは立ちどまって、最後にもう一度彼を見た。このうえなくハンサムで洗練されているけれど、今はすっかり打ちひしがれ、冷酷になっている。「あなたがお気の毒だわ」そうつぶやいて部屋を出た。

憤るあまり、曲がるところを間違え、あわてて正しい角を曲がった。一刻も早くこの屋敷から抜けだしたい。スペンス・アーチャーに罪悪感と怒りをかきたてられたのは無性に悔しいけれど、その両方の感情と——どこか別の場所で——じっくり向きあう必要がある。

この驚くほど広大なコンパウンドや、人間関係が奇妙に絡みあった人々から遠く離れた場所で。

巨大な豪邸も、広大な芝生やプールやテニスコートも、くそくらえよ。それに、わたしのことを金めあての成りあがり者と非難したスペンスも。

おもてに出たとたん、リムジンの運転手の携帯番号を知っているのはルークだけだと思いだした。それに、わたしの荷物はリムジンのトランクのなかだ。けれど、今はルークともジュリーとも、ほかの誰とも話したくない。こうなったら駐車場係を見つけて、ニューヨークまで送り届けてくれるタクシー会社の番号を教えてもらおう。

荷物はそのままでいい――どうせジュリーのアパートメントに持っていくんだもの。あとでジュリーの携帯にメールして、今夜は彼女の自宅に荷物を運び入れておいてほしいと頼もう。

あんなふうに攻撃されて恥をかかされ、罪悪感を抱いた状態で、もう一分たりともここにはいたくない。

長い私道を近づいてくるタクシーを見つけて、ライラは肩を怒らせた。帰りは自ら交通手段を確保して、タクシー代を払おう。人の手を頼らずに。

「ライラ！」

タクシーの開いたドアの前で振り返ると、ジゼルが駆け寄ってきた。

「もう帰るの？」

「ええ、もう行かないといけないの」

「でも、アッシュがあなたを探していたわ」

「本当に行かないといけないのよ」

「タクシーは待ってくれるわ」ジゼルがライラの腕をぎゅっとつかんだ。「ちょっと戻りましょう――」

「本当にだめなの」ライラは負けずにジゼルの手を外し、その手をぎゅっと握りしめた。「オリヴァーのことは本当にお気の毒だったと思うわ」タクシーに乗りこんでドアを閉め、運転手に車を出すよう告げると、シートにもたれた。ニューヨークまでのタクシー代が今月の家計に与えるダメージは考えないようにしよう。

ジゼルは駆け足で引き返し、ゲストハウスの前で見るからに動揺したアンジーと話しこんでいるアッシュを見つけた。

「アッシュ、こんなのヴィニーらしくないでしょう。どの電話にも出ないなんて……自宅や店の電話にも携帯にも出ないのよ。事故に巻きこまれたんじゃないかしら」

「ぼくもすぐにニューヨークに戻りますが、とりあえず誰かに自宅を確認してもらいましょう」

「ジャニスに電話をして、ヴィニーのオフィスから自宅のスペアキーをとってきてほしいと頼むことはできるわ。彼女とはもう話したの。ジャニスも昨日仕事を終えて以来、ヴィニーとは会っていないそうよ」

「じゃあ、まずは彼女に頼みましょう。それから、あなたをニューヨークまで送り届けます」

「オリンピアを残していきたくはないけど、心配でたまらないの。今すぐジャニスに連絡して、そのあとオリンピアに帰ることになったと伝えるわ」

「帰るのは、あなただけじゃないわ」アンジーがゲストハウスのなかに姿を消すと、ジゼルが言った。「ついさっき、あなたの友人のライラもタクシーで帰ったわ」

「えっ？　どうして？」

「たしかなことはわからないけど、お父さまがライラと話しに来て、気がついたら彼女はタクシーに乗りこもうとしてた。なんだか怒っていたみたい。どうにかこらえていたけど、相当腹を立てていたわ」

「くそっ。きみはアンジーにつき添っていてくれ。ぼくはこの件に対処するのにちょっと時間が必要だ」

アッシュは携帯をとりだし、わざと遠まわりして大勢の弔問客を避けながら屋敷に向かった。電話はライラの携帯の留守番電話につながった。

「ライラ、運転手に引き返すよう言って戻ってきてくれ。ニューヨークに帰りたいなら、ぼくが車で送るから。ぼくに任せてくれ」

アッシュはポケットに携帯を突っこんで屋敷に入り、居間を突っ切ったところで母を見つけた。

「父さんを見かけたかい？」

「ちょっと前に二階へあがっていくのを見たわ、たぶん書斎じゃないかしら。アッシュ――」

「今は話せない。ごめん、今は無理だ」

二階にあがると西棟へ曲がり、寝室や居間をいくつも通り過ぎて、主寝室の先にある父親の書斎にたどり着いた。

長年の経験から、ドアを開ける前にまずノックした。たとえそれがおざなりのノックでも。

どっしりとしたオークの机の背後に座っていた父が片手をあげた。その机はアッシュの曾祖父から受け継いだものだ。

「あとでかけ直すよ」スペンスは電話の相手に向かってそう言うと、受話器をおろした。「いくつか片づけないといけないことがあるが、それがすめば落ち着くだろう」

「片づけないといけないと思っていることのひとつは、ライラですね。彼女を怒らせるなんて、いったい何を言ったんです？」

スペンスは革張りの椅子の背にもたれ、両手をクッションの利いた肘掛けにのせた。

「わたしはただ適切な質問をいくつかしただけだ。なあ、アッシュ、今日はもう充分いろいろあったし、突っかかるのはやめてくれ」

「充分なんてものじゃない。適切な質問とはなんですか？」

「おまえは怪しいと思わないのか？　あの女性が――おまえの作品が展示されているギャラリーの支配人とたまたま友人だった女性が――オリヴァーが殺された晩にあそ

こで起きたことを目撃していたなんて」

「ええ、思いません」

「それに、彼女の友人はおまえの親友とかつて結婚していたんだろう」

アッシュはこの厄介な話がどこへ向かっているかはっきり理解した。よりによって今日、そんな話は聞きたくない。「人のつながりは自然に生まれるものです。この家族がいい証拠でしょう」

「おまえはライラ・エマーソンがかつてジュリー・ブライアントの夫の愛人だったことを知っているのか？」

癇癪など起こしたくないと思いながらも、アッシュの血は怒りに煮えたぎった。

「その件に〝愛人〟という言葉は当てはまらないし、ライラがかつてジュリーの元夫とつきあっていたことは知ってます。それに、父さんが私立探偵を雇ってライラのことを調べさせていたこともわかりました」

「当然だろう」スペンスは引き出しを開け、ファイルとCDをとりだした。「報告書のコピーだ。おまえも目を通すといい」

「なんでこんなことをしたんです？」必死に怒りをこらえつつ、父親をじっと見据え、決してこちらの話に耳を貸そうとしない頑《かたく》なさを見てとった。「彼女は警察に通報し、ぼくとも話をして、こちらの質問にも答えてくれたんですよ。そんな義理もないのに。

世の中の大半の人はそんなことをしないはずです」

あたかもそれが自分の言い分を証明したかのように、スペンスは人さし指で机を叩いた。「その結果、おまえは彼女に服を買い与え、ともに過ごし、彼女の絵を描こうとしている。それどころか、よりによって今日ここに連れてきた」

やはり頑なだな。だが、父が深い悲しみに打ちのめされているのもたしかだ。

「父さんに説明する義理などありませんが、こういう日なのでお話しします。ぼくが購入した服は絵のために選んだ衣装で、そんなことはしょっちゅうやっています。ライラとよく会っていたのは、彼女がぼくに協力してくれたからと、一緒に過ごすのが楽しかったからです。葬儀に出席してほしいと頼んだのは、個人的な理由からです。ライラにはぼくのほうから近づきました――警察署で会ったときも、そのあとも。こちらから絵のモデルになってほしいと頼み、ためらう彼女を強引に説得しました。今日の葬儀に来てほしいと無理やり頼んだのは、ぼく自身がそれを望んだからです」

「いいからちょっと座れ、アシュトン」

「座ってる余裕などありません。やらなければならないことが山ほどあるんです。ここで父さんと議論していても、用事は一向に片づきません」

「勝手にしろ」

スペンスは立ちあがって、彫刻が施されたサイドボードに歩み寄り、デカンターのウィスキーを注いだ。

「だが、いいか、よく聞け。女性のなかには、男に自分が選んで決断したと思わせながら、実は男を操っている者もいる。おまえは彼女がオリヴァーの身に起きたこととまったく無関係だと、百パーセント揺るぎなく確信できるのか？」

スペンスは眉をあげ、乾杯するようにグラスをかかげてウィスキーをひと口飲んだ。

「彼女はあのモデルが転落するのをたまたま目撃したが、それはあのアパートメントを双眼鏡で監視していたからだろう？」

「私立探偵に金を払ってライラを監視させた父さんに、そんなことが言えるんですか？」

スペンスは机に戻ると、腰をおろした。「わたしは家族を守ろうとしているだけだ」

「いいえ、父さんは財力にものを言わせて、ただ人助けをしようとした女性を攻撃しているだけです。ライラが今日ここに来たのは、ぼくに頼まれたからです。その彼女がもう立ち去ったのは、父さんに侮辱されたからだとはっきりわかりました」

「彼女はロマのようにあちこちを転々とし、かろうじて生計を立てている状態だ。自分よりはるかに裕福な既婚男性と不倫したこともある——おまえもよく知ってのとおり」

怒りよりも疲労を覚え、アッシュはポケットから両手を出した。「いろんな女性とつきあうことについて本気で説教するつもりですか？　自分のことは棚にあげて？」

スペンスの目がぱっと燃えあがった。「それでもわたしはおまえの父親だ」

「ええ、だからといって、ぼくが大切に思っている女性を侮辱する権利はありません」

スペンスは椅子の背にもたれ、かすかに座面を左右に動かしながらしげしげと息子を眺めた。「どこまで深入りしているんだ？」

「父さんには関係ないでしょう」

「アシュトン、おまえは現実というものがまったくわかっていない。世の中には相手の地位や資産を手に入れたいがために男を標的とする女性がいるんだ」

「そういう父さんは、今まで何回結婚したんですか？　いったい何人の愛人にみついできたんですか？」

「話し相手にはちゃんと敬意を払え」スペンスがぱっと立ちあがった。

「自分はできないくせに」アシュトンは一気に再燃した怒りを必死にこらえた。今はよせ、今日はだめだ。

「これでオリヴァーのことが原因じゃないとはっきりしましたね。警察の調書やその机にのっている私立探偵の報告書から、ライラがオリヴァーやあいつの身に起きたこととは無関係だとわかったはずです。父さんが気にしているのは、ぼくのことや、ぼくとライラの関係でしょう」

「いずれにしろ、要点は変わらない」スペンスが指摘した。「それに、おまえはダメージを受けやすい立場にある」

「父さんは何度も結婚し、愛人も大勢いて、情事を楽しんだり幾度となく婚約を破棄したり浮気相手と別れたりしたせいで、恋愛の専門家を自負しているんでしょうね。でも、ぼくは父さんの考えに同意しません」

「子供が過ちを犯さないように目を光らせるのも親の務めだ。あの女性はおまえに与えられるものなど何もないし、今回の悲劇を利用しておまえの信頼と愛情を手に入れようとしているんだ」

「父さんはありとあらゆる点で間違っています。父さんから認められて自慢の息子だと思われることを切望していたのはオリヴァーです。ぼく自身はそうなればありがたいと思いますが、あいつと違って、それを生き甲斐《がい》にはしていません。父さんはたった今、越えてはならない一線を越えたんです」

「まだ話は終わってないぞ」アッシュが踵《きびす》を返して歩きだすと、スペンスが言った。

「いいえ、また間違ってます」

激しい怒りに任せて書斎を飛びだし、階段を駆けおりて屋敷を出ようとした寸前、母が追いついてきた。

「アッシュ、いったいどうしたの？」

「父さんが私立探偵を雇ってライラの人生を調査した挙げ句、彼女を侮辱した。そのせいでライラは帰ってしまった。オリヴァーの葬式は何もかも真っ白だし、ヴィニーは行方不明だ。例のごとくアーチャー一族が集まると、ろくなことがない」

「スペンスがそんなことを……気づくべきだったわ。かわいそうなライラ。わたしが彼女をスペンスとふたりきりにしてしまったの」逆上した母は階段の上をにらみつけた。「ライラと仲直りしてね。わたしは彼女が気に入ったわ。そんなことを言っても慰めにならないかもしれないけど」

「いや、なるよ」

「ところで、ヴィニーはいったいどうしたの？」

「まだわからない。もうアンジーのところに戻らないと。すごく心配してるから」

「そうでしょうね。ヴィニーらしくないもの。わたしもゲストハウスに行きたいところだけど、ついさっきクリスタルがそっちに向かったの」母は元夫の現在の妻の名前を口にした。「クリスタルはオリンピアに対してとても礼儀正しくふるまっているから、彼女を怒らせないよう距離を置くことにするわ」

「それが最善だね」

「でも、スペンスと話すことはできる」

「やめてくれ――」

「そうね、それが最善でしょうね」母はアッシュと腕を組んであえてゆっくり歩かせ、怒りをしずめさせた。「わたしとマーシャルでアンジーをニューヨークに送り届けましょうか?」

「いや、ぼくが送るよ、いずれにしろ帰らないといけないから。でもありがとう」

「今度ライラに会ったら、そのうちぜひランチをご一緒したいと伝えてちょうだい」

「ああ」アッシュはルークとジュリーと鉢合わせして立ちどまった。

「ライラが帰ったと聞いたわ」ジュリーが切りだした。

「ああ、アーチャー一族がよく口にする〝ちょっとした口論〟があって。もしぼくより先にライラを見つけたら、彼女に……ぼくが直接話したがってると伝えてくれ」

「わたしはもう行かないと」ジュリーはルークに目を向けた。「ライラは今夜うちに泊まる予定だから、わたしも帰るわ」

「だったら、ぼくも帰るよ。きみも一緒の車で戻るかい?」ルークがアッシュにきいた。

「いや、やらないといけないことがあるんだ。あとで連絡する」

さりげなく、モニカがルークとジュリーに近づいた。「門までお見送りしましょう」

さすが母さんだ。アッシュは藤棚の下に入り、また日ざしのなかへ踏みだした。しばし静けさを味わい、一瞬ライラにもう一度電話しようかと考えた。ちょうどそのとき、携帯が鳴りだした。

ライラがかけ直してくれたことを願って画面を見たアッシュは、表示された名前に眉をひそめた。「ジャニス？」

「アッシュ、ああ、アッシュ。ア、アンジーにはとても電話できなかったの」

「いったいどうしたんですか？　何があったんです？」

「ミスター・Vが、ミスター・Vが……。警察……。わたしが通報したの。もうすぐ警察が来るはずよ」

「とりあえず息を吸ってください。今どこにいるんですか？」

「お店よ。ミスター・Vの自宅の鍵をとりに来たの。彼のオフィスにあると聞いて。アッシュ……」

「とりあえず息を吸ってください」わっと泣きだしたジャニスに、アッシュはそう繰り返した。「いったい何があったのか教えてください」だが、みぞおちがすでにきりきりと痛みだした。「いいから教えてください」

「彼が亡くなったの。ミスター・Vがオフィスで。誰かに痛めつけられて。それに、そこには別の男性が――」

「別の男性？」

「その人も死んでるわ。床に倒れて、血まみれの状態で。誰かに撃たれたみたい。ミスター・Ｖは椅子に縛りつけられて、顔じゅうが……。わたし、どうしたらいいの？」

今は感情に流されてはいけない。想像を絶する事態に対処しなければ。しかも速やかに。「もう警察には通報したんですよね？」

「ええ、こっちに向かっているわ。でも、アンジーには連絡できなかった。どうしても。だから、あなたに電話したの」

「警察が到着するまで店の外で待っていてください。店から出て、警察の到着を待つんです。ぼくも今からそちらに向かいます」

「急いで。お願いだから早く来てちょうだい。アンジーに伝えてもらえる？　わたしからはとても言えないわ」

「ええ、ぼくから伝えます。ジャニス、警察の到着を——外で——待っていてください。ぼくたちも今すぐ向かいます」

電話を切ると、アッシュは無言でじっと携帯を見下ろした。

ぼくのせいか？　ヴィニーに協力を求めたせいでこんな事態になったのか？

ライラ。

アッシュはライラの携帯に電話をかけた。「くそっ、電話に出ろ」留守番電話のメッセージが流れると、声を荒らげた。「いいかい、よく聞いてくれ。ヴィニーが殺された。詳しいことはまだわからないが、ぼくはこれからニューヨークに戻る。きみはホテルに行ってくれ。ドアに鍵をかけて、誰が来ても絶対に開けるんじゃないぞ。それから、今度ぼくが電話したら、必ず出てくれ」

ポケットに携帯を突っこんで目元を押さえると、どうやってアンジーに夫の死を伝えればいいか自問した。

12

ライラは誰とも話したくない気分だった——それなのに携帯の着メロにした《ウィ・ウィル・ロック・ユー》の出だしのビートがひっきりなしに鳴り響いている。

この着メロはできるだけ早く変更しよう。

最近ベッドをともにしようと決めた男性の超大金持ちの父親から、こっぴどく侮辱された挙げ句、長時間タクシーに乗っているだけでも苦痛なのに、たびたびクイーンのビートに叩きつけられるなんて耐えられない。

クイーンが大好きなわたしがそう思うのだから、相当なものだ。

けれども、コンパウンドから三十キロほど遠ざかったころ、ようやく怒りが冷め、そのあとは自己憐憫《れんびん》に浸った。

本当は怒っていたいのに。

ライラはクイーンの着メロも、タクシーのラジオから聞こえてきたアフリカの民族音楽も、携帯メールの着信を告げる《地獄のハイウェイ》のギターリフも無視した。

ニューヨークにたどり着いたときには、いくぶん気持ちが落ち着き、むっとはしているものの、やや寛大な気分になっていた。携帯をとりだして着信履歴を確認するくらいには。

アッシュから三回、ジュリーから二回、電話がかかってきていた。ふたりからは携帯メールも一通ずつ届いている。ライラは息を吐きだすと、アッシュのほうが回数で勝っていると判断した。

彼からの一回目のメッセージを聞きながら、ぐるりと目をまわした。

〝ぼくに任せてくれ〟

まったく男ときたら。

わたしは自分のことも自分の身に起きたことも自分自身で対処する。それがライラ・エマーソンの第一のモットーだ。

次にジュリーの最初のメッセージを聞いた。

〝ライラ、たった今、ジゼル・アーチャーと行きあったわ。あなたが帰ったと彼女から聞いたけど、いったいどういうこと？　何があったの？　大丈夫？　電話してちょうだい〟

「はい、はい、わかったわ。あとでね」

次にアッシュの二番目のメッセージが流れた。

電話に出ろと命じる声を聞いてあざ笑ったが、次の瞬間すべてが凍りつき、指が震えだした。ライラはもう一度メッセージを再生した。

「まさか、そんな」ただちに彼の携帯メールを開いた。

〝電話に出てくれ。ぼくはヘリコプターで現場に直行する。きみの滞在先のホテルを教えてくれ。ドアに鍵をかけて、そこから動くんじゃないぞ〟

ライラはとっさに身を乗りだした。「行き先を変更するわ。今から言う住所に連れていって……」ああ、住所はなんだったかしら。記憶を掘り起こしてアッシュから聞いた店名を思いだし、携帯で検索した。

表示された住所をタクシー運転手に伝えた。

「料金があがりますが」

「いいから、そこに連れていってちょうだい」


アッシュは制服警官と肩を並べ、ヴィニーのオフィスの戸口に立ちつくしていた。呆然とするあまり、感覚が麻痺《まひ》して怒りや罪悪感や悲しみといった感情が分厚い膜に覆われている。昔からよく知る愛するヴィニーを見つめながら、コンパウンドからの短いフライトで胸に渦巻いていた混乱や恐怖が薄れていった。

ヴィニーのお決まりの小粋なスーツは、血や尿で汚れていた。常にきちんとひげをそったハンサムな顔は、ひどく殴打されたらしくあざだらけで、すっかり腫れあがっている。うっすらと開いた片目は、命を失ってもなお宙を見つめていた。

「はい、彼がヴィンセント・タルテリです。椅子に座っているほうですが」アッシュは注意深くつけ加えた。

「もうひとりの男性は？」

　アッシュは深く息を吸った。アンジーのすすり泣く声が二階から聞こえる。永遠に耳にこびりついて離れそうにない悲痛な声だ。女性警官がこの現場から遠ざけるように二階へ連れていってくれた。いや、女性警官だけでなく、ジャニスもだ。ふたりがアンジーを二階に連れていってくれてよかった。

　アッシュは手足を床に投げだして倒れている死体に目を向けた。がっちりとした体つきで肩幅が広く、両手にはあざができ、指のつけ根がすりむけている。スキンヘッドに、ブルドッグを思わせる角張った顔。額のまんなかには黒い穴があった。

「この男のことは知りませんし、前に見かけたこともありません。その両手からして、ヴィニーを殴ったのはこの男ですね」

「では、ミセス・タルテリのもとにご案内します。あとで刑事があなたと話したいそうです」

ファインとウォーターストーンだな。ヘリコプターから電話して、ふたりにも来てほしいと頼んだのだ。

「彼女には見せられません。アンジー――いえ、ミセス・タルテリには。こんなヴィニーの姿はとても見せられない」

「われわれに任せてください」制服警官はアッシュをオフィスから店内へ導いた。「刑事が到着するまで二階で待っていただいてもかまいませんが……」入り口から別の警官に合図されると、彼は言葉を切った。「ちょっとここにいてください」

どこに行くんだろう？　アッシュは制服警官が店の入り口に移動するのを見送ると、ヴィニーの自慢の店を見まわした――よく磨かれた木の床、光り輝くガラス、華やかな金メッキ。

年代物の貴重なアンティーク。それなのに、見る限り、手をつけられたり、壊されたり、倒されたりした形跡はない。

ただの強盗じゃないな。質屋に持ちこむための商品や金めあての殺人じゃない。

すべてオリヴァーとつながっている。そして、あのエッグに。

「あなたに会いたいという女性がおもてに来ています。ライラ・エマーソンという女性ですが」

「彼女は……」ぼくにとって彼女はいったいなんだ？　ぴたりと当てはまる言葉が思

い浮かばない。「彼女は友人です。今日の午後、弟の葬儀に参列してくれました」

「大変な一日でしたね。彼女をここへ立ち入らせるわけにはいきませんが、おもてに出て話をしていただいてもかまいませんよ」

「わかりました」

ライラはこんな場所にいるべきじゃない。だが、それを言うなら、アンジーだってあんなふうに二階で泣いていていいはずがない。何もかもあってはならないことだ。ぼくはそれに対処することしかできない。

ライラは歩道を行ったり来たりしていたが、アッシュが店から出てきたとたん、ぴたりと足をとめた。彼の両手をつかんだ彼女の大きなダークブラウンの瞳には、出会ったときのように深い同情の念があふれていた。

「アッシュ」彼女は彼の両手をぎゅっと握りしめた。「いったい何があったの？」

「きみこそいったいここで何をしているんだ？　ホテルに直行するよう言っただろう」

「あなたからのメッセージは聞いたわ。おじさまが――オリヴァーのおじさまが殺されたって」

「やつらはヴィニーを殴ったんだ」アッシュはヴィニーの首に残っていた醜いあざを思いだした。「たぶん、絞め殺されたんだと思う」

「まあ、アッシュ」ライラは両手を震わせながらも、しっかりと彼の手を握り続けた。「本当にお気の毒だわ。それに、ヴィニーの奥さんも。コンパウンドでちょっとだけ彼女と会ったの」

「アンジーは店の二階にいる。そこに連れていかれたんだ。きみもこんなところにいちゃだめだ」

「なぜあなたひとりが対処しなければならないの？　わたしにも何かさせて。何か手伝わせて」

「ここには何もない」

ライラはアッシュの手をぎゅっと握りしめた。「ここにはあなたがいるわ」

アッシュはその返事を思いついて口にする前に、刑事に目をとめた。

「ウォーターストーン刑事とファイン刑事が到着した。ぼくが来てほしいと頼んだんだ。どうかホテルに行ってくれ。いや、ぼくの自宅のほうがいいな」アッシュは鍵を探し始めた。「ぼくもできるだけ早く帰るから」

「わたしはとりあえずここにいるわ。もう刑事さんたちにここにいるところを見られてしまったから」彼女は静かに言った。「今更逃げだせないし……今回の件をあなたひとりに背負わせるつもりはないわ」

彼女は立ち去る代わりに、アッシュの隣に移動した。

「ミスター・アーチャー」ファイン刑事がアッシュと目を合わせてじっと見つめた。「またしてもご家族を亡くされるなんて、本当にご愁傷さまです。なかで話しましょうか。あなたもいらしてください、ミズ・エマーソン」

排気ガスが漂う暑い沿道から涼しい店内に入ると、すすり泣く声が聞こえた。「ヴィニーの妻です」アッシュが説明した。「あなたがたが、彼女と話していろいろ質問しなければならないのはわかっていますが、手短にすませてもらえないでしょうか？　アンジーは一刻も早くここから遠ざかって、家に帰るべきです」

「できるだけ手短に終わらせます」そうこたえると、ファインは制服警官に呼びかけた。「どこか静かな場所を見つけて、ミズ・エマーソンにはそこで待っていてもらって。ミスター・アーチャー、あなたは二階にあがって、ミセス・タルテリと一緒に待っていてください。なるべく早く話をうかがいに行きますから」

ぼくたちを引き離すつもりだなとアッシュは思った。ライラは彼の手をぎゅっと握ってから放し、制服警官とともに歩きだした。

それが通常の手続きだとわかっていても、罪悪感といらだちが胸に重くのしかかった。

アッシュは二階にあがると、アンジーの隣に腰をおろし、震える彼女の手を握った。続いて、泣くのを必死にこらえているジャニスの手も握りしめた。

そして、これからすべきことについて考えた。

やがて、警察がジャニスを呼びに来た。彼女は悲嘆に暮れた真っ赤な目でアッシュをぱっと見てから、階段をおり始めた。

「ジャニスによれば、ヴィニーは閉店間際に来た客に応対していたそうよ」

「えっ?」

アンジーはそれまで理路整然と話せなかった。すすり泣いては身を揺らして震えていた。だが、今はアッシュにもたれながら、涙にしゃがれた声で話しだした。

「昨日ジャニスが帰ったとき、ヴィニーはひとりの客に応対していたんですって。その女性客は新しいアパートメントのために家具を買いそろえたいと語り、質のいい商品をいくつも選んだそうよ。それを購入するかどうかは、あとでご主人が合流してから決めることになっていたと、ジャニスは言ってたわ。だから、ヴィニーは遅くまで店に残ったの。戸締まりを始める前か、その最中に入ってきた誰かに襲われたんだわ。アッシュ、主人はたったひとりでここにいたのね。それなのに、てっきり遅刻したか、ぐずぐずしているだけだと思っていたわ。わたしはゆうべヴィニーに電話もかけなかった。オリンピアの相手をするのに疲れ果てて電話もしなかったの」

「自分を責めることはありません」アッシュはなすすべもなく言った。

「昨日ヴィニーが出勤するとき、うっかり時間を忘れないようにと口うるさく言ってしまったわ。あの人ってそういうところがあるから。あなたも知ってるでしょう。ヴィニーはオリヴァーの死を心から悼んでいたわ。きっと少しひとりになりたかったはずなのに、わたしは出勤するヴィニーにしつこく注意したの。ヴィニーは強盗になんでも言われるがままにさしだしたはずよ」アッシュをじっと見つめ続けるアンジーの瞳から涙がとめどなくあふれた。「わたしたちはそういう事態について、日ごろからよく話しあっていたの。強盗に押し入られたら、なんでも要求されたものをさしだそうって。常に従業員にもそう指導していたわ。ここには自分の命を奪われて家族を悲しませるだけの価値があるものなどないもの。犯人はヴィニーを痛めつける必要なんてなかったのよ。こんなことをする必要なんて」

「あなたの言うとおりです」アッシュはアンジーが泣きやむまで彼女を抱きしめていた。やがて刑事たちが二階にやってきた。

「ミセス・タルテリ、わたしは刑事のファインです。それから、彼はウォーターストーン刑事です。このたびは心からお悔やみ申しあげます」

「もうヴィニーとは対面できますか？　まだ主人の遺体を見せてもらっていないんですが」

「手配するのでもうしばらくお待ちください。本当におつらいと思いますが、いくつか質問させていただけますか？」

ファインは西洋バラの模様が入った布張りの椅子に腰掛けた。アッシュは穏やかな声音を保つ彼女を見て、オリヴァーの死を告げに来たときもそうだったと思いだした。

「あなたのご主人に危害を加えそうな人物に心当たりはありますか？」

「ヴィニーはみんなから好かれていました。誰でも主人を知っている人にきいてみてください。ヴィニーの知り合いに、彼を傷つけるような人はいません」

「ご主人と最後に会って言葉を交わしたのはいつですか？」

アンジーはアッシュに手を握られながら、さっき話した内容とほぼ同じことを刑事に語り、なぜヴィニーが家族と一緒にコンパウンドへ向かわなかったのかときかれると、こう続けた。

「オリンピアが――オリヴァーの母親が――わたしにそばにいてほしいと望んだからです。彼女はヴィニーの妹ですが、わたしたちは姉妹のように仲がよくて……。その彼女から今すぐ来てほしいと頼まれたんです」アンジーの唇が震えた。「わたしは子供や孫たちとコンパウンドに向かいました。ヴィニーは気分に応じてゆうべか、今朝には到着する予定でした。わたしは一緒に来るよう主人を説得できたかもしれません。わたしがプレッシャーをかければ、ヴィニーは一緒に来たでしょう。でも、わたしがそうしなかったせいで――」

「そんなふうに考えないでください、アンジー」アッシュはつぶやいた。「お願いですから」

「ヴィニーはなんでも犯人がほしがったものをさしだしたはずです。なのに、なぜあんなふうに痛めつけられなければならなかったの?」

「それを突きとめるのが、われわれの仕事です」ファインは言った。「ここには貴重な品が山ほどありますね。金庫もあるんですか?」

「ええ、三階の倉庫に。主にクライアントのための商品や、鑑定を頼まれた品を保管するのに使っていました」

「その金庫を開けることができるのはどなたですか?」

「ヴィニーとジャニス。それに、わたしも開けられます」

「あとでちょっと確認させてください。もしなくなったものがあれば、お気づきになりますか?」

「いいえ。でも、ヴィニーのオフィスかコンピューターに在庫目録があるはずです。それに、ジャニスなら気づくでしょう」

「わかりました。今からご自宅までお送りします。どなたか連絡したほうがいい方はいますか?」

「アッシュが電話してくれました……わたしの子供たち、いえ、わたしたち夫婦の子供たちに」

「もうみんな集まっていますよ」アッシュは言った。「みんな、あなたの帰りを待っています」

「でも、そのなかにヴィニーはいないわ」ふたたび彼女の目が潤んだ。「ヴィニーとは対面できますか？」

「いろいろと調べなければならないことがあるので、ご主人と対面できるようになったら、こちらからご連絡します。今から警官にご自宅まで送らせますね。犯人を逮捕するためにわれわれは全力をつくします、ミセス・タルテリ」

「アッシュ――」

アッシュはアンジーを椅子から立ちあがらせた。「アンジー、もう帰ったほうがいい。あとはぼくに任せて。何か必要なものや、ぼくにできることがあれば、遠慮せずに知らせてくださいね」

「戸口までお見送りしましょう、ミセス・タルテリ」ウォーターストーンがアンジーの腕を支えた。

「タルテリ夫妻はあなたの異母弟のご親戚ですよね」アンジーが一階におりると、ファインがきいた。「それにしては、ずいぶん親しいようですが」

「わたしの家族のような場合、みんな親戚扱いなんです」アッシュはてのひらのつけ根を目元に押しつけた。「タルテリ夫妻はぼくが生まれる前から結婚生活を送ってきました。これから彼女はどうするんだろう？」アッシュは両手をおろした。「ここには監視カメラがあるはずです。ヴィニーはしっかりとした防犯システムを設置していました」

「監視カメラのデータは見つけました」

「だったら、誰の仕業かわかったんですね。犯人は少なくともふたり以上いるはずです」

「なぜそう思われるんですか？」

「オフィスで死んでいる男を射殺したのはヴィニーじゃないからです。それに、あの両手の傷からしてヴィニーを殴ったのはあいつでしょう。刑事じゃなくても、そのぐらいはわかります」そう言ってから、アッシュはつけ加えた。「基本的な論理を駆使するだけで」

「故人と最後に会ったのはいつですか？」

「木曜の晩です。ヴィニーがぼくのロフトに来ました。監視カメラの映像を見せてください」

「論理を駆使しても、刑事にはなれませんよ」

「あなたはヴィニーの殺人事件がオリヴァーの事件と関連しているんじゃないかと疑っているんでしょう。わたしもそうです。オフィスで死んでいた男は見たことがありませんが、あいつの共犯者か仲間には見覚えがあるかもしれません。ファイン刑事、もしヴィニーとわたしが不仲だったら、アンジーがあんなふうにわたしを頼ると思いますか？　さっき彼女が言ったとおり、ヴィニーは誰からも好かれていました。人としても友人としてもすばらしい人物でした。それに、あなたの定義には当てはまらないかもしれませんが、ぼくにとっては家族のひとりです」

「なぜ彼は木曜の晩にあなたの自宅を訪ねたんですか？」

「わたしは弟を、ヴィニーは甥を亡くしたからです。それ以上の理由が知りたければ、監視カメラのデータを見せてください」

「わたしと交渉するつもりですか、ミスター・アーチャー？」

「交渉しているんじゃありません、お願いしてるんです。わたしはふたりの身内を殺されました。弟はヴィニーに雇われて、この店で働いていたんです。こんなことをした犯人を逮捕する手助けができるなら、もちろん協力します」

「ヴィニーは弟さんのために何か保管していましたか？」

「いいえ。ですが誰かがそう思ったのかもしれません。ヴィニーは非常に正直な人です――別に信じてもらえなくてもかまいません、どうせあなたがたは信じないでしょうから。でも、調べればわかりますよ」

「では、オリヴァーは？」

頭痛が激しくなり、ファインの声がほとんど聞こえなくなった。「オリヴァーは状況に応じてルールを曲げるタイプです。自ら法を犯したことにまったく気づかないか、きちんと理解できていない可能性があります。ファイン刑事、わたしの家族はすっかり打ちのめされた状態です」

アッシュは父のことを思い浮かべた——怒りと悲しみで頑なになり、話が通じなくなった父親のことを。

「殺人犯を見つけることが、家族を立ち直らせる第一歩となるはずです」

「ご家族が大事なんですね」

「ええ、そうでなければなりません。たとえつらいときでも」アッシュはまた両手のつけ根を目元に押し当てた。「いえ、つらいときだからこそかもしれません」

ファイン刑事が立ちあがった。「別にあなたに見せてもさしつかえないでしょう。ところで、ミズ・エマーソンはなぜここに？」

「彼女は葬儀に参列し、ぼくより先に帰ったんです」

「ミズ・エマーソンが弟さんの葬儀に参列したんですか？」

「ぼくが来てほしいと頼んだんです。ジャニスがヴィニーを発見して電話をよこしたとき、すぐにライラに連絡しました。今回の事件がオリヴァーに関係しているなら、彼女も巻きこまれる恐れがあったからです」

「彼女とはどういった関係ですか?」

「徐々に発展中の関係です」アッシュは率直に答えた。

「ミズ・エマーソンにも監視カメラの映像を見てもらうことにします。そうしてもかまいませんか?」

「かまいません」アッシュは首を横に振り、ファイン刑事とともに階段をおりた。

「おそらく、そのほうがいいでしょう」

「打ちひしがれた身内のせいで、発展中の関係が行きづまる可能性もあるでしょうね」

ああ、まったくだ。「いずれ、その答えは明らかになるでしょう」

アッシュは警官の数が増えたことに気づいた。それに捜査官も――きっと鑑識だろう。血痕や死因を調べるんだな。ファイン刑事がアッシュに待っていてほしいと合図してから、警官のひとりに近づいて声をかけた。ファイン刑事を待つあいだ、アッシュはオフィスをのぞいた。

アンジーを慰めながら延々と待たされているあいだに、ヴィニーともうひとりの遺体は運びだされていた。

「アンジーはぼくがオリヴァーの遺体を目にしたときのように、ヴィニーの遺体を見なければならないんですね」ファイン刑事が戻ってくると、アッシュは言った。「検死台に横たえられてシーツをかけられた姿を、ガラス越しに。長年のあいだにどれほど多くの思い出を夫婦で作ってきたとしても、アンジーの頭からヴィニーの遺体の記憶が消えることは絶対にないでしょう。それは決して消えることのないたったひとつの記憶となるはずです」

「一緒に来てください」ファイン刑事はノートパソコンと監視カメラのデータを入れて封をした証拠品袋を手にしていた。「ミセス・タルテリには日ごろお世話になっている牧師か司祭かラビがいますか?」

「ヴィニーもアンジーもあまり信心深くありません」

「ご遺族のためのカウンセラーを紹介しましょうか?」

「ええ、ぜひ」アッシュはその申し出に飛びついた。「ありがとうございます」

ふたりは椅子やテーブル、ショーケースや棚を通り越して、店の奥へと向かった。ライラはウォーターストーンとともにダイニングテーブルの椅子に座り、彼の話に熱心に聞き入っていた。

ウォーターストーンはぱっと顔をあげた。首筋がかすかに赤くなる。咳払《せきばら》いをしながら、彼は椅子の背にもたれた。

「このふたりに監視カメラの映像を見せることにしたわ」ファイン刑事が告げた。

たちまちウォーターストーンの眉間にしわが寄る。アッシュはてっきり彼が口を開いて異を唱えるか、理由を問いただすと思ったが、パートナーの無言のメッセージを読みとったらしく、肩をすくめた。

「ミスター・タルテリが現時点では身元不明の女性とふたりきりで店にいるところから再生します」

「女性ですって?」ライラはファイン刑事がノートパソコンを開いて電源を入れるのを見守った。「女性の犯行なんですか? でも、そんなことで驚くなんてばかみたいですね」あわてて言った。「女性だって男性に劣らず非情なことをするもの」アッシュがライラの椅子の隣に移動すると、彼女は手をのばして彼の手に触れた。「アンジーは?」

「解放されて家に帰った。子供たちが自宅で彼女の帰りを待っている」

ファイン刑事はCDをノートパソコンに挿入し、該当の場面から再生した。

アッシュはヴィニーがワインをふるまっている相手を見つめた。ふんわりした生地のサマードレスにハイヒール。ショートカットの黒髪、均整のとれた筋肉質な腕、すらりとした脚。彼女が横を向いた拍子に、その横顔がはっきりと見えた。アジア系だ。ふっくらとして整った唇、彫りの深い顔、アーモンド型の瞳、まっすぐ切りそろえられた分厚い前髪。

「見てのとおり、監視カメラがそこにあるのを知っていながら、まったく気にしていない。これより前には、彼女は被害者と一緒に店内を歩きまわっている。一階も二階も。いろんなものにも触れ、指紋を気にする様子もない」

「彼女の顔がよく見えないわ」ライラが言った。

「そのうちはっきりと見えます」

だが、アッシュにはもう見えていた。画家の目を持つ彼は、横顔さえ見れば全体像が思い描ける。彫りが深く目鼻立ちが整ったエキゾティックなとびきりの美女。

もし描くとすれば、男たちを呼び寄せて死に導くセイレーンだ。

ノートパソコンに映る女性が微笑みながら振り向いた。

「待って。ちょっと待ってください。数秒前まで戻してとめてもらえますか」ライラは唇を引き結んで身を乗りだした。「前に見たことがあります。どこかで見かけたんですが……。あっ、あの食料品店だわ！　わたしがハウスシッターをしていたアパートメントと銀行のあいだにある食料品店よ。でも、あのときは髪が長かったわ。わたしは店内にいた彼女に話しかけたの」

「この女性に話しかけたんですか？」ファイン刑事が詰問した。

「はい。買い物袋を持って出ていこうとしたら、そこに彼女が立っていたんです。わたしは彼女のサンダルが気に入ったと伝えました。とてもすてきだったので。そうしたら、彼女もわたしのサンダルが気に入ったとこたえたんです。でも、そんなはずありません。わたしがはいていたのは、ウォーキング用のただのフラットサンダルですから」

「本当に同一人物ですか？」ウォーターストーン刑事がきいた。

「この顔を見てください。思わず目をみはるような美人ですよね。こんなにきれいな顔をした女性がいったい何人いると思います？」

「彼女に訛りはありましたか？」ファイン刑事が尋ねた。

「まったくありませんでした。彼女はワンピースを着ていました。そこに映っているものよりも丈が短くてセクシーなドレスを。もっと肌を露出して、ウェッジソールサンダルをはいていました。わたしが話しかけると、ちょっと驚いていたようですが、いきなり他人から話しかけられれば、たいていの人はそういう反応をします。でも、彼女は礼儀正しかったです。肌がとても美しくて、まるで磁器に金粉を振ったかのようでした」

「その食料品店はどこにあるんですか？」

　ライラが説明すると、ウォーターストーンが書きとめた。

「あなたはどうです？　彼女に見覚えがありますか？」

「いいえ」アッシュはかぶりを振った。「一度見れば忘れないでしょう。彼女は背が高そうですね。ヴィニーは身長が百八十センチ以上ありますが、ヒールをはいた彼女と目の高さがほぼ同じです。彼女はヴィニーより二、三センチ低いようなので、だいたい百七十五センチぐらいでしょうか。細身ですが、筋肉質ですね。今度目にしたら、彼女だと気づくと思います。彼女は裕福な夫を持つ客を装い、高額な買い物をするとほのめかした」

「どうしてそれを？」

「ジャニスがアンジーに話し、ぼくはアンジーから聞きました。ヴィニーは閉店時間を過ぎても店に残り、その夫の到着を待ったそうです」

何も言わずに、ファイン刑事は映像を流し続けた。

その映像を眺めながらアッシュは思った。ヴィニーは殺人犯とワインを飲み交わしたあと、店の入り口に向かい、彼女の共犯者を招き入れたのだ。

やがて雰囲気が一変した。ヴィニーは怯えた目つきになり、協力する証《あかし》に両手をあげて降参し、銃を突きつけられながらオフィスに押しこまれた。そのあとはがらんとした店内しか映っていなかった。

「この男に見覚えは？」ファイン刑事がライラに尋ねた。

「いいえ、彼を見たことはないと思います。まったく見覚えがありません。わたしが会ったことがあるのは彼女だけです」

ファイン刑事はＣＤをとりだして証拠品袋に入れると、ふたたび封をした。「あのふたりは何かめあてのものがあって店にやってきたんでしょう。見たところ、あの身元不明の男性が被害者を殴って情報を引きだそうとしたようですね。三人がオフィスに入った約三十分後、女性だけが出てきて電話をかけました。数分話してから、彼女は満足した様子でオフィスに戻りました。さらに約四分後、彼女はひとりで出てきました。満足そうにも、いらだっているようにも見えない表情で。そのまま二階にあがり、装飾が施された入れ物を棚から奪って気泡シートでくるみました。一階に戻ったあと、それを箱につめてリボンを結びました。続いて別の商品を――カウンターの背後に陳列されていたシガレットケースをつかみました。彼女は店の正面から出ていきました。まるで、あとから思いついたかのように。そのふたつを紙袋に入れ、彼女は店の正面から出ていきました」

「従業員に確認したところ、シガレットケースはオーストリア製だそうです」ウォーターストーンが言葉を継いだ。「二十世紀初頭のもので、三千ドルほどの値打ちだとか。あの入れ物はファベルジェのボンボニエールで、はるかに値が張る代物です。従業員の見積もりでは、小売値で二十万ドルだとか。そのボンボニエールに関して、何かご存じですか？」

「いいえ。それがどういうものかもわかりません」

「ボンボニエールっていうのはキャンディなどのお菓子を入れる容器よ」ライラが横から口を挟んだ。「アンティークのボンボニエールのなかには、非常に高価なものもあるわ。実は、小説の小道具に用いたことがあるの。毒入りトリュフを持ち歩く容器として登場させたのよ。でも、その話は売れなかったわ。ねえ、ファベルジェよ、アッシュ」

アッシュはうなずいた。「わたしはその入れ物については何も知りません。おそらくシガレットケースはただの土産として持ち去ったんでしょう、ジュリーの靴や香水を盗んだように。でも、ボンボニエールのほうは贈り物ですね。そうでなければリボンを結んだりしないはずです。彼女がファベルジェの作品を盗んだのは、単なる偶然とは思えません。あのふたりはファベルジェの別の作品を探しに来たんです、ボンボニエールより途方もなく価値があり、おそらく何千万ドルもの値がつく作品を。行方不明になったインペリアル・イースター・エッグのひとつ、《二輪戦車を引くケルビム》です」

「どうしてそんなことがわかるんですか?」

「オリヴァーです。これまでにわかった事実をつなぎあわせた結果、弟がヴィニーの店の代理人としてある邸宅の遺品整理を担当した際、それを手に入れていたことが判明しました。遺品の買い取り自体は正当なものですが、弟は内密にエッグを購入し、そのことをヴィニーに報告していませんでした。ヴィニーは木曜日の晩にぼくの口から聞くまで、そのことをまったく知りませんでした」

「われわれもそんな話は聞いていない」ウォーターストーンが声を荒らげた。

「わたし自身も知らなかったんです、水曜日に私書箱を確認するまでは。オリヴァーから郵便物が届いていたんです。弟がそれを送りつけてきたのは、万全を期すためか、わたしに預かってもらうためでしょう」

「彼は何千万ドルもの価値があるファベルジェのエッグをあなたに送りつけたんですか？」

「いいえ、届いたのは貸金庫の鍵です。それと、連絡があるまで鍵を預かっておいてほしいと書かれた手紙でした」

「わたしもその場にいました」ライラが口を挟んだ。よかれ悪《あ》しかれ、今こそすべてを明らかにすべきだ。「食料品店でこの女性を目にしたのも、その日です。アッシュはオリヴァーが貸金庫に預けたものを確認するために銀行へ行き、わたしは食料品店で買い物をしていました」

「貸金庫の中身が何かわかり、わたしはヴィニーに連絡をとりました。エッグと一緒にあった書類はコピーをとってあります。その大半はロシア語で書かれていました。オリヴァーとサットン・プレイスのミランダ・スワンソンとのあいだで交わされた売渡証もありました。厳密に言えば、エッグはロングアイランドに住んでいた彼女の父親の遺品ですが。ヴィニーによれば、オリヴァーはほんの数週間前にその邸宅の遺品買い取りを担当したそうです。ヴィニーはロシア語の書類を翻訳できる人物に連絡をとってくれましたが、それが誰なのかは聞いていません」

「エッグは今どこにあるんですか？」ファイン刑事が詰問した。

「安全な場所にあります」

アッシュはライラには声もかけず、目もくれなかったが、それでも彼女は無言のメッセージを理解した。彼は誰にもエッグのありかを明かさないつもりなのだ。

「あなたがたがこの女を逮捕して刑務所に放りこむまでは、そこから動かすつもりはありません」アッシュはそうつけ加えた。

「それは証拠品です、ミスター・アーチャー」

「ぼくに言わせれば、どれほど倫理に反した取引だったとしても、オリヴァーの所有物であることに変わりありません。立会人のもとで交わされた署名と日付入りの売渡証がありますから。それに、警察にエッグを渡してしまえば、万が一この女がわたしやわたしの大切な人々を狙った場合の交渉手段を失うことになります。ですから、今の安全な場所から動かすつもりはありません」

アッシュは胸ポケットに手をのばし、一枚の写真をとりだした。「これがそのエッグです。捜査に利用なさるのであれば、書類はすべてコピーしますが、エッグは渡しません。あなたがたがわたしに圧力をかけようとすれば、弁護士に連絡をとりますよ。

わたしとしては極力そういう事態は避けたいですし、あなたがただってそうでしょう」

ウォーターストーンは椅子の背にもたれ、丸い指先で高級なテーブルを叩いた。

「もう一度これまでの経緯を詳しくたどってみましょう。弟さんが殺された晩から今までの経緯を。今度は何ひとつ省かないでください」

「わたしはそんなこと一度もしていません。知らなかったことは省きようがありませんから」

13

ライラは自分なりの考えを交えながらいくつもの質問に答え、もう帰ってかまわないと刑事から言われたときには、文字どおり安堵のため息をもらした。

もっとも、とりあえず今は帰ってかまわないと言われたので、これで終わりではないだろう。

「あの人たちにフェイスブックで友達申請したほうがいいかしら」

アッシュは上の空で振り返り、ライラの手をつかんで角まで引っ張った。

「ファインとウォーターストーンのことよ。こんなに長時間一緒に過ごしたんだし、あのふたりとつながっていたほうがいいんじゃない。いいえ、やっぱりやめたほうがいいかも。アッシュ、ヴィニーのこと、本当にお気の毒だったわね」

「ああ」アッシュは沿道に立って、タクシーをつかまえようと片手をあげた。

「わたしには想像もつかないくらい山ほどやるべきことがあるんでしょうね。わたしは地下鉄に乗ってジュリーのアパートメントに行くわ。今夜は彼女の家に泊まって、明日から新しい家でハウスシッターを始めるの。何か用があれば電話してちょうだい」

「だめだ。たしかに、ぼくにはやらなければならないことが山ほどある。そのひとつがきみだ」彼はタクシーをつかまえると、ライラを押しこむようにして乗せ、運転手に自宅の住所を告げた。「ぼくの家に行こう」

ライラは意向を尋ねられるのではなく命令されたことに反論したくなったが、今の状況を考えてぐっとこらえた。「わかったわ。でも、ジュリーに電話をかけて知らせないと。彼女はわたしを待っているはずよ」

「ルークに携帯メールを送ったよ。あいつは今ジュリーと一緒にいる。だから、ふたりとももうわかってる」

「何もかも対処済みってわけね」

アッシュはライラの皮肉を無視するわけでも聞き逃すわけでもなく肩をすくめた。

「さっきウォーターストーンと何を話していたんだ？　ぼくがファイン刑事に連れられて一階におりたときに」

「ああ、彼の息子さんのことよ。ブレノンは十六歳で、ウォーターストーンの悩みの種みたい。髪をにんじんみたいなオレンジ色に染めたり、完全菜食主義者になると宣言したりしているんですって。もっとも、ピザのチーズとミルクシェイクは例外らしいけど。アマチュアのロックバンドでベースを演奏していて、学校を辞めて音楽の道に進みたがっているそうよ」

アッシュはとっさに言葉が出なかった。「ウォーターストーンがそれを全部きみにしゃべったのか？」

「ええ、あのときはちょうどお嬢さんの話に移ったところだったの。ジョージーは十三歳で、つい十分前に別れたばかりの友人にも携帯メールを送ったりして忙しいみたい。ふたりのティーンエージャーとひとつ屋根の下で暮らすのは、さぞ大変でしょうね」

「てっきり彼がきみを尋問しているんだと思ってたよ」

「ええ、そうよ――尋問というか質問ね。わたしはたいして答えられなかった。だから、ご家族がいるか尋ねたの。だって、このニューヨークで刑事をしているだけでも大変なのに、家庭とバランスをとろうとしているなんてすごいことだもの。それに、お子さんたちの話をしてもらったおかげで、殺人現場にいることをいっとき忘れられたわ。ウォーターストーン刑事がお子さんたちを愛しているとわかってよかった。もっとも、今は思春期の子供たちに振りまわされているみたいだけど」

「ぼくはどうしてファイン刑事に家族がいるかどうかきいてみようと思わなかったんだろう？」

「彼女には離婚歴があって、お子さんはいないそうよ」ライラはぼうっとしながら、ゆるんだピンをシニヨンに結った髪に押しこんだ――本当はもっと前に髪をほどきたかったのに。「でも、今は誰かとかなり真剣なおつきあいをしているんですって。ウォーターストーンがそう言ってたわ」

「これからはカクテルパーティーや警察の事情聴取に呼ばれたら、必ずきみを連れていくことにするよ」

「事情聴取を受ける回数はぜひ減らしましょう」アッシュがエッグをどうするつもりかききたいけれど、タクシーの後部座席でその話を持ちだすわけにはいかない。

「本当にコネティカットからヘリコプターで飛んできたの？」

「ああ、それがアンジーをもっとも速くニューヨークに送り届ける手段だったから。テニスコートの裏にヘリポートがあるんだよ」

「もちろんそうでしょうとも」

「アンジーに電話しないと」自宅前でタクシーがとまると、アッシュは財布をとりだした。「それに、母にも。母に説明すれば、知らせるべき人全員に伝えてもらえるから」

「お母さまに……何もかも話すつもり？」

「いや」運転手に料金を払うと、アッシュはドアを開け、ドアに手をかけたままライラが降りるのを待った。「今はまだ」

「どうして？」

「ぼくがエッグのことを打ち明けたせいで、ヴィニーは亡くなってしまった」

「それはあなたのせいじゃない、断じて違うわ。オリヴァーはヴィニーのもとで働いていて、エッグを手に入れた。ヴィニーの店の代理人として遺品整理を担当し、エッグを買いとった。あなたがヴィニーに打ち明けようが打ち明けまいが、あの女は……同じことをしたに決まっているわ。彼女はあなたがヴィニーに何を話したか突きとめるすべはなかったけれど、オリヴァーがヴィニーのもとで働いていたことは把握していたはずだもの」

「ああ、たぶん」

「たぶんじゃなくて、それが事実なの。ちゃんと筋が通るもの。難しいことだけど、感情を排除すれば、論理的に物事を考えられるわ」

「ビールでもどうだい？」ロフトに入ると、アッシュがきいた。

「ええ、ぜひいただくわ」ライラはあとについてキッチンに入った。「アッシュ、ちょっと聞いて、わたしはオリヴァーもヴィニーも知らないから、真っ先に論理的結論にたどり着けたんだと思うわ」アッシュが冷蔵庫からコロナの瓶を二本とりだすのを見て、いったん口をつぐんだ。「わたしの仮説を聞きたい？」

「ああ、ぜひ聞かせてもらおうか」

「あなたってけっこう生意気よね。じゃあ説明するけど、論理的に考えると、あの女はオリヴァーと面識があったと思うわ――あの晩、彼かセージが彼女たちをアパートメントに招き入れたのよ。警察も押し入られた形跡はなかったと言っていたし。オリヴァーの手紙に、クライアントのことが書かれていたでしょう。きっと彼女がそのクライアントなのよ。彼はセージを通してあの女と知りあったんじゃない？　セージのほうが主な標的になっていたし。あの死んだ暴漢がセージを殴りつけた犯人に違いないわ。でも、彼女はエッグのありかを伝えられなかった。オリヴァーから教えてもらわなかったせいで。今のところ、わたしの仮説はどう？」

アッシュは栓を抜いたビール瓶をさしだした。「とても論理的だ」

「そうでしょう。あの暴漢がついやりすぎたせいで、セージは窓から落ちたのよ。犯人たちはこの厄介な事態に早急に手を打たなければならなかった。薬物をのまされたオリヴァーは、すでに半分気を失っていた――そのことからも、セージがエッグのありかを知っていると犯人が思いこんでいたことがうかがえるわ。それに彼女のほうが情報を聞きだしやすいものね。一刻も早く逃げださなければならなかった犯人は、オリヴァーを連れていくことはできなかった。だから自殺に見せかけて殺したのよ。ごめんなさい」

「いや、もうすんだことだ。続きを聞かせてくれ」

「たぶんあのふたりは現場付近にとどまり、監視していたんだわ。オリヴァーの通話記録も調べ、数日前に彼があなたに電話したことも突きとめた。それで、〝ほほう、この兄貴が何か知っているはずだ〟って思ったのよ」

「まあ、そんな感じの言葉よ。あのふたりは警察署まであなたを尾行して、わたしたちが話しているところを目にした。〝あの女は目撃者だ。いったい何を見たんだろう? なぜまた警察署に来たんだ?〟って思ったはずよ。だから、わたしが住んでいるはずのジュリーの自宅に行ってみたんだと思うわ、おそらく彼女ひとりで。結局何も見つからず、あの女は自分用の土産だけを持ち去った。その後、あなたとルークがわたしを訪ねてきたのを見て、何かあるとにらみ、イタリアンレストランまでわたしたちのあとをつけた」

くたくたに疲れていたのに、アッシュはつい微笑んだ。「〝ほほう〟?」

「それで、ぼくがしばらく帰宅しないと踏んで、このロフトに忍びこみ、物色してまわったわけだ」

「でも、ここにはエッグも、それに関するものもいっさいなかった。その後、彼女はあなたが銀行に入るところを目撃した。けれども、あなたは何か持ちだしたようには見えなかった。きっと彼女は今もあなたが——あるいはわたしたちが——エッグにかかわっているんじゃないかと疑ってるはずよ。でも、次に目をつけたのはヴィニーだった」

「ヴィニーがここに来たところをあの女に見られていたとしたら、今回の事件と結びつく」

「たしかにそうね。でも、いずれあの女はヴィニーに行き着いたはずよ。彼女がファベルジェのボンボニエールを持ち去ったのを見て、思ったの。ヴィニーにファベルジェのエッグについて尋ねることで、彼女はちょっと探りを入れたんじゃないかって。あなたもそう思わない？」

「ああ、裕福な客を装っていたなら、インペリアル・イースター・エッグについて尋ねただろう」

「そう考えるのが論理的よね」ライラも同意した。「あの女に呼びだされた暴漢はまたしても暴走し、今度は始末された」

アッシュはビールをひと口飲み、髪からピンを外すライラに目を奪われ、欲望をかきたてられた。「あの女がかっとなったからか、それとも冷血だからか？」

「どちらも当てはまるんじゃないかしら。あの男は暴漢だけど、彼女は捕食者だから」

まったく同じ印象を抱いていたことに興味をそそられながら、アッシュはゆっくり瓶を傾け、もうひと口ビールを飲んだ。「なんでそう思うんだ？」

「あの女が店じゅうを歩きまわっていろんな品物を選びながら、ヴィニーをもてあそんでいたからよ」ドレスにポケットがないため、ライラはピンをカウンターに置き、髪を手ぐしでとかしてから両手で首を包みこんだ。「彼女はヴィニーの身に何が起こるかわかっていた──どういう形でそうなるかは知らなかったかもしれないけれど。ヴィニーはたとえエッグを持っていてそれをさしだしたとしても、殺されたはずよ。彼女は蜘蛛《くも》みたいにヴィニーのまわりに巣を張りめぐらして楽しんでいたわ。あなたも気づいたでしょう」

「ああ、それには反論できない。きみはなかなかいい仮説を披露したね。ただ、ひとつ同意できない点がある」

「なんなの？」

「あの美しい蜘蛛はクライアントじゃない」

「だけど、彼女がクライアントなら完璧に筋が通る──」

「だったら、彼女は誰に電話したんだ？」

「えっ？」

「あの凶暴な暴漢をヴィニーとふたりきりにしたとき、誰に電話をかけたんだ？　彼女はその相手としばらく話していた。無防備なヴィニーを殴って情報を引きだそうとしている最中に、いったい誰に電話するんだ？」

「あっ、すっかりそのことを忘れていたわ」

ライラは考えこみながら髪を持ちあげた。計算されたしぐさじゃないな、とアッシュは思った。もしそうなら自分にはわかる。ライラが髪を持ちあげて肩に滑り落としているのは、シニヨンに結っていた髪をほどいて、そうするのが単に気持ちいいからだ。

その他意のないしぐさに、アッシュは下腹部が熱くなった。

「彼女は……ボーイフレンドに電話したんじゃない？　それか、母親とか、留守中に猫の餌やりを頼んでいる女性とか。わかった、彼女のボスだわ！」

「正解だ」

「彼女はクライアントじゃなかった」ライラは顔を輝かせながら、ほとんど口をつけていないビールの瓶を振りまわした。「彼女はクライアントの手先だったのね。エッグを購入できるようなクライアントなら、計画を確実に遂行できる人物を雇うだけの財力があるはず。それだけのゆとりがあれば、自らニューヨークじゅうを駆けまわって、空き巣に入ったり人を殴ったりすることはないわね。誰かを雇って代わりにやらせればいいんだもの。ああ、なんで気づかなかったのかしら。でも、ふたりで力を合わせれば、すばらしい仮説が立てられそう」

「そのボスが金を払って人殺しをさせるのをためらわないことは明らかだ。たぶん、きみが言ったとおり、セージがそのクライアント――あるいは彼の蜘蛛女――とオリヴァーを引きあわせたんだろう。あとは、誰がどうやったかだ」

「アッシュ」ライラはビール瓶を置いた。彼女は女らしく三度わずかに口をつけただけだった。

「ビール以外に何か飲むかい？　ワインにしようか？」

「いいえ、けっこうよ。アッシュ、わたしたちが知る限り、三人もエッグのせいで亡くなっているわ。そして、あなたはそのエッグを持っている」

「そのとおりだ」

「警察かＦＢＩかどこかにさしだしたらどう？　そのことを世間に公表してインタビューを受け、大々的にとりあげてもらうのよ。こんな値のつけられないほど貴重な美術品は、当局に保管してもらったほうがいいわ」

「なぜそんなことをしなきゃいけないんだ？」

「そうすれば、彼らがあなたを殺そうとする理由がなくなるわ。それに、あなたには絶対に殺されてほしくないの」

「彼らにはヴィニーを殺す理由なんかなかった」

「ヴィニーは彼らを目撃したわ」

「ライラ、もう一度論理的に考えてみてくれ。彼らは――少なくともあの女は――店の監視カメラに自分の顔が映っていることを知っている。だが、気にもかけなかった。あのふたりがセージやオリヴァーやヴィニーを殺したのは、殺し屋を生業《なりわい》としているからだ。もしぼくがエッグを手放せば、彼らにとって始末してもかまわない存在になる。だが手放さずにいれば、あるいはぼくの手元にあるかどうか彼らに悟られなければ、エッグを手に入れるために利用できそうな人物だと思わせることができる」

　彼女はまた女らしくビールをひと口飲んだ。「あなたが正しいと思うのは、癪に障るわ。どうして警察にそう言わなかったの？」

「ぼくより先に思いつかないなら、かなり無能な刑事だからだ。そんな連中に話して聞かせても意味がない」

「あのふたりは無能じゃないと思うわ」

「優秀な刑事なら、わざわざ話すまでもない」彼はワインクーラーを開けてシラーズのボトルを選んだ。

「わたしのために開けるのはやめて」

「一時間ほど絵のモデルをしてもらいたいんだ。ワインを飲んだほうが、もっとリラックスできるだろう。だから、ワインを開けるのはぼくのためでもある」

「アッシュ、今はそういうことをしている場合じゃないと思うわ」

「きみが髪をおろしたのがいけないんだよ」

「えっ、どうして？」

「今度髪をおろすときは、もっと自分自身に注意を払ったほうがいい。きみがウォーターストーンと彼の家族の話をしたように、ぼくは絵を描くことで頭からほかのことを締めだせるんだ。きみが着替えるあいだ、ワインを空気に触れさせておくよ」そう言って、アッシュはグラスに注いだワインを飲んだ。「衣装はアトリエの化粧室にある。ぼくは何本か電話をかけることにするよ」

「こんなときに絵のモデルができるかわからないわ。それに、これから数日間、わたしは街の反対側で暮らすことになるし――」

「まさか、ぼくの父のせいで怖じ気づいたんじゃないだろう？」ライラがびっくりして言葉を失ったことに気づき、アッシュは小首を傾げた。「そのことはあとで話そう。だが、ぼくは電話をかけないと。さあ、着替えるんだ」

彼女は息を吸って、吐きだした。「こう言い直して。〝これから何本か電話をかけなければならない。ライラ、きみは着替えて、ぼくのために絵のモデルを一時間務めてくれないか？　そうしてくれたら、心から感謝するよ〟って」

「オーケー」アッシュは冷ややかに彼を見据えるライラのまなざしに口元をほころばせ、彼女の顎を持ちあげた。次の瞬間、唇を重ね、徐々に口づけを深めていった――

ライラの喉の奥から悦《よろこ》びの吐息がもれるまで。

「そうしてくれたら、心から感謝するよ」

「わかったわ。それから、やっぱりあのワインをいただくわ。あとでアトリエに持ってきてちょうだい」

ライラは三階のアトリエへと階段をのぼりながら思った。アッシュはどうしてわたしがそそくさとコンパウンドをあとにしたのか知っているのね。かえってそれでよかったのかもしれない。やっぱり絵のモデルはやめようかしら――でも、それは怖じ気づいたからじゃないわ。

怖じ気づいたのではなく、かんかんに怒っているからだ。それに、アッシュと深い仲になっても――きっとそうなるだろうけど――なんの意味があるの？　彼の父親に腹を立て、こっちも向こうをいらだたせているというのに。

「答えはセックスよ」ライラは自らの問いに自分で答えた。セックスがアッシュと深入りしたい理由――それか理由の一部ね。一番の理由は彼自身よ。アッシュのことが好きだし、彼と話すのも一緒に過ごすのも、彼を眺めるのも、ベッドをともにするかもしれないと考えるのも好き。きっと、この状況のせいでそういう思いが高まっているのだろう。最終的に事件が解決すれば、この思いもおさまるはず。

だからなんだっていうの？　ライラは化粧室に足を踏み入れた。永遠に続くものなんて何もないわ。だったら、今のうちに思う存分幸せを味わうべきよ。

つるされていたドレスを手にとり、そのドレスや色鮮やかなペチコートの裾をしげしげと眺めた。もう手直ししてもらったのね。きっと、みんな大急ぎでアッシュの要望にこたえたのだろう。彼にとって――そしてライラにとっても――幸運なことに、今日はあの新品のブラジャーを身につけていた。

どんな場にも着ていける黒のドレスを脱いでつるし、黒い靴も脱いだ。そしてロマの衣装に着替えた。

今度は体にぴったりフィットし、新品のブラジャーで高く押しあげられた胸が深くくれた胸元からのぞいている。ブラジャーによる幻想とはいえ、とても魅力的だ。胴を覆う真っ赤なボディスはウエストから広がっている。くるりとターンすると、ペチコートの色鮮やかな縁飾りがちらりと見えた。

アッシュは自分が求めるものをちゃんと把握していて、それを手に入れたのね。化粧ポーチにリップグロスとあぶらとり紙しか入っていなくて残念だわ――まあ、彼がイメージしたアクセサリーも入っているけど。

そのときドアが開き、ライラはぱっと振り向いた。

「ワインを持ってきたよ」

「ノックぐらいしてちょうだい」

「なぜだい？　やっぱりそのドレスで正解だった」彼女のため息をさえぎるように、彼は続けた。「きみにぴったりだね。もう少しアイメイクが必要だな――くすんだ色のアイシャドーで官能的に見せたい。それに、もっと濃い口紅がいい」

「化粧道具は持っていないの」

「そこにたくさんあるよ」彼は引き出しが十数個あるキャビネットを指した。「のぞいてみなかったのかい？」

「わたしは他人の引き出しを開けたりしないわ」

「そんなことを本気で言う人は、きみを含めてこの世に五人しかいないだろう。さあ、引き出しを開けて、なんでも必要なものを使ってくれ」

ライラは最初の引き出しを開けたとたん、思わず目をみはった。アイシャドーにアイペンシル、アイライナー――リキッド、パウダー、クリーム、マスカラ。それぞれに必要な使い捨てのアプリケーター。すべてが種類や色で分類されている。

次の引き出しを開けると、ファンデーション、頬紅、肌を日焼けした小麦色に見せる化粧クリーム、そして大量のブラシが入っていた。

「ジュリーがこれを見たら、きっと有頂天になってうれし泣きするわ」

さらに引き出しを開けると、口紅やリップグロス、リップライナー、リキッド状のリップカラーが入っていた。

「女きょうだいが大勢いるから、ぼくの代わりにそろえてくれたんだよ」

「あなた、ブティックをオープンできるわよ」

ほかの引き出しには、イヤリング、ペンダント、チェーンネックレス、ブレスレットといったジュエリーがつまっていた。「きらきらしてるわね」

アッシュが隣に移動して、引き出しのなかを探った。「これとこれを試してみてくれ。ああ、それからこれも」

まるでコスプレみたい。そう思いつつ、ライラはさっそくとりかかった。日焼け風に見せる化粧クリームと頬紅を選び、アイシャドーの色を悩んだあと、彼にしかめっ面を向けた。「ただそこに突っ立って見ているつもり？」

「ああ、とりあえず今は」

彼女は肩をすくめて鏡に向き直ると、コスプレにとりかかった。

「父のことを謝るべきかな？」

ライラは鏡のなかでアッシュと目を合わせた。「その必要はないわ。あなたのお父さま自身が謝るべきだもの。まあ、期待はしないけど」

「父のふるまいには釈明の余地もない。まともなときでも、厄介な人なんだ。まして今日は最高とはほど遠い。だが、父にはきみにあんな態度をとる権利はない。なぜぼくを探してくれなかったんだ？」

「それで泣きつくの？　あなたのお父さまに傷つけられたって？　お父さまはあの屋敷の所有者で、わたしは招かれざる客だった。きっとお父さまは、玉の輿を狙う狡猾《こうかつ》なピラニアのような女に息子のまわりをうろちょろされたくなかったんでしょう」

「まったく釈明の余地もないな」アッシュはさっきの言葉を繰り返した。「父は何もかも誤解している」

　ライラは複数のアイシャドーを混ぜ、できあがった色をじっと見つめた。「お父さまとけんかしたの？」

「あれは〝けんか〟とは言えない。真っ向から対立する意見をお互いはっきりと述べただけだ」

「わたしはあなたたち親子がいがみあう原因にはなりたくないわ。とりわけ、あなたたち全員が家族を必要としている今は」

「きみがいがみあいの種になるとしたら、それは父のせいだ。父はその責任をとらなければならない。きみはぼくに事情を伝えに来るべきだったよ」

　ライラは頰紅を塗った。「わたしは売られたけんかは自ら受けて立つの」

「これはきみだけに売られたけんかじゃない。準備が整ったら出てきてくれ。ぼくは画材を準備する」

　ライラはいったん手をとめてワイングラスをつかんだ。また腹が立ってきて、ワインが飲みたくなった。コネティカットのあの美しい豪邸をあとにしたときと、同じ気分だ。

それでも、これでこの件はいったん棚あげにできる。アッシュも、わたしも、お互い承知しているということで。

アッシュの父親から完全に見下されていることよりも、今ははるかに重要なことや、対処しなければならないさしせまった問題がいくつもある。

「アッシュの父親と寝るわけじゃないもの」アイラインを引きながらつぶやく。「それに、ファベルジェのエッグや殺人事件に関して、彼の父親の力になろうとしているわけでもない」

これはあくまでも、わたしとアッシュのあいだのことよ。

ライラは化粧を終えた。かなりうまくできたわ。

ついうれしくて一回ターンした。

鏡に映ったその姿に思わず笑い声をあげ、ワイングラスを手に化粧室をあとにした。

アッシュがイーゼルから振り返ると、スカートを持ちあげて気をそそるように揺らした。

「どう?」

彼のグリーンの瞳が隅から隅まで眺めまわした。「ほぼ完璧だな」

「けっこう気に入っていたのに」ライラはネックレスを持ちあげて唇をとがらせた。「そのネックレスは合わない」

「ほぼ?」

「イメージには合わないが、まだ今の段階では支障はない。このあいだのように窓辺に移動してくれ。もう日が落ちてしまったが、まあなんとかなるだろう」

彼はジャケットを脱いでネクタイを外し、シャツの袖をまくりあげていた。

「まさか、その格好で描くつもりじゃないわよね? スモックか何か着るんでしょう?」

「スモックは草原の少女が着るものだ。それに今日は、いや、今夜は絵の具は使わない。そのワインを飲み干して、グラスを置いてくれ」

「あなたって画家のときは威張り散らすのね」そう言いつつも、ライラはグラスを置いた。

「その場でターンして。両手をあげて、視線はぼくのほうに」

ライラは指示に従った。やってみると、意外に楽しかった。ドレスやペチコートの縁飾りのおかげで、セクシーで力強い気分になった。アッシュに命じられるがままに、また両手をかかげてくるりとまわり、白い満月の下、燃えさかる金色のかがり火の前にいるところを想像しようとした。

「もう一度だ。顎はあげたまま。男たちはきみを見つめ、きみを求めている。彼らを誘惑し、欲望をかきたてるんだ。こっちを向いて。ぼくから目を離すんじゃない」

頭がくらくらしてくるまで、ライラは何度もまわった。しまいにはかかげていた腕が痛みだした。それでも、彼は鉛筆を走らせ続けた。

「もう一回ターンしたら、顔面から倒れそう」

「もういいよ。休憩してくれ」

「やったー」彼女はワインに直行し、今度はごくごく飲んだ。「うーん、おいしい」

ワイングラスを手に彼のもとへ移動したライラは、たったひと言しか発することができなかった。「まあ!」

そこに描かれていた彼女は生き生きとして情熱的で女らしかった。髪が舞いあがり、スカートが波打っている。腰をひねった格好で、ひらひらした縁飾りの下から片脚がのぞいていた。

その瞳はキャンバスからまっすぐこちらを見つめている。自信に満ちあふれ、愉快そうな、艶《なま》めかしいまなざし。

「すばらしいわ」

「いや、まだ手を入れないと」アッシュが鉛筆を放った。「だが、出だしとしては上々だ」そう言って彼女に目を戻した。さっきまでのようにじっと視線を注がれ、ライラの背中に震えが走った。「もうおなかがすきすぎて死にそうだ。何かデリバリーを頼もう」

「そうね、わたしも食べられそう」

「きみが着替えるあいだに、注文しておくよ。何がいい？」

「マッシュルームとアンチョビとキュウリが入っていなければ、なんでもいいわ。わたしはあまり好き嫌いがないの」

「わかった。じゃあ、ぼくは一階に行くよ」

ライラは化粧室に戻ってドレスを脱いだ――予想していた以上にしぶしぶと。ドレスをふたたびハンガーにつるしたあと、厚化粧を落とし、髪はポニーテールにした。

鏡にはいつものライラが映っていた。

「これにて今宵《こよい》のお芝居は終了ね」

階下におりると、アッシュは居間で電話中だった。

「わかったら知らせるよ。なんでもできることをしてくれ。ああ、ぼくもだ。じゃあ、また」彼は受話器を置いた。「妹だよ」

「どの妹さん？」

「ジゼルだ。きみによろしくって言ってたよ」

「まあ、こちらこそよろしくと伝えてちょうだい。ディナーは何にしたの？」

「イタリア料理だ。行きつけのレストランのメニューに絶品のチキン・パルメザンがあるんだ。マッシュルームは抜いてもらったよ」

「よかったわ」

「きみのグラスにワインを注ぎ足してこよう」

「その前に氷の入ったお水をもらえる？　ぐるぐるまわったから喉が渇いちゃって」

ライラは正面の窓に近づき、ぶらぶら散歩する人や、気取って歩く人や、足早に通り過ぎる人を眺めた。通行人が行き交う通りは、足元を白く照らす街灯の明かりと暗闇が交互に続いている。

思っていた以上に遅い時間になっていたのね。なんて奇妙な一日だったんだろう――つらく長く奇妙な一日だった。

「ここなら本物のショーを見られるわ」アッシュが戻ってきた足音がして、ライラは言った。「双眼鏡は必要ないわね。山ほどやることを抱えた大勢の人が見えるわ。ありがとう」さしだされた水のグラスを受けとった。「わたしはこれまでに行ったどこよりもニューヨークを眺めるのが好きなの。いつだって何か見るものがあるし、誰かが何かをしにどこかに向かっているから。それに、そこらじゅうでちょっと驚く光景に遭遇するし」

ライラは幅広い窓台に腰をおろした。「こんなに遅い時間になっていたなんて気づかなかったわ。ディナーを食べ終えたら、すぐに帰らないと」

「きみは今夜ここに泊まるんだ」

窓の外を眺めていた彼女は彼を振り返った。「そうなの？」

「ここなら安全だ。あれからセキュリティーをさらに強化した。ルークもジュリーのアパートメントに泊まることになった……念のために」

「上流社会ではそういうふうに言うの？」

「ルークがそう言ったんだよ」アッシュは頬をゆるめた。「彼は普段きみが寝泊まりする部屋に泊まるそうだ」

「ということは、わたしのベッドがなくなっちゃったのね。ここにはベッドがあるけど、わたしの荷物はないわ」

「とりに行かせたよ」

「えっ……とりに行かせたの？」

「そんなに離れていないし、数分もすれば荷物が届くはずだ」

「また何もかも手配したのね」

ライラは窓台からおりて部屋を横切った。

「どこに行くんだ？」

彼女は手を振りまわしながら歩き続けた。「ワインよ。ワインをもう一杯注いでくるわ」

「だったら、ついでにぼくにもう一杯注いできてくれ」

アッシュはひとり微笑んだ。ライラには魅了されずにいられない。彼女は思いやりにあふれ、とてもオープンで観察眼が鋭い。それに、揺るぎない気骨もある。きっと彼女はあんなふうにぼくの父から遠ざかったのだろう。目に怒りの炎を燃やし、背筋をぴんとのばして。

彼女がふたつのグラスを手に戻ってくると、その瞳に燃えていた炎は消え、煙がくすぶっていた。「わたしたち話しあったほうが……」

そのとき玄関のブザーが鳴り、アッシュは言った。「ディナーか荷物だな。ちょっと待っててくれ」

玄関のドアを開けると、ライラのスーツケースが運びこまれてきた。配達人はアッシュから受けとった紙幣をポケットに入れて立ち去った。

「わたしが払うわ」

「きみが手配したときは、払ってもかまわないよ」

アッシュはライラの目に炎が燃えようが煙がくすぶろうが気にしなかったが、衝突することにやや疲れ、別の手を試みた。

「ライラ、今日は本当に大変な一日だった。だが、きみがここにいて、安全だとわかっているおかげで、残りの一日を乗りきれそうだ。きみはホテルに行くこともできたが、そうしなかった」

「ええ、でも――」

「きみはまっすぐぼくのもとへ来てくれた。ぼくの力になりたいと思ってくれたからだろう。今度はぼくに手伝わせてくれ。きみが今夜ここに泊まってくれたら、明日の朝、新しい仕事先まで送り届けるよ。朝でなければ午後か、いつでもきみが行きたいときに」

ライラはアッシュが今日オリヴァーに最後の別れを告げたことを思いだした――その葬儀は白い蝶たちによって締めくくられた。そんなつらい日に、ヴィニーまで失った。そのうえ、自分の父親とライラが言い争うという事態まで起きた。

それだけのことがあったのだから、大目に見てあげてもいいだろう。

「ありがとう。でも、まず相手の意向を尋ねるべきよ」

「どこかでそんな言葉を耳にしたことがあるな、一度だけ」

「それはたいていのケースに当てはまるはずよ。料理が届く前に着替えてくるわ。もう一週間近くこのドレスを着ている気分だから」

「じゃあ、この荷物は上に運ぼう」彼はスーツケースをエレベーターへと引っ張った。

「どの部屋に泊まってもらってもかまわないよ。今夜泊まるからといって、ぼくと寝る義務はないから」

「よかった。義務を押しつけられるのは嫌いなの」ライラはアッシュがエレベーターの格子戸を開けるのを待った。「だけど、それが選択肢のひとつでも、わたしはかまわないわ」

彼が振り返った。「ああ、もちろん選択肢に含まれてるよ」そう言って彼女を抱き寄せた。

ライラはキスに溺れた——今回はちょっと激しく、かなり独占欲あらわなキスだった。彼とともにエレベーターに半分乗りこんだところで、玄関のブザーが鳴り響いた。

「くそっ。チキン・パルメザンだ」アッシュが彼女の唇に向かってつぶやいた。「速いデリバリーだな」

「じゃあ、とりに行かないと」

「ちょっと待っててくれ」

アッシュは玄関に直行して相手を確認し、ドアを開けて野球帽をかぶった小柄な男性を迎えた。

「こんばんは、ミスター・アーチャー。お元気ですか?」

「まああだよ、トニー」

「二人前のチキン・パルメザンとつけあわせのサラダ、当店自慢のブレッドスティックです。ご指示どおり、つけにしておきました」

「ありがとう」

アッシュはテイクアウト用の大きな袋と引き替えに、また紙幣を渡した。

「ありがとうございます。では、よい晩を、ミスター・アーチャー」

「ああ」アッシュはドアを閉めると、ライラを見つめたまま鍵をかけた。「今夜は最高の晩になるだろう」

ライラは微笑んだ。「きっとそのチキン・パルメザンは電子レンジであたためてもおいしいはずよ」

「あとで確かめてみよう」アッシュはテーブルに袋を置くと、指で手招きする彼女を追って微笑みながらエレベーターに乗りこんだ。

14

アッシュはエレベーターの格子戸をぐいと引っ張って閉め、三階のボタンにてのひらを叩きつけた。エレベーターがあがり始めると、ライラを脇の壁に押しつける。ヒップからウエスト、胴、胸の脇へと両手を這《は》わせていき、小さな炎を灯しながら彼女の顔にたどり着き、両手で挟みこんだ。

そして、ライラの唇を奪った。

ライラがずっとほしかった。たぶん、出会ったあの日、小さなコーヒーショップで向かいの席に座った瞬間から。ショックや悲しみに打ちのめされていた彼に、彼女が手をさしのべてくれたときから。

悲しみの淵《ふち》をさまよい、答えのわからない疑問をいくつも抱えながらも、ライラのおかげで微笑むことができたときから。彼女がはにかみ、とまどいながらも、明るいアトリエで絵のモデルを務めてくれたときから。

ライラはアッシュに安らぎと答えを与え、彼の心に光を灯し、胸が張り裂けそうな悲しみを癒すのに力を貸してくれた。

だが、こうしてエレベーターでゆっくり上昇しているこの瞬間まで、彼女をこれほど求めていたことに気づかなかった。

ライラが爪先立ちになってアッシュに両腕を巻きつけ、彼の髪をぎゅっとつかむと、欲望が全身へと広がって下腹部が屹立《きつりつ》し、みぞおちや喉がこわばった。

だから何も考えずに、彼は行動した。

ライラの顔からぱっと手を離し、ドレスのストラップを肩から一気に引きおろした。彼女の両腕が拘束された隙に、両手で乳房を包みこんだ。なめらかな肌、フリルのついたレース、乱れた彼女の鼓動。

ライラはすばやく身をくねらせ、ドレスを腰から引きおろした。足元に落ちたドレスから抜けだす代わりに、のびあがって彼の腰に脚を巻きつけ、首にしがみつく。

エレベーターががたんと揺れて停止した。

「つかまっててくれ」アッシュはライラのヒップから手を離すと、格子戸を開けた。

「わたしのことなら心配しないで」彼女はかすかに喉を鳴らし、彼の首筋に歯を当てて滑らせた。「とにかく、つまずかないでね」

アッシュはその場に立ったまま、ライラの髪のゴムを外した。髪をほどいてほしかったのだ。その髪を手に巻きつけ、彼女の顔を引き寄せると、ふたたび唇を奪った。

　窓からさしこむ街灯の明かりで、暗い室内は青みがかっていた。アッシュはライラを寝室に運びこみ、幅広い厚板張りの床を横切って一緒にベッドに倒れこんだ。ゆうべ寝て以来、ベッドメーキングをしていないベッドに。

　ライラは落ちた反動を利用してぱっとアッシュを仰向けにし、またがった。たれさがった髪が、カーテンのように彼の顔の両脇を覆う。彼女はそのまま身をかがめ、アッシュの下唇をついばんだ。早くも彼のシャツのボタンをせわしげに外しながら。

「久しぶりなの」ライラが振り払った髪が、シルクのように顔の片側に滑り落ちた。

「でも、手順は忘れていないと思うわ」

「もし忘れていたら……」アッシュは彼女の太股に何度も両手を滑らせた。「合図して知らせるよ」

　ライラはアッシュのシャツを開くと、てのひらのつけ根を胸板に押しつけて撫であげた。「いい体つきだわ。絵の具と筆で生計を立てている人とはとても思えない」

「パレットナイフも忘れないでくれよ」

　低い笑い声をもらし、ライラは彼の肩に手を這わせた。「ああ、なんてすてき」ふたたび身をかがめて唇を触れあわせた――触れては離し、触れては離しを繰り返す。次に、首筋から肩へ唇を滑らせた。

「こんな感じでどうかしら？」

「きみはちゃんと手順どおりにやってるよ」

ふたたびキスをされると、アッシュは横に向けていた顔を正面に戻した。ライラが身をゆだねてきたので、ぱっと体を翻してふたりの位置を入れ替え、情熱をかきたてた。

ライラは初めてアッシュと結ばれるときは自分が主導権を握り、ゆっくり進めるつもりだった。軽くたわむれて、徐々に欲望を高めていこうと。

けれども、アッシュにあっさりくつがえされて、その予定はもろくも崩れ去った。こんなふうに全身を激しく愛撫されながら、ペースを保ったり次の動きを考えたりするなんて無理よ。アッシュはスケッチをするときのように揺るぎなく力強い手つきでライラに触れては奪った。自分の望みどおりに情熱をかきたてるすべを知っている熟練した手つきで。体が燃えあがるにつれ、さらに欲望が募り、ライラは自分を捧げるように身をそらして、彼に両脚を巻きつけた。

かすかな青い光に照らされた寝室で、筋肉質な硬い体や長い手足、彼のすべてをあますところなく探り、自分のものにした。

ふたりは転がりながら、やや性急にまさぐったり愛撫したりした。心臓が激しく打ち、ほてった肌の下で血流の速度がどんどん増していく。

アッシュはブラジャーを外して脇に放り、頭をあげて乳房を口に含んだ。

ライラは猫のように身をそらして喉を鳴らし、アッシュの肩に指を食いこませながら悦びの波にのまれた。胸の先端をなめられては歯で攻め立てられ、快感がその一点に集中し――やがて、全身を揺らして震えだした。

彼女は快感にも、互いに高めあっていくスピードにも無防備なほどオープンだった。お互いの体がすっかり汗ばみ、手足が絡みあっている状態で、ライラはアッシュのズボンのボタンと格闘した。やがて、彼がライラの胴から下腹部に向かって唇を這わせていくと、彼女はついに爆発した。

めくるめく快感の波にのまれて叫び声をあげ、息を切らしつつ頂点までのぼりつめ、歓喜の瞬間にしがみつきながらいつまでも余韻を味わった。

ああ、早く、ああ、お願い。すすり泣きながらそう懇願せんばかりだったが、アッシュの名前をうめくことしかできず、戻ってきてほしいと爪を立てそうになった。わたしのもとに戻って、あますところなく完全に奪ってほしいと。

アッシュはライラを求めながら、ロマを彷彿とさせるダークブラウンの瞳を見つめた――まるで、夜空に浮かぶ黒い月のようだ。優美にそらされた首筋に視線を移し、彼女のなかに身を沈めていった。この瞬間になんとかしがみつこうとあがくうち、おのずと体が震えだした。アッシュを見つめるまなざし、シーツに広がった長い髪。ライラの体の奥が彼を締めつけた。

彼女はぶるっと身を震わせるなり、彼の肩をつかんでぎゅっと握りしめた。ひとつになったふたりはついに欲望やスピードや愛のリズムや汗まみれの情熱に屈して砕け散った。

燃えつきたライラはアッシュの汗で濡れた肩からしわくちゃになったシーツへと力なく両手を滑り落とした。すっかり満たされた今、ただこの余韻に浸っていたい。エネルギーをかき集め、ふたたび精根つき果てるほど愛しあうときまで。

「ああ、すごかったわ」

ライラはアッシュがもらしたうなり声を同意の印と受けとった。彼はぐったりと彼女に覆いかぶさっていた。全体重をかけられていても全然気にならず、それどころかうれしかった。密着した肌から伝わってくる乱れた鼓動も、すっかり満足した様子でのしかかっている魅力的な体も心地いい。

「モデルをスケッチしたあとはいつもこんな感じなの？」

「モデルにもよるな」

ライラは鼻を鳴らした。もし腕を持ちあげられたなら、軽くパンチするかつねっているところだ。

「たいていはビールを飲む。ときにはジョギングしたり、ルームランナーで走ったりすることもある」

「わたしにはルームランナーの魅力がまったくわからないわ。汗だくになっても、どこにもたどり着けないじゃない。でもセックスなら、汗だくになるけど、どこにでも行けるわ」

アッシュが頭を持ちあげてライラを見つめた。「きみのせいで、これからルームランナーで走るたび、頭にセックスが浮かびそうだ」

「どういたしまして」

アッシュは笑ってライラの上からおりると、仰向けになった。「きみは個性的だな」

「だったら、一番の目標を達成できたわ」

「なぜそれが目標なんだ？」ライラが黙って肩をすくめると、アッシュは彼女の体に腕をまわし、顔をつきあわせるように自分のほうを向かせた。「なぜそれが目標なんだ？」

「どうしてかしら。きっと軍人一家で育ったせいね。軍服に、厳しい規律。たぶん個性的になることが、わたし流の反抗なのよ」

「じゃあ、きみは目標を果たしたね」

「あなたこそ野心的な道を選んで大企業のボスになったり、プライベートジェットでモンテカルロに飛んで避暑を楽しんだりするはずじゃなかったの？　もしかして、実はもうモンテカルロで避暑を楽しんでいるの？」

「ぼくはコモ湖のほうが好きだな。いや、ぼくは避暑に出かけるタイプでも、ボスの器でもない。貧乏画家の時代を経験することはなかったが、たとえひもじい思いをしても画家になっただろう」

「あなたにとって画家は単なる職業じゃなくて、どうしてもやりたかったことだからでしょう。才能があるうえに、自分の仕事を愛しているなんていいわね。誰もが才能に恵まれているわけでも、そうできるわけでもないわ」

「きみはどうしても小説家になりたかったのか？」

「ええ、そうね。物語を書くのは大好きだし、もっとうまく書けるようになると思うわ。でも、ハウスシッターの仕事がなければ、ひもじい物書きになるはずよ。わたしはハウスシッターの仕事も好きなの。それに、かなり優秀なのよ」

「他人の引き出しを開けたりしないしな」

「そのとおり！」

「ぼくだったら開けてるよ。ほとんどの人がそうするだろう。好奇心に駆り立てられて」

「好奇心に屈したら、失業する羽目になるわ。それに、相手に失礼よ」

「礼儀知らずは不当に非難されるんだ」アッシュは彼女の口の端に浮かんだえくぼにそっと触れた。「そろそろ夕食を電子レンジであたためよう」

「そう言われてみると、死にそうなほどおなかがすいているわ。でも、ドレスがエレベーターのなかだわ」

アッシュは一拍置いてからこたえた。「うちの窓には、外からのぞかれないようにマジックミラー機能つきのフィルムが貼ってある。きみみたいな人にはさぞかし腹立たしいだろうが」

「それでも、やっぱりだめ。ローブはある？　それかシャツは？　わたしのスーツケースはどこかしら」

「きみがどうしてもと言うのならしかたがない」

起きあがったアッシュを見て、ライラは思った。薄明かりでも自由に歩きまわれるなんて、きっと猫みたいに夜目が利くのね。彼がクローゼットを開けてなかに入った。かなり大きなクローゼットなのだろう。アッシュはシャツを手に戻ってくると、彼女に向かって放った。「きみには大きすぎるだろうな」

「つまり、お尻まで隠れるってことね。食事中はお尻を隠さないと」

「ずいぶん厳しいな」

「わたしのルールはそんなに多くないわ」ライラはシャツを身につけた。「でも、その数少ないルールに関してはとても厳しいの」

シャツはヒップだけでなく太股半分と両手まで覆った。彼女はきちんとボタンをとめて袖をまくりあげた。

アッシュはライラのそういう姿も描きたくなった。セックスのあと、すっかり体がほぐれて髪がくしゃくしゃになり、けだるそうな目で、彼のシャツを着ている姿も。

「これでいいわ」彼女はシャツのしわをのばした。「今度はあなたの番よ。ディナーのあと、わたしを夢中にさせるような服を着て」

「そんなふうに言われたら断れないな、ルールはルールだし」

彼はスウェットパンツとTシャツをつかんだ。

今度は階段を使って一階におりた。

「きみのおかげでしばらく何もかも忘れられたよ。きみはそういうことが得意だね」

「たぶん何もかもいったん忘れることで、次にどうすればいいかわかるんじゃないかしら」彼女はデリバリーの袋をのぞきこんだ。「ああ、まだいいにおいがするわ」

アッシュはライラの髪を撫でおろした。「もしも過去をやり直せるなら、きみをこの事件に巻きこんだりしなかっただろう。今でもきみにはここにいてほしいけど、きみを巻きこみたくはなかった」

「わたしはもうかかわっているし、こうしてここにいるわ」袋を持ちあげて、さしだした。「さあ、食べましょう。これからどうするか、いい考えが浮かぶかもしれないわ」

すでにいくつかの案を思いついていたアッシュは、料理をあたためて、普段食事をする隅の小部屋に腰を落ち着けているあいだに、その案を整理した。

「あなたの言うとおりね」ひと口食べるなり、ライラは言った。「すごくおいしいわ。それで……何を考えているの？　さっきから何か考えこむような顔をしてるわよ。何をどう描くかアイデアを練っているときみたいに。絵を描いているときのあなたはやけに鋭い目つきで完全に集中してるけど、下準備をしているときは今みたいな顔つきなの」

「ぼくはそんな顔つきをしてるのか？」

「そうよ、自画像を描けばわかるわ。で、何を考えているの？」

「たとえ警察があのセクシーなアジア系《ホット・アジアン・ガール》女性の身元を突きとめたとしても、それは偽名かもしれない」

「でも、あなたはそう思ってないのね。わたしもそうだけど。あのホ《H》ット・ア《A》ジアン・ガ《G》ールは――まさにぴったりのネーミングね――監視カメラを気にしていなかった。つまり、身元を突きとめられてもかまわないか、もともとどこにも住民登録されていないのよ」

「あの女は連続殺人の容疑者として警察から追われることを、特に気にする様子もなかった」

「きっと前に何人も殺しているのよ、そう思わない？　ああ、変な気分。チキン・パルメザンを食べながら連続殺人について話しているなんて」

「別にこんな話をしなくてもいいんだよ」

「いいえ、話すべきよ」彼女はパスタをフォークに巻きつけるのに集中した。「そうよ、変だからって、話しあわなくていいわけじゃないもの。一連の事件を小説のプロットのように少し距離を置いて考えられそうな気がしたけど、わたしの場合、それじゃだめみたい。やはり現実として受けとめて対処しないと。話をもとに戻すけど、HAGは以前にも人を殺してるはずよ」

アッシュの脳裏に、額のまんなかにぽっかりと開いていた黒い穴が浮かんだ。「ああ、あの女は駆けだしの新人じゃない。それに、ぼくたちの仮説が当たっているとすれば、彼女のボスは相当な資産家のはずだ。そんな男がアマチュアを雇うわけがない」

「そのボスがオリヴァーからエッグを手に入れるためにHAGを雇ったんだとしたら、まだ依頼は果たされていないわね」

「そのとおりだ」

ライラはアッシュのほうにフォークを向けて振った。「HAGをエッグでおびき寄せようとたくらんでいるんでしょう。彼女はエッグをボスに届けなければ、職も報酬も失いかねない——あるいは、もっとひどい目に遭わされるかも。なにしろＨＡＧのボスは目的のものを手に入れるためなら、平気で人を殺させる人物だもの」

「もしあの女の狙いがエッグだとしたら——まあ、それ以外考えられないが——今や万策つきたはずだ。あんなふうに脅迫されたヴィニーが何を口走ったかはわからない。彼のことだから、何も言わなかったはずだ。だが、何かしゃべったとしても、ヴィニーが知っていたのは、ぼくがコンパウンドにエッグを移してどこかに隠したということだけだ。コンパウンドのどこに隠したかまでは知らなかった」

「エッグがコンパウンドのどこかにあると、どうにかＨＡＧが突きとめたとしても、彼女の状況が厄介なことには変わりないわ。あれだけ広大な場所だもの。それに、たとえ侵入できたとしても——」

「あれだけセキュリティーが厳重な父の屋敷に忍びこめるかどうかは、はなはだ疑問だ。あの女が賢く立ちまわってスタッフとして雇われたり、屋敷に招待されたりする可能性もあるが、それでもどこを探せばいいか見当もつかないはずだ。ぼくはエッグを——」

「言わないで」とっさに彼女は耳をふさいだ。「万が一——」

「万が一、最悪の事態になってあの女につかまったら、こう言うんだ。《二輪戦車を引くケルビム》は厩舎《きゆうしや》の小さな金庫に入っているよと。今は馬を飼っていないから、厩舎は使われていない。五桁の暗証番号は、31890。オリヴァーの生年月日だ。このことをヴィニーに話していたら、彼は生きのびられたかもしれない」

「そんなことないわ」ライラは手をのばしてアッシュの手に触れた。「あのふたりは最初からヴィニーを殺すつもりだった。もし生かしたままにしたら、自分たちのことがあなたや警察に伝わってしまうもの。たとえヴィニーがエッグを持っていて、それをさしだしたとしても、殺されたに違いないわ」

「ああ、わかってる」アッシュは食べたいというよりただ引き裂きたいがために、ブレッドスティックを真っ二つに折ったが、その片方を彼女にさしだした。「だが、その事実を受け入れるのは難しい。きみにはエッグのありかを知っていてほしいんだ」

「わたしがつかまった場合、取り戻すための交渉材料にするか、彼女があなたをとらえた場合、エッグを引きとりに行くためね」

「そのどちらの事態にも陥らないことを願うよ。エッグを持っていたオリヴァーは、取引相手を裏切ったか、取引条件を変更してさらに大金をむしりとろうとしたんだろう。そのせいで自分も恋人も殺されるなんて夢にも思っていなかったはずだ。だから、彼女を連絡役にしたんだろう」

「楽観主義者ね」彼女は静かに言った。「楽観主義者は常に最高の結末を信じ、最悪の事態を予期しないのよ」

「弟は最高の結末を迎えると信じきっていた。だが取引相手を激怒させてしまい、念のためぼくに鍵を送ってよこした。それでも取引相手が要求どおりの額を支払うと踏んでいた——もしかすると、クライアントが興味を示しそうな別の美術品も見つけて、ちらつかせていたのかもしれない」

「愚か者の駆け引きね」

「たしかにオリヴァーは愚かだった」アッシュはワイングラスを見下ろした。「ぼくは別の方法を試してみる」

「別の方法って?」

「オリヴァーはなんらかの方法であの女か彼女のボスに連絡をとっていたはずだ。あるいは、誰か仲介者がいたんだろう。まずぼくがしなければならないのは、それを突きとめることだ。そして彼らに連絡をとって、新たな取引を持ちかける」

「そんなことをして、彼らが思いとどまると思う? あなたがエッグを持っていると知れば、今度はあなたを標的にするわ——オリヴァーやヴィニーのように」ライラは彼の手に手を重ねた。「アッシュ、さっきも言ったけど、あなたには絶対に殺されてほしくないの」

「エッグは厳重に保管されているとはっきり伝えるよ。とりだすには、ぼくと指定代理人の立ち会いが必要だと。万が一ぼくの身に何かあった場合——殺されたり事故に遭ったり行方不明になったりした場合――エッグの入った箱をただちにメトロポリタン美術館に寄贈するよう別の代理人に指示してあると」

ライラには、アッシュがその台詞をあまりにも軽々しく口にしたように思えた――特に、自分自身が殺される可能性を。「それならうまくいくかもしれない。でも、わたしはそのことをじっくり考えてみる必要があるわ」

「ぼくはあの女や彼女のボスに取引を持ちかける準備があると知らせる方法を見つけなければならない。だから、きみが考えるゆとりはあるよ」

「それか、今すぐ寄贈して、前に提案したようにそのことを大々的に公表すれば、あなたが彼らに狙われる理由はなくなるわ」

「そうなれば、あの女は姿をくらます。警察から逃れるためか、警察と雇い主から逃れるために。これまでに殺された三人のうち、ふたりはぼくにとって大切な存在だった。それなのに、あっさり手を引くわけにはいかない」

少し時間を置く必要があるわ。アッシュには好意を抱いているし、ベッドもともにした。もうさまざまな面で深くかかわっている。けれどこの件に関しては、いまだにどう彼に接すればいいのかわからない。

思ったことを率直に話すのよ、それがいつだって一番いいわ。

「ＨＡＧが姿をくらますというあなたの読みは、おそらく当たっていると思うわ。でもそうなれば、もう心配することも危険を冒すこともないのよ」

「そうかもしれないし、そうじゃないかもしれない」

「とりあえず、その点に関しては楽観的に考えてみましょう。ただ、あなたは犯人を罰することも、この件に区切りをつけることも決してかなわなくなるし、その可能性すら奪われてしまう。あなたが本当に望んでいるのはそういうことでしょう。自らの手で正義の裁きをくだし、この件に区切りをつけるか、そのいずれかを成し遂げたいのよね。はた迷惑なバーの酔っ払いに対処するように、ＨＡＧを片づけたいんでしょう」

「ぼくは彼女を殴ったりしない。たとえどんな人物でも、女性に暴力をふるってはいけないとしっかり頭に叩きこまれている」

ライラは椅子の背にもたれ、アッシュの顔をじっと見つめた。一見冷静で理性的だが、その奥に鋼のような決意が垣間見える。彼はもう決断し、わたしが協力しようがしまいが突き進むつもりなのだ。

「わかったわ」

「わかったって何が？」

「わたしも参加する。まずアイデアを練って、ひとつひとつじっくり計画を立てましょう。だって、人をだますのはあなたの十八番《おはこ》じゃないはずよ」

「ベッドに入って一緒に考えてみたほうがいいんじゃないかな」

彼女はワイングラスを手にとって微笑んだ。「ええ、そうかもしれないわね」

ジュリーは眠れなかった。今の状況を思えば当然だろう。今日はまず葬儀に出席したが、そこで親友が故人の父親に侮辱され、さっさと帰ってしまった。その結果、わが家のゲストルームに元夫が泊まることになった。

そのあいだに、またしても恐ろしい殺人事件が起きた。ヴィンセント・タルテリと彼の奥さんにはアッシュの展覧会で一度会ったことがあるだけに、恐ろしくてたまらない。

だが、行方不明のインペリアル・イースター・エッグのひとつが発見されたことが一連の事件の発端だと知って、いやおうなく興味をそそられた。

ジュリーはエッグが見たくてたまらなかった。複数の人が亡くなっているのに、失われた財宝を目にする可能性に胸を高鳴らせるなんて不謹慎だとわかっていても。でも、エッグについて考えるほうが、隣の部屋で寝ているルークについて考えるよりもはるかに居心地の悪い思いをせずにすむ。

またしても寝返りを打ち、ジュリーはじっと天井を見つめ、それを背景に《二輪戦車を引くケルビム》を思い描こうとした。

だが、頭のコンパスはすぐに真北を、ルークのほうを指した。

わたしたちは礼儀正しい大人同士としてタイ料理のディナーを食べながら、殺人事件やロシアの至宝について話した。ルークが泊まることに異は唱えなかった。すっかり動揺していたから。うろたえるのも当然よ。オリヴァーや気の毒なミスター・タルテリを殺したのが誰であれ、その犯人がわたしの自宅に忍びこんだ空き巣と同一犯だと明らかになったんだもの。

もうあの女は戻ってこない。もちろん戻ってくるはずがない。だけど、もし戻ってきたら……。わたしは女性の権利や男女間の平等を勝ちとるためなら闘える。でも、いろんなことを考えると、今は自宅に男性がいたほうがより安心だ。

ただ、その男性がルークだったがために、昔の思い出が一気によみがえってきた——その大半はいい思い出で、セクシーな記憶もたくさんあった。とはいえ、セクシーないい思い出は、眠気をもたらしてはくれない。

こんなに早くベッドに入るべきじゃなかった。でも、ルークとは別の部屋にこもったほうが、より安全で賢明に思えたのだ。

ｉＰａｄをとってきて仕事かゲームをしようかしら。読書でもいいわ。ルークから気をそらしてくれるなら、なんだっていい。足音をたてずにキッチンへ行って、以前、栄養士からすすめられたハーブティーをいれてみよう。あの栄養士をクビにしたのは、ひどく理不尽なことばかり言われたからだ。栄養士がなんと言おうと、わたしの体にはカフェインと人工甘味料が定期的に必要なのに。でも、そのハーブティーを飲むとリラックスできるのはたしかだ。

ジュリーは起きあがると、念のためスリップの上にローブをはおった。静かにドアを開け、泥棒よろしく用心しながら忍び足でキッチンに移動した。

ガスレンジの炎だけを頼りに、ケトルに水を入れて火にかけた。食器棚を開けてお茶の缶をとりだす。昔のセクシーな記憶を振り返りながら、ベッドで寝返りを打つよりはるかにいいわ。気分を落ち着かせてくれるハーブティーを飲んで、ちょっと仕事をしてから、とんでもなくつまらない本を手にとってみよう。

そうすれば、赤ん坊のように眠れるはず。

早くも満足し、こぶりのティーポットをとりだした。ライラックの模様が入ったその淡いグリーンのティーポットを見ると、幸せな気分になるからだ。ジュリーはティーポットをあたためて、茶葉を量り、茶こしを用意するという手元の作業に集中した。

「眠れないのかい？」

恥ずかしいほど甲高い悲鳴をあげ、お茶の缶を取り落とした――幸いふたを閉めたばかりだった。ジュリーはルークを凝視した。

彼はスーツのズボンしか身につけず――ファスナーは引きあげていたものの、ボタンはとめていなかった。だから、〝わたしが昔結婚した青年はずいぶんたくましくなったのね〟と真っ先に思ったからといって、わたしに非があるとは言えないわ。次に頭に浮かんだのは、すでにメイクを落としていたことへの後悔だった。

「きみをびっくりさせるつもりはなかったんだ」彼は近づいてきて缶を拾った。

「あなたを起こすつもりはなかったわ」

「いや、きみに起こされたわけじゃない。きみがキッチンにいる音が聞こえたけど、本当にきみなのか確かめたかったんだ」

わたしは礼儀正しい成熟した大人よ。ジュリーは自分にそう言い聞かせた。「あれこれ考えてしまって、頭が休まらないの。こんなに身近なところで殺人事件が起きるなんて、どう考えればいいのか、どう感じるべきなのかわからない。おまけに、エッグが絡んでいるなんて。そのことも頭から離れないのよ。美術界において世紀の発見だし、わたしの大親友がそのすべてにかかわっているんだもの」

早口になりすぎよ。でも、ゆっくり話すことができなかった。

どうしてうちのキッチンはこんなに狭いの？　体が触れてしまいそうだわ。

「ライラのことなら、アッシュが面倒を見てくれるよ」

「誰もライラの面倒は見させてもらえないわ。でも、彼なら面倒を見ようとするでしょうね」

ジュリーは髪を押さえた。ベッドで何度も寝返りを打ったから、きっとぼさぼさになっているはずだ。

すっぴんで、髪がぼさぼさなんて。天井の明かりをつけなくてよかったわ。

「あなたもお茶を飲む？　カノコソウやタツナミソウ、カモミール、ラベンダーをミックスしたハーブティーで、不眠によく効くのよ」

「眠れないことがよくあるのかい？」

「そうじゃないわ。どちらかというと、日常のストレスや不安を和らげるためよ」

「瞑想《めいそう》を試してみるといいよ」

ジュリーはルークを凝視した。「あなた、瞑想するの？」

「いや。ぼくは頭を空っぽにできないんだ」

ジュリーは笑って、マグカップをもうひとつとりだした。「わたしも二、三回試してみたけど、いつの間にかマントラが〝ああ、バーニーズ・ニューヨークで見たあのすてきなバッグをやっぱり買えばよかった〟とか〝この画家はこうじゃなくてああ売りだすべきかしら〟とか〝どうしてあのカップケーキを食べちゃったのかしら〟っていうつぶやきに変わっちゃうの」

「ぼくの場合は、まず従業員のスケジュールや保健所の検査なんかが頭に浮かぶ。それとカップケーキが」

彼女はティーポットのふたをして、お茶をむらした。「今夜は、殺人事件とファベルジェ、それに……」

「それに？」

「あと、いろいろよ」

「ふうん、ぼくの頭のなかにあるのは殺人事件とファベルジェときみだけど」

ジュリーは思わずルークのほうを見たが、目が合っただけでどきどきし、すっと視線をそらした。「まあ、この状況を考えれば……」

「ぼくの頭のなかにはいつもきみがいたよ」ルークがジュリーの肩から肘へと人さし指を滑らせた。彼女はその懐かしい癖をよく覚えていた。「きみのことをしょっちゅう考えていた。もしあのとき、ああせずにこうしていたらどうなっていただろうとか、ああ言わずにこう言っていたらどうなっただろうとか。あのときは何もきかなかったけど、こう尋ねていたらどうなっただろうって」

「たられればを考えるのはごく自然なことよ」

「きみも考えたかい？」

「もちろん考えたわ。蜂蜜は入れる？　わたしはストレートで飲むけど、もしほしいなら蜂蜜も……」

「なぜぼくらの結婚は長続きしなかったんだろうって思ったことは？　どうしてふた

りともばかなことばかりして、関係を修復する方法を見つけようと努力しなかったんだろうって思ったことは？」

「わたしはそれよりあなたに怒っていたかった。こう言えばよかったとか、あなたがああしてくれたらって思うより、あなたに腹を立てているほうが楽だったから。あのころはまだお互い子供だったのよ」

ルークはジュリーの腕をつかんで振り向かせると、もう片方の腕もつかんで向かいあった。「ぼくらはもう子供じゃない」

力強い両手で薄地のシルクのローブ越しにジュリーの肌をあたためながら、ルークは彼女にじっと視線を注いだ。長年抱いてきた疑問や積もり積もった思い、数々の記憶によって、ジュリーは良識だと自分に言い聞かせてきた一線を飛び越えた。

「ええ、そうね」

もはやためらう理由は何ひとつなくなり、ジュリーは求める気持ちに従ってルークの腕のなかに入った。

その後、カウンターの上のハーブティーのことなどすっかり忘れ、彼に寄り添って身を丸め、赤ん坊のように眠った。


（上巻終わり）

◎訳者紹介　香山　栞（かやま　しおり）
英米文学翻訳家。サンフランシスコ州立大学スピーチ・コミュニケーション学科修士課程修了。2002年より翻訳業に携わる。訳書にワイン『猛き戦士のベッドで』、ロバーツ『恋めばえる忍冬の宿』『恋人たちの輪舞』（以上、扶桑社ロマンス）等がある。

姿なき蒐集家《しゅうしゅうか》（上）

発行日　2015年2月10日　初版第1刷発行

著　者　ノーラ・ロバーツ
訳　者　香山　栞

発行者　久保田榮一
発行所　株式会社 扶桑社
〒105-8070　東京都港区海岸1-15-1
TEL.(03) 5403-8870（編集）　TEL.(03) 5403-8859（販売）
http://www.fusosha.co.jp/

印刷・製本　図書印刷株式会社

ISBN978-4-594-07198-1　C0197
Printed in Japan